NF文庫
ノンフィクション

私記「くちなしの花」

ある女性の戦中・戦後史

赤沢八重子

潮書房光人社

私記「くちなしの花」——目次

私記「くちなしの花」

ある女性の戦中・戦後史

第一章　徳光さんの最期

大震災の第一報

ギィーという鈍い音をたてて止まり、またギィーという音とともに走り出す。その日も新聞配達のバイクの音で目が覚めた。すでに空が白みかける時刻だったが、雨戸を閉め切った私の部屋は暗く、枕元のスタンドをつけてから、テレビのスイッチを入れた。

いつもなら音楽の調べにのって、天気図が広がるはずなのに、その朝はどこかの事務所が映っているようだった。チャンネルを間違えたのかと思ったら、突然、画面全体が大きく揺れて、棚から物が飛び散り、ベッドから起き上がろうとした人が、引っ繰り返ってしまった。

「地震です、大地震です」

叫び声が響き渡った。一九九五年（平成七年）一月十七日早朝、阪神・淡路大震災の第一報だった。テレビは神戸の放送局の混乱を伝えていたのだ。

つづいて街の惨状が映し出された。グシャグシャに潰れた家や倒れたビル、あちらこちらから上がる火の手、橋桁が崩れ落ちて溶けた飴のように折れ曲がり、下を通る四十三号線にへばりついてしまった阪神高速道路……。

私はショックのあまり声を失い、画面に釘づけになった。私自身は東京に住んでいるが、関西には親類や知人が多数いる。亡くなった義母が晩年を過ごした夙川グランドハイツも西宮にあり、部屋は社宅として関西の企業に貸していた。

情報が錯綜して被害の規模は分からなかったが、ほとんどの方は地震が起きたとき、まだ眠っていたはず。一瞬のうちに家の下敷きになった人や、助けが間に合わず、襲ってくる猛火に燻《いぶ》されて亡くなった人も少なくないだろう。幼い子は怯え、親を探して泣いているかもしれない。

テレビを見ながらそんな思いが頭を過《よぎ》り、いても立ってもいられない気持ちになった。突然の空襲に逃げ惑い、あの東京大空襲を目の当たりにした私には、とても他人事とは思えなかった。そして私の脳裏には、五十年以上前の体験と凄まじい光景が、まざまざと甦《よみがえ》ってきた。

暗い地下道の一夜

一九四五年（昭和二十年）早春、私は母の使いで東急目蒲線沿いの道を奥沢駅から田園調布に向かって、ひとりで歩いていた。さほど遠くない距離だったので、空襲に遭《あ》う心配はないと思っていたが、カーブにさしかかったとき、警報が鳴り出した。

ハッとして空を見上げると、黒い豆粒のようなP51の編隊が飛んでいた。どこかに隠れなければと思ったが、恐怖で足がもつれて、すぐそばにあった大きな穴に転げ落ちた。

その直後にキーンという金属音が耳をつんざき、バリバリッと機関銃の音が轟いた。二十メートルほど前を土煙がツツッと走り、急降下してきた飛行機の窓越しに、アメリカ兵の赤ら顔がはっきり見えた。私はこれまでと観念したが、飛行機は反転すると急上昇して飛び去った。

当時は道端に畳一帖半ほどの避難用の穴が掘ってあった。運よくその近くを歩いていたお蔭で助かったのだ。まもなく空襲警報も解除されたが、私は腰が抜けたようになってしまって動けなかった。しばらくしてからようやく這い出すと、あたりは静けさを取りもどし、何事もなかったかのように春の陽光が輝いていた。

19歳当時の著者。最後の逢瀬とも知らず、写真をもって仙台へ向かった。

早めに出されることが多かった警戒警報も、艦載機のときは間際に鳴り出す場合が珍しくなかった。何百機ものB29が飛んで来たら、運を天に任せるしかなく、同年三月十日の東京大空襲はまさに多くの人の運命を変える出来事だった。

その日、私は幸せに酔いしれながら、上野行きの列車に乗っていた。前日に仙台の旅館・針久で久しぶりに松島海軍航空隊にいらした宅嶋徳光さんに面会できて、家に帰るところだった。幸い仙台から座ることができ、車中で針久の女将《おかみ》さんが握ってくださった、心づくしの大きなお握りをいただいた。お握りはふたつあったが、もう一個は母へのお土産としてとっておいた。

列車は停車するたびに大荷物を担いだ買い出しの人たちが乗り込んできて、勿来《なこそ》駅に着くころには人が溢れそうになった。生きる糧を得るために皆が奔走していた戦時中、私は徳光さんに会えた喜びに浸っていたが、赤ん坊の激しい泣き声で現実に引きもどされた。

目の前に防空頭巾をダラリとぶら下げ、両手に荷物を抱えた若い女性が、赤ん坊を背負って立っていた。私は思わず立ち上がって席を譲った。荷物は小さなボストンバッグひとつで、中には残しておいたお握りのほかには、洗面道具と下着しか入っていなかった。その母親は涙を流さんばかりに喜び、さっそく赤ちゃんにおっぱいを含ませた。

途中で空襲にも遭わず、無事に上野へ到着した。ところが駅は異様な臭いが充満し、右往左往する人たちでごった返していた。連れとはぐれた人の叫び声が飛び交う中で、身動きがとれずに途方に暮れていると、信じられない会話が聞こえてきた。

「B29が九百機も飛来して、爆弾と焼夷弾を落としていった。下町は全滅だってさ」

耳鳴りがして目の前が真っ暗になり、気を失いそうになった。私は慌《あわ》てて大きく深呼吸して気持ちを落ち着かせ、人波をかき分けながら出口に向かった。やっとの思いでコンコースまで辿り着くと、道路を挟んだ向こう側には、想像を絶する光景が広がっていた。

夜空を焦がす紅蓮の炎、家が燃えさかるボンボンという音、鼻をつく強い臭気。街全体が火の海と化していた。恐ろしさで体がガタガタと震え、立っているのがやっとだった。

上野発の列車が全面ストップしたため、駅員は声を枯らしながら、懸命に乗客を地下道に誘導しはじめた。後に浮浪者の溜まり場として、一躍有名になったそこに私も行くしかなかった。

赤々とした炎が目に焼きついて離れず、何も考えることができなかったが、急に私の帰りを待っている母のことが心配になった。家は世田谷の奥沢にあったものの、下町の惨状を見た直後だけに気が気でなかった。しかし、どうすることもできない。私は寒くて暗い地下道で立ったまま、一睡もせずに朝を迎えた。

列車の運転は早朝から再開され、山の手、京浜、千葉、信越、関西の各方面ごとに分けられた。疲れ切った顔をした乗客たちが移動を始めると、

「私、目黒まで行きたいんです」

聞き覚えのある甲高い女性の声がした。桜井家でお手伝いさんをしている千代さんだった。桜井の梨枝おばさまと私の母は親友で、家も近所だったため、千代さんのことは幼いころから知っていた。

「千代さん、私、津村の八重子よ」

無我夢中で叫んだ。こんなところで知り合いに会えるなんて、夢にも思っていなかった。彼女も同じ思いだったらしく、私を見て目を丸くしていたが、すぐに駆け寄って来て、互い

の無事を喜び合った。

考えてみれば、桜井家とは不思議な縁で結ばれていたような気がする。徳光さんとの運命的な出会いをもたらしたのも桜井家なのだ。

当初、徳光さんのお父上は福岡駐在の高級官吏だった桜井家のご主人・学氏に、慶応大学に合格して初めて上京する息子を託された。ところが桜井家には三人の息子さんがいらして、上のおふたりが大学生、末っ子は中学生だった。いくら千代さんがいるとはいえ、さらに男の子を預かるのは負担が大きすぎるため、梨枝おばさまは私の母に、下宿先が見つかるまで徳光さんを住まわせて欲しいと頼んでこられた。

我が家は父を亡くし、兄の信正は中支に応召され、長女の義子姉も梨枝おばさまの肝入りで、満鉄に勤務する盛田誠さんとの縁談がまとまって、ハルピンに行くことが決まっていた。家に残るのは母と双子の姉の安子と信子、そして私の四人だけになり、寂しくなると言っていた矢先だったので、喜んで引き受けることにしたのだ。

しかし上野駅では、そんな感傷に浸っている余裕はなかった。母のことが気がかりで、一刻も早く家に戻りたかった。とりあえず腹ごしらえをすることにしたが、買い出し帰りの千代さんはお弁当を持って来ていなかったうえに、手に入れた食料も生では食べられないものばかりだった。

一日がかりの買い出しに行くのに、自分が食べるものを用意していなかったのは、梨枝おばさまのために少しでも多くの食料を持って帰りたかったからだ。西洋人と日本人の間に生まれた梨枝おばさまは、いつも和服を着るなど、日本人以上に日本人らしい暮らしをされていたので、私は鼻の高いおばさまとしか思っていなかったが、西洋風の顔だちゆえに買い出しでは苦労されていたようだ。

「私は髪の毛が縮れているだけでも辛いのに、奥さまは外国人の顔をしているから可哀そうだ」

千代さんはそう言って嘆いていた。私は母のために残しておいた、赤ん坊の頭ほどもあるお握りを半分に分けて千代さんと食べた。十分とは言えなかったが、いくらか空腹が癒《いや》され、そして何より千代さんに会えた安堵感から、心細さが薄らいで元気になった。

「ひとりよか、なんぼかうれしかね」

千代さんも鼻の頭の汗を拭きながら、お国訛《なま》りで言った。食べ終えると、さっそく列車に乗り込んだが、辿り着けたのは目黒までで、目蒲線は動いていなかった。私はガックリして、ヘナヘナと座り込んでしまった。

各駅間の距離はさほどでもなかったが、奥沢駅は六つ目だ。歩いて行くには、遠すぎるように思えた。千代さんはそんな私に、

「大岡山まで行けば近道が分かりますから、線路を歩いて帰りましょう」

と言ってせき立てた。仕方なく線路に降りると、プラットホームがずいぶん高く見えた。前日は大雪だったのか、日蔭の吹き溜まりにはひざくらいまで雪が残っていた。

駅を出るとすぐに、目黒川の鉄橋にさしかかった。距離は短いが、七、八メートルの高さ

だ。さすがに足がすくんだものの、前に進むためには渡るしかない。覚悟を決めて踏み出した。

雪はほとんど川に落ちていたが、ツルツル滑って足をとられそうになり、ときおり下から強風が吹き上げてきた。幸いズボンの裾がボタン留めになっていて、オーバーも厚手だったので、風で衣服が膨《ふく》らむようなこともなく、なんとか無事に渡り切った。

ホッとして振り返ると、千代さんが顔を真っ赤にして歩いていた。バランスを取りながら慎重に一歩一歩進んでいたが、大きなリュックサックの上にもうひとつ荷物をのせ、両手にも荷物を持っていたため、強風にあおられて体がグラリと揺れた。

真っ逆さまに落ちるのではないかと息をのんだ瞬間、千代さんは態勢を建て直してことなきを得たが、危なっかしくて見ていられなかった。私はボストンバックを置いて、ソロソロと千代さんのところまで戻り、立ったままでは不安定なので、ふたりともしゃがんでリュックの上の荷物と手荷物をひとつ受け取って、ふたたび鉄橋を渡った。

最初から荷物を分ければよかったものを、私は千代さんに頼り切っていて、自分のことしか頭になかった。渡りはじめたときに一度だけ、千代さんの大きな励ましの声が聞こえたが、その後はひっそりしていたのだから、もっと早く気がついてしかるべきだったのだ。

難関をどうにか突破した後は、ときどき休憩しながらひたすら線路を歩きつづけ、約一時間半かかって家に辿り着いた。母も家も無事だった。

「八重子お嬢さまのお蔭で助かりました」

千代さんは、母に何度もお礼を言って帰っていった。後日、梨枝おばさままでわざわざお礼に見えられて、千代さんが苦労して運んできたお米を五合もくださった。

一方、母は目が落ちくぼみ、疲れ切った顔をしていた。私をひとりで仙台に行かせたことを悔やみ、一晩中、仏壇の前に座って無事を祈っていたそうだ。私は母に申し訳なく思いながら、仏壇に手を合わせ、

「無事に帰りました。徳光さんもお元気でした。ありがとうございます」

と言って、鐘をチーンと鳴らしてから拝んだ。

愛着のある土地

テレビは連日、震災のニュースを流していた。時間が経つにつれて被害の範囲はどんどんひろがり、安否が確認できない知人もいたが、母のように私も無事を祈ることしかできなかった。

そんな最中、美容師をしていた義母のお弟子さんのひとり、大阪に住む野中さんから電話があって、

「先生《センセ》のマンションは倒れんと立ってましたけど、だれもいてはらへんし、赤紙が貼ってあってあきまへんわ」

と教えてくださった。やっと動きはじめた電車と臨時バスを乗り継いで、わざわざ見に行ってくださったのだ。それからしばらくすると、部屋を貸していた会社の担当者からも連絡

が来て、部屋の住人は全員無事との報告を受けた。

だが、安堵したのも束の間、すぐに解約したいと言われた。倒壊こそまぬがれたものの、とても住める状態ではないという。突然の申し出に正直言って困ったが、緊急事態である。さっそくお金を工面して、保証金をお返しした。

これを機にマンションを手放そうかと思った。しかし、最寄り駅から徒歩一分、海水浴場の香枦園まで十分もかからないそのマンションには、義母の思い出が詰まっている。亡くなった夫の禎二にとっても少年のころ、肋膜の療養のためにひと夏を過ごし、元気なときは海水浴を楽しんだ愛着のある土地だった。

決心をつけかねていたところ、マンションの自治会がそのまま復興対策委員会になって、岩田早苗委員長を中心に、山積する難問をつぎつぎに解決してくださった。そしてついに百四軒の区分所有者全員の意見をまとめられ、再建を目指すことが決まった。

岩田委員長をはじめとする委員会の皆さんのご苦労は、並み大抵ではなかっただろう。私は感謝の気持ちをどう伝えてよいか分からず、せめて今後はできるだけ総会に出席して、微力ながらもご協力したいと思った。

しかし、復興の目安すら立たない方たちが大勢いらっしゃる。愛する人を失った方も少なくない。その悲しみの深さを思うと胸が痛んだ。かつて私にも最愛の人を失い、生きる気力すらなくした経験があった。それは言葉では表現できないほど、辛く悲しい出来事だった。

こらえきれない悲しみの中で

一九四五年四月九日、私は仙台行きの列車に乗り込んだ。母は切符を購入するのが困難な戦時中も、張り切って手に入れてくれていたが、東京大空襲があってからは仙台に行かせたくなかったらしく、以前ほど一所懸命ではなくなったように思えた。それでも私がせがむので、内心はともかく切符を買ってくれたのだった。

東京は連日のように空襲にさらされていたが、何事もなく八時間あまりで仙台に到着。仙石線に乗り換えて、松島基地がある矢本に向かった。徳光さんとは針久で待ち合わせるのが常だったが、時局が切迫していたため、仙台まで出てくる余裕がなかった。

汽車の中で、ふと徳光さんの話を思い出した。車掌さんが、

「落ちる人が死んでから」

とアナウンスするというのだ。東北弁で『降りる人がすんでから』というと、そう聞こえるそうで、飛行機に乗っていた徳光さんは苦笑していた。

矢本に着いたのは七時過ぎで、暗闇に深い霧が立ち込めていた。改札を出て航空隊の方に目をやると、乳白色に染まった空を黄色いサーチライトが、幾筋も重なり合いながら、右に左にいそがしく動いているのが見え、オレンジ色の光もまじって、まるで光の洪水のようだった。

嫌な予感がした私は、待ち合わせ場所の三好旅館まで全速力で走った。玄関には人だかりがしていて、口々に、

「また事故かねぇ」

と言い合っていた。私はそこをすり抜けて、仲居さんの案内で二階の部屋へ上がった。不安な気持ちを押さえながら、コートのボタンを外しはじめると、階段を昇ってくる足音が聞こえ、私の部屋の前で止まった。襖がそっと開き、女将さんが顔を出した。

「お客さん、津村八重子さんだね」

私がうなずくと、気の毒そうに言った。

「旦那さん、事故らしいよ。今、隊から迎えさ来っから」

血の気が引いて、目の前が真っ暗になった。教官だった徳光さんはこの日、重爆の訓練のため機長として十一人を搭乗させていた。しかし天候不順で、行方不明になってしまったのだ。

空港を要にして扇形に数機の飛行機がつぎつぎに発進したが、猛吹雪に見舞われた機体があるかと思えば、小雨にも逢わないものもあったそうだ。徳光さんの飛行機のほかにもう一機が戻らず、ひと晩で二十三人の尊い命が奪われた。

事故の知らせを聞いた後の記憶は途切れ途切れしかなく、つぎに思い出せるのは徳光さんの私室にいる自分の姿だ。私は彼の椅子に座って、徳光さんの日記を渡してくださる小谷野勝さんの顔をテーブル越しに見ていた。

徳光さんと私は入隊が決まったとき、お互いに日記を綴る約束をした。会ったときに読み合わせれば、離れ離れの日々をどんなふうに過ごしていたかが分かるからだ。どうとこみ上

宅嶋徳光少尉。著者が面会に赴いた4月9日、天候不良で未帰還となる。

げてくる悲しみをこらえ切れず、泣きながら日記の最後の頁を開くと、荘田、湯田両少尉が戦死された日で終わっていた。私はふたりの戦友を亡くされたショックで、痩せてしまった徳光さんに、

「どんな毎日を送っていらっしゃるかは想像できるから、日記はもうおつけにならないで。そんなお時間があったら、少しでもお休みになってね」

とお願いしてあった。徳光さんが私の言った通りにしてくださったのを知って慟哭した。それから以降のことは、どなたが宿まで送ってくださったのか、東京にどうやって帰ったのか、まったく覚えていない。徳光さんの死から終戦の日までの記憶がほとんどなく、後に母から聞かされたことが多い。ただ、四月九日の出来事はつい最近、小谷野さんにお目にかかれた折、私の思い違いでないことを確認できた。

また四月十八日に行なわれた松島航空隊の隊内葬のことも、はっきり思い出せる。遺影と遺骨箱がずらりと並ぶ祭壇の真ん中に、徳光さんの写真があった。母に連れられて参列した私は、崩れ落ちそうになる体を椅子の背に押しつけ、徳光さんの恥になるからしっかりしなくてはいけない、と自分にいい聞かせた。宅嶋家の方の姿はなかった。

「もう俺には八重子だけだ」

面会するたびに、徳光さんは言っていた。小谷野さんのお話では、私室で仲間と飲んで酔っぱらうと、胸から私の写真を取り出して、

「俺の女房の津村八重子でーす」

と見せびらかしていたという。

「あなたのことを待っていたんですよ。皆ふたりを応援していたし、彼はじつによい教官だった。どうしてあの日、もっと早く来てくれなかったんですか。八重子さんが来ていたら、飛行機には乗らずに外出していたはずです」

小谷野さんの言葉が辛く悲しく、葬儀の日から二日間、一睡もできなかった。だが、私には果たさなければならない役目があった。海軍から宅嶋家に遺骨を届けるように頼まれたのだ。行方不明の徳光さんの遺骨箱に、何が入っていたのかは分からなかったが、私と母は宅嶋家に伺って海軍の出先機関に報告をした。父が軍人だったので、母はそういった手続きは心得ていた。

徳光さんが亡くなった年は、三月から四月にかけて異常気象がつづき、三月三十一日には要務で土浦に飛び立った、坂田司令の飛行機が行方不明になっている。濃霧のため土浦着陸を断念した司令は松島へ引き返されたが、松島基地も濃霧に包まれていて着陸できなかったのだ。飛行場の真上を飛ぶ坂田司令の機体の音を聞いた人もいたのに電探が役に立たず、この日も計二機が行方不明になって十八名が殉職。後日、坂田司令の遺体のみが、福島県原町

の海岸に漂着したと聞く。

そして四月二日には第一次の特攻隊出撃が遂行された。前途有望な若者たちがどんな思いで飛び立ったのかと思うと、五十年以上経たいまも止めどもなく涙がこぼれてくる。彼らにも夢や希望があったはず。愛する人がいたかもしれない。別れの言葉すら交わせずに、天に召された人もいただろう。

最後の逢瀬とは知らずに

徳光さんと私も、まさにそうだった。三月九日のあの日、私は最後の逢瀬とも知らずに、自分の写真を持って針久に向かった。前回の面会で徳光さんに、写真を欲しいと言われていたのだ。

ちょうど二度目の出征をした兄に送るために、新しい写真を撮ったばかりだった。兄からは一通の便りもなく、どこにいるかさえも分からなかったが、結核を患っていた私のことを心配しながら出征していった兄のために、元気になった姿を写して原隊付きで送った。徳光さんにも同じ写真を差し上げると、

「似てる、似てる、実物そっくりだ」

写真と私の顔を見比べながら笑った。そして、胸の隠しから包みを取り出した。

「これを八重子に預ける」

亡きお母上のご戒名だった。お守りとして肌身離さず持っていたのに、そんな大切なもの

を私に託すなんて、やっぱりこの人は死ぬ気なのだと思った。だが、お互いにそのことは口にせず、むしろいつも以上に陽気に振舞った。

徳光さんを驚かそうと思って、セーターとズボンの下に写真と同じ服を着ていた私は、おもむろに服を脱いでエンジ色のワンピース姿になり、ちょっと足を引いてポーズを取って見せた。徳光さんは驚きの声を上げて、大喜びした。

「似合う、似合う。でも、寒いだろう」

私を抱き寄せると、ふたりでヌクヌクのお炬燵《こたつ》に入った。徳光さんに抱きしめられながら、写真を見たときに私の感触も一緒に思い出してくださるだろうと思った。

ワンピースは十九歳の誕生祝いに、母が真新しい毛糸で編んでくれた苦心作だった。国内では新しい毛糸を手に入れるのが難しく、古いセーターを二枚ほどいて一枚に編み直していたが、母の友人である岩城中佐の奥さまの清子さんが、上海にいる従姉妹の栄子さんに頼んで、並太のビーハイブを色違いで二封取り寄せてくださったのだ。

ただ、一封の量は緩《ゆる》く編んで大人のセーターが一枚できるかどうかくらいしかなく、それでワンピースを編むには、平凡な表編みをするしかないように思えた。だが、母はそれでは満足できなかったらしく、毛糸を前に二日ほど悩んだ末に、顔を輝かせて言った。

「まぁ、見ててご覧なさい。母さまが素敵なワンピースにして上げますからね。このエンジ色のいいこと」

さっそく洋裁の得意な信子姉に型紙をおこしてもらい、料理用の箸を熱湯消毒して、箸の太い方に人参《にんじん》を刺して編み棒をこしらえた。毛糸の太さや編み方に合った、編み棒も売っていなかったので、そうやって工夫するしかなかったのだ。

「八重子は五月がお誕生日だから、穴開き柄の半袖ワンピースにするわね」

母の言葉と同時に、人参をつけた箸が目まぐるしく動きはじめた。荒く編むのでアッという間に片身ごろ編み上がったが、丸まったユルユル編みは頼りなく見えた。母は半信半疑の私を尻目に、食事の支度は娘たちに任せて、残りの身ごろと両袖を一気に編み上げた。毛糸はわずか一メートルしか残っていなかったが、

「古い毛糸で綴じればよし」

と言って、出来上がったユルユル編みを型紙の上に乗せ、その上に濡れた手拭い、さらにタオルを当てて、強くアイロンを押しつけた。ジュッーと蒸気が上がって、顔が風呂上がりのように赤くほてったが、母はいっこうに気にする様子もなく、洗面所で手拭いを絞り直して、またアイロンをかける作業を繰り返し、四つのパーツはきちんとお行儀よく型紙通りになった。

「もう一息ね」

母はアイロンで伸ばしに伸ばした毛糸を手際よく綴じた。

「はい、着てごらんなさい」

手渡されたワンピースを着ると、ダイヤ柄から下の白いスリップが見えて、とても華やかで美しかった。私は嬉しくなって、思わず『すみれの花』をハミングしながら踊った。母は

満足げな笑みを浮かべて、

「明日、それを着て写真屋さんに行きましょう」

と言った。ワンピースができるまでの経緯を聞いた徳光さんは、

「踊っている八重子の姿が目に浮かぶよ」

と言って笑い、娘のために知恵をしぼってワンピースを編んだ母を、凄い人だ、としきりに褒《ほ》めた。ワンピースはお尻が出ず、膝も膨らまず、とても着心地がよかったが、胸が形通りに出過ぎるのが難点だった。私が気にしていると、

「いいんだよ、それが」

徳光さんは私の胸を軽くつついて、いたずらっぽく笑った。お炬燵《こたつ》に入ってもやはり半袖では寒いので、彼はガッカリしたかもしれないが、またセーターを着た。そして、大本営の参謀だった岩城中佐が、田園調布の八幡小学校近くに家を新築された話をした。徳光さんは学生時代に母の勧めで、オックスフォード大学に留学された後、外務省に勤めていらした清子さんの弟の赤谷源一さんに、週一回英会話を習っていらしたので、岩城中佐ご一家とも顔見知りだった。

母と一緒に新築祝いに伺ったとき、出征前の岩城中佐みずからが家の中を案内してくださり、

「やぁいいんもんですな、家を持ってやっと一人前の心境です」

と、いかにも嬉しそうにおっしゃっていたことを伝えると、

「いいねえ」

徳光さんは羨《うらや》ましそうに言った。しかし、岩城中佐が前線にいらしてすぐ、清子さんが可愛がっていらした弟の隆ちゃんが、周囲の反対を押し切って少年航空兵になった話をしたところ、にわかに笑顔が消えた。

「あの小公子みたいな坊やが……。もうちょっと待てばよかったのにな」

徳光さんはひとり言のようにつぶやいた。私より一歳年下の隆ちゃんは色白の美少年で、ご飯にバターをのせて食べるのが大好きだった。

このとき、徳光さんは飛行機の話もしてくださった。

「いつも懸垂をして乗ることにしているんだ。操縦するときは注意力を分散させることが大事なんだよ。海上に墜落する際のショックは、二メートル厚さのコンクリートに叩きつけられるのと同じだからね。でも、飛行機がボロでさ。夜間訓練が多いし、ガソリンの代わりに松根油やアルコールを燃料にしているから、いつ故障しても不思議じゃないんだ。戦争には負けると思うよ、敵さんの飛行機は凄いからね」

私は何気なく聞いていたが、徳光さんが危惧なさっていた通りになってしまった。そしてふたりのお喋《しゃべ》りも尽きかけたころ、徳光さんがいつになく真剣な顔で、私をじっと見つめて言った。

「男三十歳、女二十五歳にならぬと、自由に結婚できない。法律でそう決められているんだ。正式に結婚はできないけど、許して欲しい。そしてもし俺が死んでも、八重子はいつまでも生きるんだよ。俺のようによい奴に巡り合ったら、結婚するんだよ」

言い終えると、徳光さんは小指を差し出した。徳光さんが死ぬなんて考えたくもなかったが、私のことで心を煩《わずら》わせたくなかったので指切りをした。

「先はともかく、今を幸せに。それがつながっていくんだよ」

私が病気をしていたころ、徳光さんがいつも言ってくださった言葉を添えると、

「そうか、覚えていたんだ」

彼は本当に嬉しそうな笑顔を見せた。戸籍上の妻の座なんて、どうでもよかった。医者から長くはないと言われた私に、生きる気力をあたえてくださった徳光さんを、少しでも明るく幸せにできればと願っていただけで、どうしても結婚を許していただけないのなら、勝手をするまでだと思っていた。

「少し痩せたみたいだね。ヤミでも何でもいいから、食べ物だけは買って、ちゃんと食べなきゃ駄目だよ」

帰り際に徳光さんは、お財布からお金を取り出した。私が母に叱られると言って断わると、

「また病気になっちゃうぞ。八重子は俺の嫁さんだろう」

恐い顔をしたので、私はお金を受け取ってバッグの中にしまった。金額は忘れてしまったが、このお金でまた仙台に来られる、と思って嬉しくなったのを覚えている。それから一ヵ月後に待ち受けていた過酷な運命も知らず、私は無邪気に喜んでいたのだ。

思いがけない顚末

徳光さんからお預かりしたご戒名は、その後もずっと私が保管していた。しかし大震災があってから、宅嶋家にお返ししたいと思うようになった。いつ、何が起こるか、だれにも分からない。私に万が一のことがあったときのことを考えると、その思いは強くなるばかりだった。

思い切って八王子の近くに住んでおられる、宅嶋郁子さんにお電話した。以前、どうやって調べられたのかは分からないが、徳光さんの弟・徳和さんからお電話をいただいて、会いたいと言われたことがあった。だが、私はすでに禎二と結婚していたこともあり、

「昔の八重子だけを覚えてらして」

と言ってお断わりした。それからまもなく、徳和さんの急逝を知らせるお葉書が、奥さまの郁子さんから届いた。お会いすればよかったと後悔したものの、時すでに遅く、お悔やみを申し上げるしかなかったが、葉書に書いてあった住所と電話番号を住所録に控えておいたのだ。

郁子さんは突然のことに驚かれながらも、福岡に住む徳光さんの妹・数江さんに連絡をしてくださり、おふたりとお会いすることになった。

約束の日は早めに、待ち合わせ場所の小田急線・新宿駅改札口へ出向いた。数江さんとは五十年ぶりの再会。郁子さんには一度もお目にかかったことがなかったので、白髪で紺のスーツを着ています、と申し上げておいた。

本当にお会いできるのか、とドキドキしながら待っている私の前に、数江さんが笑顔で現われた。若々しく昔のままだったのですぐに分かった。日航のスチュワーデスをされていた郁子さんは、背の高い綺麗な方で、私より二歳年上だった。

久しく新宿を訪れていない私は、気のきいた店など知らず、赤坂にある郁子さんのお友だちのお店に行くことになった。お店に着くとすぐ、大切なお母上・宅嶋輝世さまのご戒名をお渡しした。お里帰りのささやかな心祝いのつもりで、古くなった紫の袱紗《ふくさ》から白地に赤い柄が描いてある塩瀬《しおぜ》の袱紗に包み直しておいた。

おふたりは礼を言われ、郁子さんが持ち帰って徳和さんのご仏壇に祀《まつ》ってくださるとおっしゃった。念願を果たせて安堵した後、おいしいご馳走をいただきながら昔話に花が咲いた。

数江さんは戦時中、福岡にある徳光さんのご実家を訪ねた私が、ハイヒールを履《は》いているのを見て驚かれたそうだ。一九四二年（昭和十七年）に関門海底トンネルが開通して、母の故郷の長崎まで汽車だけで行けるようになったので、墓参りに行くことにした母と私を、春休みで帰省する徳光さんが招待してくださったことがあった。

昔のことゆえ、そのときの記憶も薄れ、ハイヒールを履いていたかどうかは思い出せなかったが、徳光さんのご実家はとても大きな家で、お父上とお母上が出迎えて下さったのを覚えている。お母上とは上京された折、一度お目にかかっていたが、交通関係の会社や借家などを経営する実業家のお父上とは初対面で、おとなしそうなお母上とは対照的に、押しの強い方のように見えた。

ご挨拶をすませると、徳光さんがぜひ見せたいものがあると言って、母と私を納戸のような部屋へ連れて行った。中にはタンスが置いてあって、徳光さんは引出しから大島紬を取り出した。

「これ、作ってもらったんです」

徳光さんは嬉しそうにおっしゃったが、母は驚いていた。書生さんは久留米絣を着るもので、大島紬を着るのは旦那衆と思い込んでいたのだ。

「やはりご商売をなさっているお家は違うわね」

ふたりきりになったとき、母がポツリともらした。父は娘たちには甘かったが、兄には厳しく、

「信正はいずれ軍隊に行くのだから、綿の布団でいい」

と言って、兄にだけ羽布団をあたえなかった。

ただ、長男の徳光さんはお祖母さまに可愛がられていらしたので、そのぶん特別扱いされていたのかもしれない。妹の徳世さんはまだ小学生だったが、その晩泊めていただいた私たちのために、お風呂の焚き付けをされていて、徳光さんとの待遇の違いに母と私はびっくりした。

数江さんはお父上のことに話が及ぶと、

「幼くて何も分からず、八重子さんのことを考えなくてごめんなさい」

と詫びてくださった。私はお父上が結婚を許してくださらなかったことを、お恨みはして

いなかった。

お父上は私がお貸しした徳光さんの日記をもとに、私家版『くちなしの花』を十七回忌に出版され、私にも送ってくださった。

日記にはお父上宛に書かれた最初で最後の苦言と、幼いふたりの弟さんに対する愛情溢れる文章があった。私はそれを読んでいただきたくて申し出に応じたのに、私家版からは苦言が取り除かれ、日記も返していただけなかった。

しかも編集後記で井上清方さんが、

『徳光兄の殉職後、東京から福岡まで、八重子さまと其の母上が来られて、せめて籍だけでも入れてほしい、とのたっての申し出をも婚約を固辞した本人の意志を尊重して、父上が辞退されたと聞き及んでいる』

と書いておられるのを見て驚いた。

そんなことはひと言も申し上げていない。徳光さんはすでにこの世にいないのに、籍だけ入れて何の意味があるのだろう。

こんなことを書かれるのが分かっていたら、日記はお渡ししなかった。もともとお見せするつもりはなかったのだ。しかし戦時中はノートにも事欠く有り様だったので、徳光さんは節世さんに日記を書くのでノートを送って欲しいと頼まれていた。それゆえ、節世さんは徳光さんの日記の存在を知っていらして、私に見せて欲しいと言ってこられたため、考えた末にお貸ししたものだった。

「亡くなられた徳光さんが一番よくご存知だし、いまさら騒ぎ立ててどうなるものでもないでしょう。人さまの噂話も七十五日よ」

憤慨している私を、母がたしなめた。

「的はずれな噂話は、彼が一番嫌っていたんじゃないのかい。こっちまでレベルが下がるから、無視が一番だよ」

夫の禎二もそう言った。私はふたりの意見に従って、今日まで沈黙してきた。だが、徳光さんのために、また自分自身のためにも真実を話したいと思うようになった。それが徳光さんの魂を鎮めるに違いないと思ったからだ。

もちろん当時はコピーなどなく、日記の一言半句を覚えているわけではない。徳光さんからいただいた手紙も、結婚するときにすべて焼いてしまった。だが、私の心の中から消えることはけっしてない。一九四四年（昭和十九年）六月、検閲を受けながらも消されずに届いた手紙には、

『八重子と結婚したい。父に許して欲しいと手紙を出した』

とはっきり書いてあった。

驚いた母は徳光さんの真意を確かめるために、宮崎まで面会に行ったのだ。ところが、手紙が届いてから幾日も経っていないのに、彼は忘れて欲しいと母に告げた。

「毎日、猛特訓を重ねているうちに、死を間近に感じるようになって、気が変わったのかもしれないわね。お父さまの返事も、期待はずれのものだったんじゃないのかしら」

東京に戻ってきた母は言ったが、

「悪い方に考えると、言い当てそうだからよしましょうね。徳光さんも可哀そうね」

と同情した。

軍人の妻として実に辛い、悲しい経験をしている母には、徳光さんの心の揺れが理解できたのだろう。また結婚を申し込んですぐに断わってきた相手に、娘をもらっていただこうとは考えていなかった。

「八重子には、私が厳しく申し伝えます。でも、ご武運を祈っている人間がいることだけは忘れないでくださいね」

母は徳光さんに、そう言って帰京したという。そして思いがけない顛末《てんまつ》に打ちのめされ、暗い顔をしている私には、可愛がっていただいたお礼と私のために心を悩まさないで欲しい旨を書いて、手紙を出すように厳命した。

悪い夢を見ているようだったが、私が徳光さんを苦しめているのかと思うと、申し訳ない気持ちで一杯になり、彼が可哀そうでたまらなくなった。徳光さんはお国のため、私たちのために命をかけていらっしゃるのに、私は自分のことばかり考えていると反省した。言われた通りに手紙をしたため、

『今は悲しくて寂しい。でも、いつかきっと元気になると思う』

と書き添えた。しかし日が経つにつれ、納得できなくなってきた。私を嫌いになったとは言っていない。結婚はできないとしても、なぜ別れなければならないのか、なぜ忘れなければ

ばならないのか。好きでいるだけなら、何の問題もないはずだ。たった数日で、なぜ心変わりをしたのか。その間にいったい何があったのか。私は母に自分の疑問をぶつけたが、納得できる答えは返ってこなかった。

そんなとき、除隊された徳和さんが遊びにみえた。私が除隊の理由を尋ねようとすると、母が目で止めた。お元気そうだったが、身体でも悪くしなければ除隊はないからだ。

徳和さんは軍隊やご実家の話をされた。帰られる間際には、仙台へ行ったものの徳光さんに会えなかったので、もう一度訪ねてから九州に帰るつもりだとも言われた。それを聞いた母は、

「八重子がどうしても徳光さんのお話を納得できない、と言い張って困り果てています。ご本人から直接おっしゃっていただけたら諦《あきら》める、と申しておりますので、一緒に連れて行っていただけませんか」

とお願いした。徳和さんは承知してくださり、同行することになった。

暗雲は晴れて

九月十二日、土砂降りの仙台駅に降り立った。知らせてあったのか、針久の傘をさした徳光さんが電停に立っていた。学徒出陣で東京を発って以来、一年二ヵ月ぶりの再会だった。

徳光さんは私に笑いかけたが、少しやせて精悍な顔つきになっていて、学生のときとは印象が違っていた。

私は顔をこわばらせたまま徳光さんをじっと見つめ、歩きはじめたふたりにつづいた。宿に着くと、私のためにひと部屋用意してあった。濡れた衣服を着替え、鏡をのぞいてあかんべぇをした。絶対に泣かないというおまじないだった。

覚悟を決めて徳光さんがいらっしゃる部屋へ入ると、隊で同室の荘田少尉と木村少尉がいらした。徳和さんはおふたりと宮崎の青島で知り合われたとかで、お話がはずんでいた。

食事が始まると、徳光さんはお酒を飲み、食後には白頭山節やラバウル小唄を歌い出した。そんな姿を見るのは初めてで、座は盛り上がっていたが、私が溶け込めるはずもなく、わがままをいって来たことを後悔した。悲しくなりかけたとき、徳光さんがつと立って、皆さんに軽く挨拶をされてから私の方を振り向いた。

「八重ちゃん、おいで」

徳光さんについて行くと、私の部屋の前で足を止めた。徳光さんは私を先に部屋に入れ、じっと私の顔を見つめながら後ろ手で襖を閉めた。

「八重子、よく来たね」

言葉も終わらぬうちに、徳光さんは私を強く抱きしめた。

「お話が……」

私は必死にのけぞりながら言ったが、厚い胸がぐんぐん押し寄せてきた。そして片手で私をしっかりだいたまま、もう一方の手の人差し指を私の唇に当てた。

「黙って、黙って」

徳光さんはそうささやきながらキスをした。ほのかな彼の体臭とともに、頬、目、鼻、顎、首にキスの雨が降ってきた。結局、肝心な話は何ひとつできなかった。でも、私には分かった。私の自惚《うぬぼ》れではなく、徳光さんが本当に私のことを大事に思い、愛してくださっていることが。

前列右より荘田少尉、宅嶋少尉。後列は木村少尉。１年２ヵ月ぶりで再会した時には、少しやせ精悍な顔つきになっていた。

「帰るぞォー」

荘田少尉の大きな声がした。徳光さんはすくっと立って、宅嶋少尉の顔にもどった。雨で湿った軍服を羽織るとぶるっと身を震わせ、腰の短剣にちょっと手をやってから、私の方を見てニコッと笑った。昔の徳光さんの顔だった。

「また来るわね」

私も思わずニッコリすると、

「うん、待ってる」

徳光さんは嬉しそうに言った。玄関までお見送りした徳和さんと私に、軍帽を目深に被った三人の士官は海軍式の敬礼をして、雨が降りしきる夜の街に颯爽《さっそう》と消えて行った。

ひとりになってから、あんなに悩み苦しんだ三ヵ月間はなんだったのだろうかと考えた。ひとりよがり、思い過ごし、ひとり相撲……。そんな言葉が浮かんで来たが、すぐにどうでもよくなった。私の心にたれこめていた暗雲は、みごとに晴れたのだから。来てよかった、としみじみ思った。その夜は戦争のことも、何もかも忘れてぐっすり眠った。

その年の十月下旬か十一月初めに、徳光さんから大きな小包が届いた。開けてみたら、真っ白なお砂糖がぎっしり詰まっていた。甘味はおさつや人参、かぼちゃ、秋に庭の柿があるくらいで、お砂糖など久しく見たこともなかったので、すぐにでも舐《な》めたかったが、

「徳光さんのお手紙を拝見してからよ」

母にピシャリと言われ、お砂糖は仏壇の前に置かれた。

翌日、待望の手紙が届いた。

『先日、任務で台湾、フィリピンに出撃しましたが、無事帰隊。燃料で重かった飛行機が帰りは軽くなったので、少し砂糖を積んできました。そちらに送りましたので、届いたら食べて下さい』

と書いてあった。母も私もご無事の知らせに安堵して、いただいたお砂糖を何かと女所帯を助けてくださるご近所の方にお裾分けした。食料不足はひどくなる一方で、おさつさえ簡単には手に入らなくなっていたので、とても喜ばれた。母も徳光さんの心遣いに感激して、

「戦地からのお土産に、母さまは本当に驚いたわ」

と何度も言った。そして苦労して小麦粉と油を手に入れ、ドーナツを作ってくれた。私が

それを持って徳光さんを訪ねると、今度は彼が驚いて感激していた。

しかし、戦局は日増しに悪化していった。新聞は毎日のように日本軍が成果を上げたと書き立てていたが、生活は苦しくなるばかりで、芋の葉っぱや茎、のどがイゴイゴする、あれはずいきという里芋の茎だったか、そんなものまで食べた。ご飯も白米など望むべくもなく、玄米に大豆をまぜたものがあればいい方だった。歯の悪い母はみるみるうちに痩せ、別人のように老けてしまった。

ある日、隣組からイナゴを捕らえる話がきた。母は断わったが、不足しているタンパク質をおぎなうために私は参加を決めた。何をやっても下手な私が、このときはかなりの数のイナゴを捕獲できた。しかし佃煮風に調理してみたものの、食べ慣れていないためか、足はエビと同じと言い聞かせても、どうしても食べられなかった。

食事もまんぞくにできない時代ではあったが、徳光さんさえいてくだされば、どんなことにも耐えられた。いつかきっと幸せになれる、と信じることができた。だが、私の夢と希望はあの事故で、呆気なく消え去ってしまったのだ。

最愛の徳光さんを失ってから、お喋りの私がほとんど口をきかなくなった。話しかけられれば返事をするが、何に対しても興味を示さず、ぼんやりしていることが多かった。以前のように庭のかぼちゃの手入れをして、空襲警報が鳴れば対応はしていたものの、穴蔵は嫌だといって防空壕に入ろうとしない母を説得しなくなり、私も入るのをやめた。母は私から目が離せず、もう一日早い切符を手に入れてやれなかった自分を責めたという。

そんな日々がつづくなか、回覧板が回ってきた。八月十五日正午に重大発表がされ、天皇陛下ご自身が国民にお話あそばすから、謹んで拝聴するようにと書いてあった。

当日は茶の間の隅の鴨居に三角の板を渡して載せてあったラジオをつけたが、日常使われている言葉とはあまりにも違う、抑揚のない不思議な日本語だったので、何をおっしゃっているのか理解できなかった。その上、ウォンウォンと波打つような機械音がして雑音も入った。母はラジオをポンポンと叩いたりしてみたが、いっこうにおさまらなかった。

「陛下の大事なお話の最中なのに、故障したのかしら。石原さんのお宅へ行ってくるわ」

母はお向かいの家へ行き、しばらくすると息せき切って、私の名前を大声で呼びながら戻ってきた。私が生返事をすると、母は言った。

「終わったのよ、戦争が。日本は負けたのよ」

予感があったとはいえ、敗戦が現実のものとなった。私は母と抱き合って泣いた。

「どうして、どうして死んでしまったの」

わずか四ヵ月前に亡くなった徳光さんの無念を思って、何度も何度もそう言いながら泣きつづけた。

徳光さんは分かってくださるだろうか。私がどんな思いで戦後を生きてきたかを。困ったときや苦しいときには必ず徳光さんが現われて、

「頑張れよ、元気を出すんだ」

大きな目で私をじっと見つめて、励ましてくださるのを感じて生きてきたのだ。

「何が嫌いといって、俺が一番嫌いなのは自殺する奴だ。卑怯だと思わないか」

愛する人はいつも言っていた。その言葉が心に残っていなければ、私は生きていなかったかもしれない。徳光さんは亡くなってからも、私の心の支えだったのだ。

第二章　両親の思い出

思い描けなかった父の姿

私は一九二五年（大正十四年）五月一日、広島市皆実町で生まれた。当時、陸軍歩兵大佐だった父の津村諭吉は、宇品の陸軍運輸部部長を務めていて、母の弘子との間にはすでに四人の子どもがいた。長男の信正（一九一三年三月二十七日生、一九九五年十一月三十日没）、長女の義子（一九一九年十月十四日生）、双子の安子と信子（一九二三年三月十二日生）、私は末っ子だった。

母親似の美しい顔だちをした兄はサッカーが得意で、慶応大学のサッカー部で活躍した。野球部のような華やかさはなく、観客のほとんどは友人や関係者だったが、私が小学一、二年生のころラジオでサッカーの早慶戦が中継され、家族と一緒に聞いていた。ところが興奮した早稲田側の観客が、

「津村を殺せェー」

センターフォワードの兄に向かって野次を飛ばした。本当に兄が殺されると思った私は、

「お兄ちゃまが殺される」

と大泣きして母や姉たちをびっくりさせた。スポーツマンで気持ちのやさしい兄が大好きだったし、そんな兄は女性にも結構モテたようだ。背が高い義子姉もスポーツが得意で、女学校時代は陸上競技や水泳の選手として活躍。劇にも出演するなど、かなり目立つ存在だった。


一方、双子の姉たちはどちらも小柄で、とくに信子姉は今ならガラスの保育器に入れられるほど小さく、三歳のときの写真を見ても安子姉よりふた回り小作りだったため、小学校には一年遅れで入学した。ただ、ふたりとも体によいといわれていたAO《アーオー》の注射をしてもらっていたせいか、体こそあまり大きくならなかったが、義子姉や私より丈夫に育って現在もすこぶる元気だ。


最後に生まれた私はよく笑う赤ん坊で、育てるのが一番楽だったという。家族全員に可愛がられたが、一歳半のときに父が亡くなったので、父親に可愛がられた記憶はない。もの心がついてからそのことを嘆くと、母が諭《さと》すように言った。

「八重子が覚えていないだけで、病気になられる前はいつも抱っこしてくださったのよ。ニコニコ笑うあなたを可愛い、可愛いっておっしゃってたわ。五人の子供のうち、生まれるときに家にいてくださったのは、あなたのときだけよ」

父に可愛がられたのを確認できて嬉しかった。また母は折にふれ、父の話をしてくれた。

早くに亡くなった父親の姿を、子供たちに伝えておきたかったのだろう。幼いころは想像力が乏しくて、母の話を聞いても父の姿を思い描けなかったが、今は個性的でステキな男性として私の心の中で生きている。その父と母のことをここに記したいと思う。

著者を中央にした兄姉。両脇が比較的小柄な双子の姉。兄は慶応のサッカー部で活躍。背の高い養子姉も目立つ存在だった。

父は一八八一年（明治十四年）五月七日、和歌山県日高郡南部川村西本庄に生誕。故郷は梅の産地として知られ、近くには田辺港や白浜温泉がある。実家は豪農といわれる旧家で、黒い瓦葺《ぶき》の土塀が蜒々とつづく大きな屋敷を構えていた。

しかし次男以下の男の子は幼いうちに養子に出され、九人兄弟、姉一人の八男だった父は京都のお寺にもらわれた。養父の和尚さんは盲目だったらしいが、自分の掌に字を書かせながら学問を教えてくださったそうだ。

「お前は利発じゃから、えっと学問をして大僧正になれ」

和尚さんはいつも父に言っていた。いそがしいお盆の時期は、和尚さんの代役でお経も読んだ。

「お小僧はんはお声がようて、ほんによろしおすな」

檀家の方々は褒《ほ》めてくださったが、父はどうしても僧侶になるのが嫌だった。ついには書き置きをして寺を飛び出し、軍人になっていた何番目かの兄を頼って東京へ行った。だが、兄は養父の元に戻るように厳しく叱責した。それでも父の決意は変わらず、別の小さなお寺で寺男をしながら、家を継いだ長兄の虎吉伯父さまに手紙を出した。

伯父さまは父の気持ちを理解して、必要なお金を送って励ましてくださった。そのお蔭で父は府立四中に入学、七千人中一番の成績で陸軍幼年学校に進んだ。そして陸士十二期を優秀な成績で卒業した後、子供がいない外交官の中山家に望まれて養子となった。

父の出征

一九〇四年（明治三十七年）に日露戦争が勃発すると、父は中山諭吉少尉として関谷陸軍大佐率いる静岡三十四連隊の一員として出陣。歴史に残る激戦地だった二百三高地の戦いで旗手をつとめ、勲四等功五級の金鵄勲章を授与された。

戦後、母と一緒に映画『明治天皇と日露戦争』を見に行ったことがある。この映画に登場する橘大隊は関谷連隊に所属していたので、旗手だった父も描かれていて、敵の弾を胸に受けて中山少尉がのけぞって倒れる場面では、親子揃ってスクリーンに釘づけになった。

このとき父は二十三、四歳で、母はまだ出会っていなかったが、自分が知らない若いころの父に会えたような気がしたのだろう。感無量の面持ちで見入っていた。私も映画であることを忘れて感動した。子どものころ『日の丸読本』でその場面を読んでいたが、やはり映画は迫力が違う。写真でしか知らなかった父が、目の前で生き返ったようだった。

父は何発目かの弾が当たったとき死を覚悟して、近くにいる将校に軍旗を巻いて渡すと、バッタリ倒れた。胸に肋骨のような飾りがついた黒い軍服は、恰好の標的にされたらしい。しかし運よく後方の野戦病院で蘇生して、軍旗も無事だった。ただし手足の傷は癒《い》えたものの、胸のダムダム弾だけは摘出できなかった。

母は一八八八年（明治二十一年）十一月十一日、長崎で回船業を営む栄三郎とスヱの長女として生まれた。兄と弟がいたが、新しい世の中を見知っていた栄三郎は、娘にも教育を受けさせた。踊りや三味線などのお稽古事を習うかたわら、帳面のように綴じた半紙をぶらさげて、寺小屋に通ったそうだ。

「墨を塗りたくって、真っ黒にしただけよ」

母は笑っていたが、女学校を卒業すると東京の女子美術専門学校に入学した。長崎から上海までは海路一昼夜で行けたのに、東京までは二昼夜かかった。母は長崎から門司まで鉄道で行き、お風呂に入ってから連絡船に乗って下関に渡った。そこからはふたたび汽車の旅で、赤毛布《アカケット》を膝の上にかけて、畳敷の列車に揺られながら新橋に向かった。

女子美には梨枝おばさまも一緒に入学して、本郷菊坂にある寄宿舎で共に四年間を過ごした。梨枝おばさまと母は長崎にいるときからの友人だったが、どうやって知り合ったのか、梨枝おばさまのご実家は何をなさっていたかなど、母は一切話してくれなかったので、それ以上詳しいことは分からない。

　学校が長期の休みに入ると、ほとんどの人が帰省したが、毎回、長崎に戻るのはお金も時間もかかるので、母は虎ノ門にあった晩翠軒の伯母のところへ行った。晩翠軒は中華料理店として有名だったが、もともとは中国文房四宝と支那骨董を扱う店で、中華料理は関東大震災で大きな被害を受けた店を建て直すため、本店の裏側に洋間の個室ばかりの三階建てビルを建てて始めたものだ。母の実家は晩翠軒の上海支店から虎ノ門の本店まで、荷物を運ぶ仕事を請け負っていて、母方の祖母の姉が晩翠軒に嫁いでいた。

　そんな折、父が店を訪れて母と出会ったらしい。

「義兄さんが、姉《あね》しゃまば見初《そ》めた」

　母の弟の英雄叔父さまが、一度だけ口をすべらせたことがある。母よりひと回り年下の叔父は気の軽い人だったが、

「子供の前で、何を言うの」

　母にきつく叱られたため、首をすくめてそれ以上詳しい経緯は教えてくださらなかった。多分、叔父の話は本当だと思う。当時、父は陸軍大学校に通っていたが、陸軍では将校として物おじしない、誇り高い人間になるため、幼年学校時代から文具ひとつでも、その土地で一番の店で買うように教育していたので、質の高い品物を扱っていた晩翠軒に、墨か筆でも買いに来たのだろう。そして母と出会い、恋に落ちたのだと思う。母は恋愛を恥ずかしいことだと思っていたようだが、私はそんな両親に人間味を感じて、むしろ微笑《ほほえ》ましく思った。

父は母が女子美を卒業するのを待って結婚、東京・青山に所帯を持った。中山のお父上は気さくな方で、母がときどきご機嫌伺いに訪れると、温かく迎えてくださり、よく広い縁側の籐椅子に座って、指先に粉をつけながら鹿皮で爪を磨いていらしたそうだ。お母上は気位が高く、とても気をつかったそうだが、そんな苦労はあったものの、両親にとって新婚時代はバラ色の幸せな日々だったに違いない。間もなく待望の子供も授かった。

しかしその喜びの最中に、母は突然、父から離婚を申し渡される。父に日本国籍を離脱して中国人になりすまし、単身で重慶に潜入せよ、という過酷な命令が下ったからだ。中国に出発する日も告げずに、父は家を後にした。

ひとり残された母は実家にもどって兄を出産。父が男の子ならと言い置いた信正という名前をつけ、母の兄の子供として入籍した。長崎の祖父母は、

「のーまさ、欲しかもんばあったら、大きか声ば出しておらぶとよ」

と言って初孫の兄を盲愛したため、母は困ったらしい。一方、父からは何の連絡もなく、いつ帰国するのかも知れぬままだった。母はさぞかし辛い思いをしていたはずなのに、

「お父さまを信じていたから」

と言うだけで、多くを語ろうとはしなかった。そんな母の気持ちに応えるかのように、三年後に父が帰国。日本国籍にもどって母と再婚した。どういう事情があったのかは分からないが、このとき父は中山家ではなく実家の籍にもどり、津村諭吉になった。父はむろん伯父の子供になっていた兄も自分の籍に入れたが、戸籍の上では養子だった。

兄が大人になったとき、悩むとでも思ったのだろうか。次に生まれた義子姉も、いったん津村の長兄の籍に入れてから、養女というかたちで自分の籍に入れた。

「小糠《こぬか》三合持ったら、子供を養子になぞ出すものではない」

いつもそう言っていた父は、子供の気持ちをおもんばかったのだと思う。母も私たちに兄と姉が養子になった事情をきちんと説明してくれたので、兄や姉がひがむようなことはまったくなく、子供たち全員が両親を尊敬していたし、兄姉妹の仲も本当によかった。

ただ、父にお妾《めかけ》さんがいたことを知ったときはショックだった。小学五年生のころ、アルバムをめくっていると、中国服を着た父と見知らぬ女性が、並んで写っている写真があった。その女性は髪を引きつめ、白い中国服の上着に黒いペラペラのズボンをはいて、足は纏足《てんそく》のようだった。母に女性のことを尋ねると、

「お父さまが重慶にいらっしゃったときのお妾さんよ」

あっけらかんと言った。お妾さんがよいものではないことは分かる年ごろだったので、びっくりしていると、母は私に言い聞かせた。

「その人のお蔭で、お父さまは無事に日本へ帰って来られたのよ。母さまの代わりに、お父さまによくしてくださったの。お父さまは中国語が堪能だったけど、顔を洗うことひとつとっても、日本人と中国人は習慣が違うの。中国では両手で円を描くように洗うんですって。もしその人がお父さまは日本人だと密告したら、殺されていたかもしれないわ」

素直なだけが取り柄の私は、父を助けてくれた恩人だと思って納得した。父は中国語のほ

かにフランス語、ドイツ語、英語もできた。陸軍は最初フランス軍を手本にしていたらしく、フランス人教官がいて、教科書もフランス語のものが多かったと聞く。陸大時代には発音を学ぶために、七歳になるフランス人のお嬢ちゃんとよく遊んでいたそうだ。

英語はもうひとつだったが、読み書きと日常会話は不自由しなかった。今のようにテープレコーダーはおろか、テレビの外国語講座や語学学校もない時代に、これだけの語学をマスターできるなんて凄いと思った。母は、

「うちの子はだれも、お父さまの頭に似なかった」

と嘆き、勉強しない私たちに向かって、

「私が勉強家ではなかったから仕方がないわね。でも、母さまにもよいところはあるのだから、皆もよいところは似てくださいよ」

と言っていた。私は自分が勉強嫌いなのは母譲りなんだと思って、安心して怠けていた。ところが私が女学校に入学したころはまだ英語の授業があって、家で四苦八苦しながら筆記体の練習を

右端が父・津村諭吉と母・弘子。著者は母のお腹の中にいる。父親の記憶に乏しいが、母は折にふれて父の話をしてくれた。

していると、それを見た母がペンを手に取って、

「もう少し斜めにしてごらんなさい」

と言って、サラサラと美しいアルファベットを書いた。

「母さまも英語ができるのね」

私が驚きの声を上げると、母はニッコリ笑って言った。

「女子美に行っていたころ、学校の講義のほかに英語と『源氏物語』をお友だちと少しだけ習いに行っていたの。でも英語の本は読めないし、会話もできないわ」

待つ身の辛さ

しかし、努力家ではあったのだ。私は母のせいにして、怠け者を決めん込んでいたことを反省した。それに母は歌も上手だった。曲名は思い出せないが、娘たちより高いソプラノで〝It's a long way〟と歌い出す曲をよく歌ってくれた。

嫌だ、嫌だよ
ハイカラさんは嫌だ。
頭の真ん中に、栄螺《さざえ》の壺焼き
なんて、まんがいいんでしょ

そんな歌詞の曲も歌っていた。昔の流行歌なのかもしれないが、母は子供たちには流行歌を禁じていた。私たちが歌うのは童謡や学校で習った『庭の千草』『菩提樹』『荒城の月』

『フィニクリフニクラ』などだった。また、それぞれ決まった子守歌もあった。義子姉が『城ヶ島の雨』、私は『雨降りお月さま』。母にふたりとも雨の歌が好きだったのかと尋ねたら、

「子守りの人が歌ってくれていた歌だから、母さまにはよく分からないわ。自分が知っている曲の中から、静かな曲を選んだんじゃないのかしら。安子と信子も何か歌ってもらっていたけど、あまり歌が好きな子じゃなかったわね」

と言った。家にはオペラ歌手の三浦環や関谷敏子のレコードもあった。母は長崎を舞台にしたオペラ『蝶々夫人』をよく聴《き》いていて、ピンカートンがアメリカ人の妻を連れて来たのを知って、お蝶夫人が嘆く場面ではしんみりしていた。母には愛する人の帰りを待つ身の辛さが、痛いほど分かったのだろう。

「十六年間の結婚生活も、一緒に暮らせたのは三年あまり。末は大将かと言ってくださった方もいらしたけど、お父さまは早くに亡くなり、家族は寂しくて辛いわね」

　母がもらしたことがある。父の生涯はまさに戦争につぐ戦争だった。第一次世界大戦では戦後の捕虜送還問題に巻き込まれ、捕虜送還のためヨーロッパに行った際、ギリシャ軍艦に抑留された。気丈な母も、さすがにこのときばかりは心配したらしい。父は捕らえられてから約二ヵ月後の七月四日付けで、

『多島海ノ一島ミチレン港ニ、ギリシャ軍艦ノ抑留セル所トナリ、本国ノ伝聞ヲ待チツツアリ。生命ノ危険ナシ、安心セヨ。津村中佐』

と走り書きの絵葉書を送っていたのだが、届いたのは父が帰国して二年後の五月末だった。表書きにはフランス語で神戸、ジャポン、マダムヒロコ、その横に日本語で住所と母の名前が書き添えられていたのに、どういうわけか〝福井　10・5・24〟のスタンプが押してあった。

父が解放されたのは、最初の葉書を出してから約三ヵ月後で、約半年の抑留であった。ローマから便りが届いた十月二十一日付けの葉書には、

『小川中佐ニ便宜ヲ受ケ、多イニ助カリ候』

と書いてあった。大使館付武官でローマにいらした、同期の小川中佐にお世話になったらしい。さらに同じ月の二十五日付けで、ナポリから絵葉書を二通送っている。

『本日伊太利第一ノ港ナポリニ到着、諸方見物致シ。伊太利ノ諺ニ、ナポリ見ザレバ、死去スベカラズ。誠ニ景色ト申シ、気候ト申シ、申シ分ナキ所。図ハ芝居小屋ノ内部ニ御座候。津村中佐』

『図ハナポリ海岸ノ城砦ニ御座候。須磨ニ似タル所、箱根ニ似タル他、大村湾ニ類セル点、乃至ハ興津、美保、富士ヲ一カ所ニ集メタル所アリ。伊太利ニ一週間滞在シ、巴里ニ行キ、又英国ニモ回リ、船便ヲ待チ二月中旬ニ、帰国出来得ベシ』

ナポリのどこまでも真っ青な空の下で自由を取り戻した父は、よほど嬉しかったのだろう。また母が知る限りの日本の名所を書き連ねた二通目は、明治男らしい妻への愛情が溢れていて、両親の仲のよさがしのばれた。

ベルリンに住む友人からパリに滞在している父に宛てた葉書も残っている。

『小生明日ストラスブルグ出発。スゥイス経由、ヴィーンへ。年末ニオルテルデオ目ニカカルベク候。坂本生』

と書いてあることから、ウィーンにも行ったようだ。このほかにも、

『依頼ノ荷物ヲマルセイユカラ無事発送』

などと書いた、友人たちから父宛の便りもある。父の遺品のほとんどは、戦時中預けておいた長岡にある兄嫁の実家が戦災にあったために焼失してしまったが、これらの葉書は母がお守りとして肌身離さず持っていたので、表と裏がバラバラになりながらも辛うじて残った。

軍服姿の父。著者１歳半の時、日露戦争で胸に受けた傷がもとで数え47歳で他界。

父は一九一九年（大正八年）に帰国したが、休む間もなくシベリア出兵となった。パルチザン部隊に日本人百二十二名が惨殺され、その鎮圧を命じられたのだ。このときの光景は目を覆うばかりで、地方人（陸軍将校の使った言葉で一般人をさす）も犠牲になり、二頭の馬に片足ずつ縛りつけて走らせ、股を裂いた遺体が転がっていたという。真っ暗闇で飯盒炊飯をした父は翌朝、

血に染まった水で米を洗ったのを知って愕然とした、とも語っていたそうだ。

束の間の平安

そんな父にもシベリア出兵後、束の間の平安が訪れた。東京を振り出しに京都、神戸、広島と転勤がつづいたが、当分は広島で暮らせそうだったので、皆実町に赤い尖った屋根のドイツ風家屋を建て、土手町の借家から引っ越した。

家は二階建てで、一階はリノリュウムの床のリビングルームがあり、毛皮の敷物の上に大きな革のソファーが置いてあった。その横は私が生まれた和室、中央に食堂と広い台所、そしてポーチへとつづき、庭に出られるようになっていた。一階には風呂場や洗面所、お手伝いさんの部屋、物置などもあった。二階は六部屋あって、父の書斎と兄の部屋が洋室、他は和室だったと思う。

私が皆実町の家で暮らしたのは六歳までだったので、一階と庭で遊んでいた記憶しかない。いつもねえやのみつのにくっついていたせいか、台所を一番よく覚えている。この家の写真も戦災で焼けてしまったが、母方の従兄の小嶺健吉さんが家の写真を持っていらして、数年前に送ってくださった。ほぼ私の記憶通りの家が写っていて、とても懐かしく嬉しかった。

また私が生まれたころは、虎吉伯父さまの息子の信真兄さまが同居していらして、浪人生活を送りながら私の子守りをしてくださったそうだ。父は亡くなるまで虎吉伯父さまのご恩を忘れず、甥たちの面倒もできる限り見ていた。

家には、龍という中国人も住んでいた。龍は父が漢口の駐在武官だったときに可愛がっていたボーイで、龍も父になつき、帰国する際に同行を懇願されたため連れて来たそうだ。庭は道路との関係で隅が三角形になっていて、そこに馬小屋と別当の清水夫妻が住む小さな家があった。父は歩兵だったが乗馬が得意で、太股の内側は騎兵のように肉が削げていたという。京都に住んでいたころは、馬に乗って大津にある陸軍まで通っていたそうだ。

馬は南洋のラバウルで農園などを手広く営む、母方の小嶺磯吉大叔父さまからいただいたものだった。ことのほか母を可愛がってくださった大叔父は、両親の再婚を誰よりも喜んで、そのお祝いに当時七百円もした栗毛のサラブレットを一頭贈ってくださったのだ。

このころが母にとって、一番幸せな時代だったのかもしれない。父は健在で子宝に恵まれ、経済的にも豊かだった。家には子守りやお手伝いさんほか大勢の使用人がいて、義子姉は自分の名前を〝お嬢ちゃま〟と思っていたほどだ。

しかし両親は尊大になったり、子供たちを甘やかすようなことはしなかった。とくに言葉遣いは厳しく躾《しつ》けられ、末っ子の私は家族全員が目上だったので、ある程度のお転婆は許されても、礼儀だけはみっちり仕込まれた。使用人に対しても家族を助けてくれる大切な人として接していたので、皆一所懸命働いてくれたし、父が亡くなってからも離れて行く人はひとりもいなかった。

皆実町では隣に文理大の杉山先生ご一家が住んでいらして、ひとり娘の泰子ちゃんとよく遊んだ。泰子ちゃんは小柄だったが、運動神経が抜群によくて、リビングの窓からソファーまで飛んで遊ぶのが大好きだった。ところが私が彼女の真似をしたら、失敗して墜落。鎖骨を折ってしまった。それ以来リビングで遊ぶのを禁止されたので、もっぱらおままごと遊びをするようになったが、泰子ちゃんは退屈だったらしく、次第に疎遠になっていった。

近くを流れる太田川の土手近くに住んでいた、古川修君も皆実町で仲良くしてくださったお友だちのひとりだ。お父さまは海軍大佐で、私の兄と同い年ぐらいのお兄さまと三人のお姉さまがいた。修君のお姉さまたちと私の姉たちが友だちだったので、末っ子同士の私たちも自然と親しくなったのだ。

修君とは〝スケート〟という遊びに熱中した。前後に小さな車輪がついている長さ四十センチ、幅十センチほどの板の前方に棒が一本立っていて、その棒を両手で握って片足を板にのせ、もう一方の足で地面を蹴りながら走るのだ。私たちは修君の家の犬走りで、代わる代わる興じて大喜びしていた。

幼いころの私はかなりのお転婆だったが、父は女の子も活発な方がいいと思っていたようだ。母に子供たちには動きやすい洋服を着せるように勧め、母は原型ドレスを作って着せてくれた。

私は末っ子だったので、姉たちのお下がりを着せられていたが、発育がよすぎてそれでは間に合わなくなった。お嫁に行くまでは同じにと、双子の姉たちにお揃いの洋服を作っていた母は、私の分も一緒に作ってくれるようになり、自分も一人前になった気がしてとても嬉しかった。

父は私が生まれる直前にも、ふたたびヨーロッパに行っている。神戸から日本郵船の加茂丸に乗船して、約四十日かかってフランスのマルセイユに到着するまで、船上では毎晩のように夜会が催されていたようで、髪を七三に分けて背広を着た父がデッキで写した写真を見た記憶がある。その写真の裏には『キャプテンＯＧＵＲＡ』と書いてあった。

どんな要務だったのかは分からないが、命に関わることのない唯一の任務だったらしく、家族にどっさりお土産を買ってきた。母には白い大きなダイヤと黄色がかってよく光る小粒のカナリーダイヤの指輪、ボビンケースが舟型をした持ち運びができるシンガーミシン、無骨なドイツ製のアイロン。娘たちには洋服とお人形を二体プレゼントした。

私もこの人形とよく遊んだ。ひとつは金髪で青い目をしたお人形で、横に寝かせてから起こすと「ママァー」と言って泣いた。もっとも赤ん坊ほどの大きさだったので、四歳ぐらいになるまで抱っこできなかった。もうひとつはブルネットの立てロールの髪形をした、五十センチほどのフランス人形だった。洋服の下の脇腹に大きなネジがついていて、母にキリキリ巻いてもらうと歩いたので、私はお人形と手をつなぎ、得意顔で一緒に歩いていた。

人形の総額はアップライトピアノ一台の価格と同じぐらいで、父はどちらを買おうか迷ったが、

「チビさんたちには人形の方が、友だちになってよかろうと思ってね」

と言っていたそうだ。家にいるときは子供たちに切り絵を作ってくれるなど、子煩悩でやさしい父ならではの選択だった。また愛妻家でもあり、西洋人のように夫婦で旅行したいと

も言っていた。

彫りの深い顔だちで背丈もある母はなかなかの器量よしで、手足も細くて形がよかった。父はいつも和服を着ている母に洋服を着せて、連れて歩きたかったらしい。父自身もとてもお洒落で、スーツやハイカラーのシャツはもちろん、毛のシャツや靴下までイギリスに注文していた。煙草はダンハムというアメリカの紙巻煙草で、器用にクルクル巻いて吸っていたそうだ。

しかし胸に受けた傷がもとで、父は床に伏せるようになってしまう。当初は弾が入っているのだから、多少の不調は仕方がないと明るく振舞っていたが、次第に起き上がることすらできなくなった。

父は枕元に龍を呼んで、絹の中国服と当座の生活に困らないだけのお金を渡して帰国させると、愛する家族を残して数え年四十七歳で亡くなった。弾が埋まっていた付近の骨には緑《ろく》青《しょう》がふいていた、と母は涙ながらに語った。

二十数年間、父は職業軍人として懸命に働いてきた。家には大演習の際、天皇陛下の御前で指揮する父の写真や、幼年学校でお教えした朝香宮鳩彦殿下のサイン入りのお写真などもあった。

「でも、お父さまは隊付の方と違って、コチコチの軍人ではなかったのよ。亡くなる少し前に、上海あたりで使用人のいない、鍵ひとつかけて生活する自由な暮らしもあるよ。南仏か伊太利《イタリー》でエビやカニ専門のレストランを開くのもいいねぇ。俺はコックの勉強でもするかってらしゃって、笑ってらしたわ」

母はそう言っていた。立派なカイゼル髭を生やしていた別当の清水さんが、父のお古のマントを羽織り、長靴を履いて外を歩いていると、新兵が閣下と間違えて敬礼したのを、さも愉快そうに家族に話したりもしたそうだ。

父は軍人になったことを悔いていたわけではないと思う。家族に寂しい思いをさせない、別な生き方もあったかもしれないと考えたのだろう。母もそんな父の思いが分かったからこそ、兄を軍人にしなかったのではないだろうか。

家族にとって父は、絶対的な存在だった。それは亡くなってからも変わらず、嬉しいこと悲しいことがあるたびに、仏壇に飾ってある大きな父の写真に向かって報告し、お灯明を上げ、鐘を鳴らして拝んだ。毎朝、登校する前にも拝んでいたが、たまに遅刻しそうになって拝まずに行くと、凄く悪い子になってしまったような気がして、一日中落ち着かなかった。

また父の遺言として、家族全員が守っていることがある。

「お茶漬けは胃に悪いから食べるな」

「熱い風呂には入るな」

「夜半に嵐というから、枕元に着替えをきちんとたたんでおくこと」

「背筋を伸ばして、姿勢を正しくすること」

いずれも細かいことだが、父がひどい近眼だったにも関わらず、子供たちはだれも近眼にならず、年老いてからも腰が曲がらなかったのは、姿勢をよくするように注意してくれた、父のお蔭だと思っている。ただ、赤沢家に嫁いでから姑さまとお祖母さまに、「朝は前の日のお冷やご飯で、ザブッザブッとお茶漬けがよろしいで」と言われたときは返事に窮した。同居していなかったので、その場限りの相槌を打ってもよかったのだが、父に申し訳ない気がしてできず、曖昧な笑みを浮かべて凌《しの》いだ。

軍人としての父の姿は知らないが、後年、軍人が政治に口出しをするようになり、日本は太平洋戦争へと突き進んで行く。父の同期にも畑大将など、戦犯になられた方がいらした。もし父が生きていたら、どうしていただろうか。徳光さんと同じように負けるのを覚悟の上で、お国のため愛する者たちのために、戦う道を選んだのではないだろうか。私はそんな気がする。

祖父・小嶺栄三郎のこと

少し長くなるが、ここで母方の祖父・小嶺栄三郎と、その弟・磯吉大叔父のことも記しておきたい。母や親戚などから聞いた話なので、事実誤認や身びいきがあるかもしれないが、その点はご容赦願えたらと思う。

祖父の生家は長崎県島原の旧堂崎池田にあった。現在の有家《ありえ》である。典型的な貧乏の子沢山で、曾祖父・小嶺久左衛門と妻のリエの間には男の子が七人、女の子が三人いた。長年にわたる弾圧のため、キリシタンはほとんどいなくなっていたが、かつてセミナリヨ（神学校）があった名残りなのか、どこの家も子供は神さまからの授かりものと考えて間引きはしなかったので、十人ぐらい子供がいる家は珍しくなく、よその子も我が子も区別なく可愛がるおおらかな雰囲気があった。また離婚も神さまに背《そむ》く行為と見なす風潮が強く、滅多にしなかったという。

しかし人々の生活は、時代が明治に変わってからも相変わらず貧しかった。男たちは大小の島々が浮かぶ有明海で漁に精を出し、女たちは家の周りにささやかな畑を作って、なりふりかまわずに朝から晩まで真っ黒になって耕し、わずかばかりの作物を得ていた。子供たちも幼いうちから親を手伝うのが当たり前で、一家を挙げて生きるために必死に働いていたのだ。

三男だった栄三郎もふたりの兄・庄三郎、梅三郎とともに父親を助けた。腕白だったが、体格のよい栄三郎は頼りになる働き手だった。しかし天候や時化に一喜一憂する不安定な生活に嫌気がさし、いつしか長崎に行きたいと思うようになった。都会から遠く離れたひなびた漁村にも、新しい時代の息吹きが届きはじめ、志のある次男以下の男子の中には、一旗揚げるために村を後にする者も出てくるようになっていた。

いつものように父や兄弟と磯仕事をしているとき、ついに栄三郎は自分の思いを口にした。

「もうこげんこつ、やめたか」

兄たちは思いがけない栄三郎の言葉に驚き、即座に叱り飛ばした。

「勝手すな。そんげんこつば言うとに、食べさす飯はなかか」

突然の兄弟喧嘩に、父親が割って入った。

「庄、梅、お前らは黙っちょれ。栄三郎、お前は何ば不服か。お天道さまや海神さまのお蔭で、働くるとに」

「おいは兄弟で競争ばして魚や貝を採って仕事するより、牛ば育てて売る商売のあるけん、そいばしたか」

「だれに聞いたか」

「長崎から来らした伝さんに聞いた。長崎は唐人や何やでせからしかばってん、仕事ばようけいあると言うとった。ばってん、おいはここで牛飼いして金ば貯めて、長崎に行きたか」

栄三郎の言い分を聞いた父親は、意外にもあっさり認めた。

「よか、牛ば飼《こ》うてよか。ばってん、飯ば家で食うことはでけんぞ。兄《あに》しゃんの働きじゃけん」

厳しい労働の積み重ねで、父親は体を壊していた。母親も末っ子の磯吉を生んでから体調が思わしくなく、実質的に一家を支えていたのは長男と次男だったのだ。栄三郎の決心を知った母親は、他の家族に気づかれないように、そっと栄三郎を呼んだ。

「うちは体が痛とうて、もうあんまり生きられんごつある。そんで、お前に頼みばあっとよ」

母親のただならぬ様子に、栄三郎はびっくりしたが、励ますように言った。

「何んばいうとね。元気出さんね。何でん言うて欲しか」

「おまえは太《ふと》か気持ちば持っとるけん、どげん仕事でんやり切る、とうちは思とっと。こまか磯吉が大きゅうなるまで、母はようおらんけん、あん子の立ち行くごつ見てやってほしか」

母親は目に涙を溜めて、栄三郎に頼んだ。

「うん、よか。ばってん、母しゃんも元気ば出さんね」

栄三郎は母の手を握りしめた。

「そうじゃ。こいでうちは元気ば出るじゃろ」

リエは涙に濡れた顔をクチャクチャにして言った。そんなふたりの気持ちを知る由もない幼い磯吉は、狭い家の中を走りまわり、栄三郎に飛びついたりして遊んでいた。

翌日、かねてより栄三郎に話を持ちかけていた、博労《ばくろう》の留さんが迎えに来た。栄三郎は早朝から漁に出ている父親と兄たちが戻って来ないうちに、身支度を整えて家を出ることにした。

「母しゃん、達者でな」

栄三郎は笑顔で母親に別れを告げた。

「から芋ば蒸してあるけん、持って行きまっせ」

母親はさつま芋を手渡した。栄三郎は涙ひとつ見せず、一度も振り返ることなく、大股でスタスタと歩いて行ってしまった。

牛飼いの生活は厳しかったが、もともと動物好きで働き者の栄三郎は、母の切なる願いを胸に入れ人一倍頑張った。仕事にもだいぶ慣れてきたころ、地元の人たちが〝コッテ牛〟と呼んで恐れていた暴れ牛が逃げ出して大騒ぎになったが、栄三郎は素手で牛の角を押さえて捕らえた。

コッテ牛も栄三郎の手にかかると、借りてきた猫のようにおとなしくなったそうだ。元来力持ちではあったが、自分の何倍もある牛を力だけでねじ伏せられるはずがない。牛を御するコツのようなものを心得ていたのかもしれない。

栄三郎の育てたコッテ牛は、年に一度開かれる競り場で高値がついた。威風堂々とした風貌と手入れの行き届いた艶やかな毛並みが、買い手をすっかり魅了してしまったのだ。

努力の甲斐あって、わずか三年で蓄えもでき、いよいよ長崎に行くことにしたが、その前に実家に寄って稼いだお金の一部を両親に渡した。ふたりの兄たちも栄三郎の頑張りを認め、今度は気持ちよく見送ってくれた。

初めて訪れた長崎は活気に溢れ、外国からさまざまな人や物資がなだれ込んでいた。見るもの聞くものすべてが珍しかったが、見物に来たわけではない。具体的にどんな仕事をするのかを決めかねていた栄三郎は、街を歩きながら商売になりそうなものを探した。

数日が過ぎ、歩き疲れて海の見える西坂の丘に座っていると、沖に何隻もの外国船が停泊しているのが目に入った。不思議に思って地元の人に理由を尋ねると、巨大な外国船は長崎港に入れないのだという。そのため人と荷物は小さな和船に積み替えて港まで運ぶしかなく、しかも和船の数が少ないうえに、伝を頼って船主に頼むのが慣習だったため、通詞を介する外国人は余計に時間と手間がかかって、長い間待たされた。

それを聞いた栄三郎は、とっさに商売を思いついた。常時港に船を待機させ、迅速に運搬を行なうようにすれば、繁盛するのは間違いないと考えたのだ。さっそく、団平船を仕入れて船頭や舟子を雇い、小嶺組という会社を設立した。

栄三郎の目論見は見事に当たった。現在は中華街で知られる新地の近くにある湊公園付近に、小嶺組の団平舟がズラリと係留するようになり、道を隔てた現在は岡印章堂とせきぐちクリーニングのビルがある場所に事務所もかまえた。

栄三郎は寝る間も惜しんで働き、事業は順調に伸びていった。仕事ひと筋だったため結婚には縁がなかったが、いつまでも独身では船頭や舟子の押さえが効かぬ、と世話をする人がいて、佐賀の庄屋の娘・永野スエと結婚することになった。スエの両親が栄三郎の仕事ぶりに惚れ込んで、娘を嫁がせたようだ。

スエは船頭や舟子たちから慕われ、物乞いまでもが、

「小嶺のお母しゃまんところに行かにゃ」

と言って、住まいがある十人町までの坂を登って来たという。気立てのいい伴侶を得た栄三郎は、ますます仕事に精を出すようになった。

小嶺磯吉大叔父のこと

一方、幼い磯吉は栄三郎が長崎に行って間もなく、両親が相次いで亡くなったため、実家のすぐ近くに所帯を持っていた長女夫婦に引き取られ、あまり歳の違わない姪や甥たちと一

緒に育てられていた。体格がよく、子守りはもちろんのこと、畑や磯の仕事も手伝ったので頼りにされていた。

しかし一日の仕事を終えて納屋で片付けをしている横で、姪や甥たちが親に甘えてわがままをいっているのを見ると、明るくおおらかな磯吉も一抹の寂しさをおぼえた。血のつながった姉とはいえ、やはり母親のように甘えることはできなかった。そんなと磯吉は、いつも栄三郎の言葉を思い出した。

「体ば丈夫にして、何でんかんでんよう習うておけよ。兄しゃんがお前によか仕事ば、探してやるけんな」

栄三郎がいつかきっと迎えに来てくれる。磯吉はそれを信じて毎日働いた。だが、待つのは辛い。ある日、磯吉の様子を見にきた栄三郎に訴えた。

「おいも、兄しゃんの仕事ばしたか」

栄三郎には磯吉の気持ちがよく分かったが、うなずきながらも諭《さと》した。

「おいも、それのよかち思うとった。スエも磯吉さんば家に呼んであげまっせ、と言うちくれた。ばってん、おいは考えば変えたぞ。兄しゃんは船頭や舟子《カコ》ば使うて、舟ば沢山持って、小嶺組ばしとる。ばってん、よかか。今はご維新ばあって、漁師でん、百姓でん、学問のでくれば、偉か官員さんでん、なんでんなれるご時勢たい。兄しゃんは体ば使うて、働いて店ば持った。これはこれでよか。ばってん磯吉がおいのところで働きやっても、お前ひとり別扱いはできん。おいのところに何年いたっちゃ、学問ばするごつなられん。待っとれ。兄しゃんが学問ばしながら、働くるところば探してやるけん」

家が貧しかったので、小嶺の子供たちは学校に行けなかったが、栄三郎は利口でこせつかない性格の磯吉を見どころがあると思っていた。また自分のような文盲にしたくない、という思いも強かった。

磯吉はその日が来るのをひたすら待ちつづけた。いいかげん、待ちくたびれたころ、磯吉が十五歳のときにようやく栄三郎が迎えに来た。子供たちが大好きなお菓子を山のように抱えてやって来た栄三郎は、姉夫婦を前に深々と頭を下げて言った。

「長い間、義兄しゃん、姉しゃんに磯吉ばまかせて、ほんなこつ有り難か。今度はおいが磯吉の面倒を母《かか》しゃんとの約束通りみさせてもらいます。磯吉によか仕事が見つかって、義兄しゃんや姉しゃんにも喜んでほしか。朝鮮の仁川ちゅうところにある、福島屋ちゅう海軍御用達の店じゃ。偉か人たちが来られる店じゃけん、勉強にもなる」

栄三郎はみずから福島屋に出向いて頼み込んでいた。しかし、姉は猛反対した。

「そげん遠かところに、何してやっとか。恐ろしか」

姉もまた磯吉が可愛く、心配でならなかったのだ。磯吉は栄三郎と姉のやりとりを黙って聞いていたが、最後に懇願するように言った。

「行きたか。兄しゃんの言うごつ学問ばして、偉か人になりたか」

それを聞いて姉も渋々承知したので、栄三郎はさっそく磯吉を長崎に連れて行った。まだ子供がいなかったスエは、我が子ができたように喜び、新しいこざっぱりとした着物や下着類を買い求め、朝鮮に渡っても不自由しないように細々としたものも揃えた。そして朝鮮に旅立つ日まで、兄弟水入らずの楽しい日々を過ごせるように心を配った。

「家庭の和やかさを生まれて初めて、十人町の義姉しゃんに教えてもろた。有家《ありえ》の姉しゃんは厳しかお父しゃんのごつじゃった。ばってん義姉しゃんは、おいの母しゃんのごつじゃった」

　後年、磯吉は私の母に何度も言っていたそうだ。よほど嬉しかったのだろう。もちろん、自分を育ててくれた姉にも感謝していて、亡くなるまで送金するなど、その恩に報いていた。

　期待に胸を膨らませて日本を立った磯吉は、栄三郎の期待に応えるべく懸命に働いた。日本から衣類や雑貨類を運び、朝鮮では日本向けの郵便事務を引き受けていた福島屋には、上は将校から下は水兵にいたるまで、海軍の人たちが大勢出入りしていたが、真面目で気働きのある磯吉はだれからも可愛がられ、店の上役や仲間の店員ともすぐに打ち解けた。

　店では下働きとして朝鮮人が雇われていて、彼らとも積極的に付き合った。当時、日本人はにんにくや唐辛子はあまり食べなかったが、一緒に外出した際には彼らに朝鮮料理をご馳走して、自分も一緒に食べた。朝鮮人たちは咳《せ》き込んだり涙を流したりしながら、辛い料理を必死に食べる磯吉を見て、親しみを感じるようになり、朝鮮語を教えてくれたという。海軍の人たちは小さな手帳に朝鮮語を書き留めて暗記している磯吉を見かけると、

「勉強せいよ」

と言って励ましてくれた。一年もすると、日常会話に不自由しないぐらい朝鮮語が上手に

なり、店でも大きな仕事を任せられるようになった。だが、朝鮮には日本人に反感を持つ人たちが少なからずいた。一八八二年（明治十五年）に在韓日本公使館を襲撃する壬午の変が起き、一八九〇年（明治二十三年）には朝鮮人の商人にだけ課税する措置に反発して、朝鮮人が経営する店がストライキで抗議する撤桟事件に発展した。

そんな不穏な世情の最中、店の使いを終えて帰る途中だった磯吉は、海軍の若い士官が数人の暴漢に囲まれているところに遭遇した。士官を遠巻きにした暴漢たちは手に手に棍棒《こんぼう》を持ち、石を投げつけていた。士官はピストルを手にして一歩も引かず、悠然と立ち向かっていたが、石が当たったのか、顔から血が吹き出していた。

「待ってくれ、この人はいい人だ。朝鮮人にいつも仕事をくれるんだ」

磯吉は朝鮮語で怒鳴った。暴漢たちは自分たちが普段使う朝鮮語を話す磯吉を見て、怪訝な顔をした。たまたまそのとき朝鮮服を着ていたので、朝鮮人だと思ったのかもしれない。

「本当だな。嘘をついたら、お前も殺す」

暴漢のひとりが磯吉を睨みつけて言った。磯吉はうなずくと、士官に駆け寄って小声で、

「お金があったら全部、出してください」

と囁《ささや》いた。士官は右手にピストルを握ったまま左手で財布を取り出し、磯吉に渡した。

「皆で分けてくれ」

磯吉がボスらしき男に財布を差し出すと、中身を調べた。意外に多い額に満足したようで、男は懐にお金を入れ、顎をしゃくって仲間を引き連れ去って行った。間一髪の危機を乗り切

った士官と磯吉は、改めてお互いの顔を見て驚いた。士官は福島屋にたびたび来ていた上村彦之丞少尉だった。

「磯吉、有り難う。もう四、五分遅かったら、殺られていただろう。有り難う」

上村少尉は磯吉の手を固く握りしめて、何度も礼を言われた。この一件はまたたく間に海軍に広まり、磯吉の豪胆と機転を皆が褒《ほ》めてくれた。しかし磯吉が自分から話すようなことはなく、人に尋ねられても、

「いやぁ、あんなときはだれでも同じことをすると思いますよ」

と言って笑っていたそうだ。上村少尉はそんな磯吉の性格を気に入り、学問の学び方から哲学や人間としての生き方、国家についての考え方などを教えてくださった。また、帰国した折にわざわざ長崎の栄三郎の家まで礼を言いに来られたそうだ。上村少尉は後に海軍大将にまでなられた方だが、終生、磯吉と義兄弟の契りをつづけてくださった。

磯吉はその事件の後も福島屋で働いていたが、五年が経ったころ朝鮮を離れたいと思うようになった。待遇に不満はなかったが、太陽がさんさんと降り注ぐ有明の海で育った磯吉は、仁川の厳しい気候がどうしても好きになれなかった。激しさを増す一方の排日運動にも、嫌気がさしていたようだ。先のことは決めていなかったが、中尉に昇進した上村さんが仁川に寄港した際、自分の気持ちを打ち明けてみた。

「よかろう。自分が思う通りにやってみなさい。世界は広いんだ。若いうちは何でも、やってみることだ」

上村中尉は磯吉を励ました。福島屋はよい条件を出して引き止めたが、磯吉の決心が固いのを知ると暇を出してくれた。

「長崎の兄しゃんに相談せにゃと思ったときには、もう店を辞めとった。俺も気が短かねぇ」

磯吉は苦笑しながら母に言ったそうだ。むろん、まったく当てがなかったわけではない。店に出入りしていた人が、南洋で真珠貝を採る事業を磯吉にもちかけ、その気があるなら協力は惜しまないと言われていた。しかし栄三郎に報告するのが先決だったので、ひとまず帰国した。

朝鮮に行ってから、磯吉は一度も帰国していなかった。栄三郎はすっかり貫禄がつき、船頭たちから大将と呼ばれ長男の熊龍も生まれて、公私ともに順風満帆だった。スエも久しぶりの再会を喜び、新しい着物と下駄を用意して磯吉を待っていた。

磯吉はスエが揃えた和服を着て一服した後、真新しい下駄を履いて幼い熊龍を肩車しながら、長崎の町を歩き回った。わずか五年の間に、家も人も増えていた。散歩を終えると、仕事から戻った栄三郎に、

「長崎は人が多くて、狭か。俺はもっと広かところで仕事がしたか」

と言った。栄三郎は理解を示しながらも、やはり心配だった。

「朝鮮での頑張りは、俺に聞かす人がおって喜んどった。上村さんが賛成なら俺もよかと思う。ばってん南の島に行って、仕事のあっとか」

「最初は真珠貝を採る仕事を覚えに、豪州に行ってみる。仕事ば覚えたら、船を買って独立する。ただ、行ってやってみなきゃわからんね。とにかく行ってみたい」

すでに磯吉の心は決まっていた。栄三郎も磯吉に力を試させてやりたい気持ちがあった。

「よか。そこまで決心しとるなら、やってみればよか。元手の少しぐらいなら、俺が出しちゃる」

頼りにしていた栄三郎からお墨付きをもらって意を強くした磯吉は、一ヵ月ほど栄三郎の家でのんびり過ごした。おそらく磯吉にとって、一生に一度の長い休暇だったと思う。熊龍はすっかり叔父になつき、いつもまとわりついていた。

そんな日本での団欒《だんらん》のひと時も終わり、いよいよ豪州に出発する日が来た。晴々とした気持ちでこの日を迎えた磯吉は、スエに言った。

「身体には自信があるし、言葉も少しは分かる。新しい土地に行ったら、土地の人たちと仲良うなって、一生懸命勉強する。同じ人間同士、かならず通じると思う。兄しゃんに俺のような文盲になるなと言われて、ほんなこつ目が覚めて有り難かった」

上村中尉に世界の共通語である英語を学ぶように強く勧められ、磯吉は英語の勉強もしていた。栄三郎は船賃と餞別を渡して、磯吉を見送った。

豪州では思惑がはずれて、何度かひどい目にあったようだが、磯吉は持ち前の明るさと頑張りで、さまざまな職業に就《つ》きながら資金を蓄え、ドイツ領ニューギニアに向かった。

新天地ではアルバート・ハール総督に知己を得て、マヌス島で農園経営と造船所をはじめ、ドイツ語と現地の言葉の習得にも努めた。事業は軌道に乗り、ラバウルにも進出。南洋産業会社という貿易会社を設立するまでになった。またハール総督から顧問に迎えられ、現地の人たちに帰順を促して治安を維持する役目も果たし、その功によりドイツ軍から海軍大尉の称号を与えられた。

しかし、第一次世界大戦が勃発して、無政府状態になったラバウルは大混乱に陥る。磯吉は邦人二百名、原住民千五百名を率いて自警団を結成し、現地の人たちの生命と財産の保護、治安維持に全力を尽くした。

戦いはイギリスとオーストラリアの艦隊の急襲で決着がつき、ラバウルは戦火をまぬがれるが、完全な平和を取り戻すまでにはいたらなかった。ドイツの最新鋭警備艦コメット号を取り逃がしてしまったのだ。いつ砲撃を受けるやも知れず、また南太平洋の物資供給においても脅威となった。英豪艦隊は必死に探索をつづけていたが難航し、困り果てたホームス提督は磯吉に協力を求めてきた。

終生、義兄弟の契りを続けた上村彦之丞大将（右）と小嶺磯吉。大正２年12月撮影。

日本と同盟関係にあるイギリスの

頼みとあって、磯吉はさっそく行動を開始。島々の隅々まで熟知している現地の人たちに捜査を依頼した。磯吉の働きを高く評価していた現地の人たちは、〝キャプテン・コミネ〟と呼んで磯吉を尊敬していたので、さっそく動いてくれた。

そして三日目の早朝に、ブリテン島の西海岸にあるタラシア湾に潜伏しているとの情報をもたらした。この湾がドイツ艦艇の補給地であることはまったく知られていなかったが、湾の奥地に住むニゴバル族が捜し当てたのだった。

磯吉は荒天に乗じて、未明に単身でコメット号に侵入した。日本刀を背負い、褌姿で錨綱を伝って行ったそうだ。むろん、殺すつもりは毛頭なかった。磯吉自身はドイツ軍に何の恨みもない。艦長のエルマン大佐を揺り起こすと、投降するように諭した。

だが、エルマン大佐も軍人である。磯吉の厚意に感謝しつつも、艦長として一戦を交えずに投降することはできないと断わった。それでも磯吉は説得をつづけ、条件があるのなら命に代えて保証すると約束した。ついにエルマン大佐も折れ、

「日本人である君の剛勇と熱意に対して、この艦の運命を君に託し、乗務員の処遇を頼む」

と言って降伏したのである。翌日にはコメット号が、白旗を掲げてラバウルに入港。英豪艦隊に引き渡された。捕虜になったエルマン大佐以下の乗務員は、磯吉の尽力によって軍法会議にもかけられず、大佐以外は一般在留民として保護され、大戦終結後に本国へ送還された。

一方、磯吉にはコメット号が投降した午後、感謝状とコメット号の測量計が記念品として

贈られ、彼の勲功を讃《たた》えて大英帝国海軍大佐に任ぜられた。この式典を岸壁から見守っていた現地の人たちは、歓声を上げて祝ってくれたという。

コメット号は改称された後、オーストラリア艦隊に編入された。終戦後は太平洋におけるオーストラリア艦隊唯一の戦利品としてシドニー港外に係留され、小嶺磯吉の剛勇を語り伝えたと聞く。しかし第二次世界大戦で日本は敵国となったため、その後コメット号がどうなったのかは分からない。

その間、長崎の栄三郎は押しも押されぬ親方として睨みをきかせ、気性の荒い船頭たちに、

「大将の腹かかれたら、ほんなこつおとろしか」

と言われていた。船頭のひとりが、こっぴどく叱られたのを皆、知っていたからだ。ある日、船頭のお内儀さんが小嶺組に駆け込んで来た。

「大将、うちの亭主がまた大酒食らって、思案橋のにき（そば）の女子《おなご》んとこに入りびたっとるとですよ。正月の金ば全部持って行ったとですよ。叱ってやってくださりまっせ」

栄三郎は話を聞き終えるや否や、下駄をつっかけて飛び出した。女の家でへべれけになっている船頭を見つけると、いきなりビンタを食らわし、襟首をつかんで井戸端まで引き据えて、頭から水を浴びせかけた。一気に酔いが覚めた船頭は泣いて謝ったが、栄三郎はジロリと睨み、

「もう明日から来んでよか」

ひと言だけいうと、踵《きびす》を返してスタスタと行ってしまった。船頭はお内儀さんをともなっ

てスエを訪ね、涙ながらに取りなしてくれるように頼んだ。スエはとりあえず栄三郎には内緒で、正月の仕度ができるだけのお金を用立ててやった。情が厚いスエは船頭たちから慕われていたが、事業家肌の栄三郎とはしばしば対立したという。

このとき、騒ぎを物陰からそっと見ていた女の子がいた。熊龍に次いで生まれた栄三郎の長女のカメ、私の母親である弘子だ。母は父が無事に中国から帰国して再婚する際、弘子に改名したが、長崎ではずっとカメしゃんと呼ばれていた。

幼いカメは大の男がオイオイ泣くのを見て、お酒飲みが大嫌いになった。ところが、いつしか母親のスエが、父親と一緒にお酒を飲むようになった。お酒が入るとスエは、食卓の上をいつまでも片づけず、また栄三郎もそんな妻を叱らなかった。カメはそれが嫌でお酒どころか、奈良漬けさえ食べられなくなった。

「八重子は母さまより、私の母に体格が似ているから、けしてお酒を飲むようになってはいけませんよ」

私は母にそう言われて育ったため、五十歳になるまで一滴もお酒を飲んだことがなかった。しかし生まれてから五十年間、母の言いつけを守り通したのだから、もういいだろうと思って、夫の禎二にもすすめられてお正月に初めて日本酒を飲んだ。おいしかった。多分いける口だと思うが、今でも自分から頂くことはない。母の心配は杞憂に終わったようだ。

一方、カメは何不自由ない生活を送り、船頭たちから恐れられていた栄三郎も、娘だけは目の中に入れても痛くないほど可愛がっていたが、近所の子供たちに、

「何でん欲しかもんば、お父しゃまが買うてやんなるけん、よかね」

と言われた。悪意はなかったのだろうが、カメは自分だけが特別扱いされているような気がして、外で遊ぶのが嫌になり、兄の本棚から読めそうな本を見つけて、家で読書をすることが多くなった。スエは色黒で上背があって、お洒落に関心がない娘を理解できなかったらしく、

「女の子なのに着物も欲しがらんで、本ばっかり読んで困ったもんたい」

と栄三郎にこぼした。しかし、カメを溺愛していた栄三郎は、

「器量がよかちゅうて、鼻にかけて、ぞろぞろすっとよりよか」

と言って意に介さなかった。そんなカメが十七歳になったとき、南洋にいる磯吉が訪ねて来た。磯吉は仕事も兼ねてときどき帰国していた。栄三郎と話している磯吉のところに、カメが挨拶に行くと、

「大きゅうなったのう。美しゅうなって」

顔をクシャクシャにして喜んだ。

「女ごんくせして、本ばっかり読んどる」

栄三郎は言葉とは裏腹に、まんざらでもなそうに言った。

「よかじゃなかね。女だっちゃ勉強せんばな。東京でん出して勉強さすっとよか。そうじゃ、俺が東京に行ったとき、晩翠軒に頼んでみようかい」

磯吉はカメを見て言った。カメは東京に行くなどとは、考えてみたこともなかった。とこ

ろが、磯吉は近所にでも行くかのような気軽さで、東京へ出すという。晩翠軒の伯母にもカメは一度も会ったことがなかったが、学問好きと聞いていた。

漠然とではあるが、その日からカメの中に東京への憧れが芽生えた。お嫁に行くことだけを目的に、お稽古事に励む毎日よりは、充実した人生を歩めそうな気がした。

磯吉の計らいで、やがてカメの夢は実現した。晩翠軒が親代わりになって、女子美術専門学校に入学することになったのだ。独立自尊でやってきた磯吉は、安易に自分を頼ってくるような親戚を嫌っていたが、母のように努力をおしまない人間には、人一倍心をかけて可愛がってくださった。

「磯吉叔父さまは心の広い、温かい方だったのよ。ちゃんとした教育さえ受けられていたら、どんなにか偉くなられたはずよ」

母は私にそう言っていた。

第三章　東京での新生活

モデルに望まれて

「軍人に金はいらん、貧乏でいい。自分が死んでも命をなげうって、お国のために働いたのだから、お上がちゃんと家族を養ってくださる」

父はいつもそう言っていた。危険な任務に当たることが多かったため、大佐のわりにはかなりの高級取りではあったが、お金には無頓着だった。しかし母に、

「男の子はいいけど、四人の娘を嫁がせねばなりませんよ」

と釘をさされ、故郷の和歌山にわずかばかりの山林を買った。その際、母に内緒で保険にも入っていた。そのお蔭で残された家族は、父が亡くなってからもそれまでと同様の生活ができた。また母が世話好きなこともあって、周囲の方たちも以前と変わらぬお付き合いをしてくださった。

しかし父が亡くなって四年目の冬、母は広島を離れて質素な生活をする決心をした。父が

亡くなった年に母の実家の兄も亡くなり、その二、三年前には両親を相次いで亡くしていた。その上、道路の拡張工事で強制的に家を取り壊されることになったため、娘時代に親代わりだった晩翠軒の大伯母がいる東京へ行くことにしたのだ。

使用人全員に暇を出して、あと一年で広島一中を卒業する兄を下宿させると、娘四人を引き連れて上京した。このとき、別当の清水夫妻だけはついて来た。女手ひとつになった母のことが心配だったのだろう。父が亡くなって乗り手がいなくなった馬が、よそに引き取られた後も夫妻は残っていた。だが、私たちの生活が落ち着いたのを見届けると、彼らも去って行った。

東京の最初の住まいは、北千束の借家だった。六帖と四帖半の部屋が一階と二階にある小さな家だったので、同じ間取りの隣の家をもう一軒借り、大きな家財道具はその家に置いた。ここには一年ほど住み、今度は蒲田の借家に引っ越した。それからさらに二回引っ越したが、母はどの借家も気に入らなかったらしく、上京して二年後に梨枝さんが結婚して住んでいる奥沢に、手頃な土地が見つかったので家を建てた。

使用人がひとりもいなくなったため、母はどこへ行くにも末っ子の私を連れて行った。相談事があったのか、始終晩翠軒を訪ねていた。母が大伯母と話している間、私は一階の洗面所に置いてある水槽を覗《のぞ》いて、金魚や餌のイトミミズがマリモのように丸く固まっているのを眺めていたが、すぐに飽きてしまった。

お手伝いさん頭の蕗江さんは、そんな私をよく喫茶店に連れて行ってくれた。晩翠軒は中華料理店をはじめた後、本店の並びの確か富士屋ビルという五、六階建てのビルに喫茶店も開いていた。表通りに面した大きな入口のほかに、ビルの正面玄関を入った右側にも、もうひとつ入口があったと思う。

ビルはかなり広く、奥に階段があって踊り場から先が左右に分かれていた。私は二階までしか行ったことがないので、三階以上がどうなっていたのかは知らないが、喫茶店は当時としてはかなりハイカラなお店で、ボーイしかいなかった。金ボタンが二列に並んだウエストまでの白い上衣に、トーク帽をかぶった少年たちがキビキビ働く姿は、幼い私にも恰好《かっこう》よく見えた。

そこで三色の四角いアイスクリームを食べながら、私は蕗江さんにとりとめもないお喋《しゃべ》りをしていた。食べ終えると、蕗江さんは私をレジまで連れて行き、お金を握らせてくれた。そのお金をボーイに渡すと、ボーイはレジのボタンを押して、チーンと鳴りながら出てきた引き出しに、お金を入れ、

「有り難うございます、またどうぞ」

と言った。これがなんともいえず嬉しく、毎回楽しみにしていた。

ある日、いつものようにちょこんと座って、アイスクリームを食べていると、綺麗なおばさまがコツコツと杖をつきながら、私が座っているテーブルに近づいてきた。

「どこのお嬢ちゃん？」

蕗江さんに話しかけた。私にも、

「こんにちは」

と笑顔で挨拶してくださり、とても感じのいい方だった。

それから数日後、晩翠軒の当主で大伯母のひとり息子の井上垣一兄さまから、佐伯祐三画伯の未亡人でご自身も画家の米子さんが、私をモデルに望まれていると言われた。喫茶店でお会いした方が、米子さんだった。母は赤ちゃんのころから可愛がっている垣一兄さまの頼みとあって、私が泣かなければという条件で引き受けた。

米子さんのアトリエは、晩翠軒の近くの富士屋ビル二階にあった。天井が高く、窓も大きいその部屋には動くイーゼルが置かれ、大きなキャンバスが裏返しで何枚も壁に立てかけられていた。以前、日本画家の石山きせさんの画室に伺ったことがあるが、窓際のテーブルの上に小物が置いてあるなど、そこより雑然とした雰囲気で、子供の私には居心地がよかった。また靴のまま部屋に入れるのも物珍しく、好奇心旺盛の私はちょっと興奮気味だった。

それにモデルといっても椅子に腰かけて、米子さんの横に座っている母の顔を見ているだけでよかった。何度か休憩を取りながら、自分の役目を果たした。

「八重ちゃん、有り難う。お利口さんで助かりました」

米子さんはおとなしくしていた私を褒めて、お菓子を出してくださった。七歳になっていた私は、お十時を食べなくなっていたので遠慮すると、綺麗な紙袋に入れて持って行くように言ってくださった。

アトリエを後にして母と私は晩翠軒へ寄って、無事に終えた旨を報告した。大伯母と垣一兄さまは、私の様子が気になっていたらしく、安堵したようだった。姉たちが学校から戻ってくる前に、帰宅しなければならなかったので、母はすぐに暇を告げたが、大伯母はカステラだけでも食べていくように言った。初めてのモデルで、疲れている私を気づかってくださったのだ。大伯母は父親のいない私たち親子に、いつも細やかな心配りをしてくださった。

垣一兄さまもヨーロッパに旅行された際、お土産にコリントゲームをくださるなど、可愛がってくださった。コリントゲームは縦一メートル、横五十センチほどあるパチンコ台のようなゲーム機で、すりこぎみたいな棒でパチンコ玉ぐらいの球をポンとはじくと、あちこちに打ちつけてある釘にカチン、カチンと当たりながら転がり、最後に点数が書いてある穴に落ちた。私は一番高い得点が出ると、大喜びをしてはしゃぎ回っていた。

著者７歳。当時、坂本繁二郎、佐伯祐三未亡人のアトリエでモデルをつとめた。

米子さんからはしばらく連絡がなかったが、ふたたびモデルを頼まれた。今度は母と垣一兄さまに連れられてアトリエに行くと、米子さんと並んで見知らぬ男の人がいらした。

「小さなお客さま、ようこそいらっしゃいました」

その紳士は私を抱き上げ、ほっぺに

キスをして頬ずりをした。母たちは目を細めて微笑《ほほえ》んでいたが、ザラッとした髭の感触が恐ろしくて、今にも泣き出しそうになった。必死に涙を我慢をしていると、今度はしゃっくりが出て止まらず、ついに堪《こら》え切れなくなった私はベソをかいた。大人たちは慌《あわ》てて私を喫茶店に連れて行き、アイスクリームを食べさせて懸命になだめたが、その日はそのまま帰った。

その男性は画家の坂本繁二郎さんだった。福岡県久留米に住んでいらした坂本さんは上京されたとき、パリ時代の友人である米子さんのアトリエを共同で使われていたそうだ。また私を描いた絵は入選したら頂ける約束になっていたらしいが、未完に終わったようで、その後は何の音沙汰もなかった。

お蝶大叔母さま

モデル業は一度きりでお役ご免となったが、晩翠軒には相変わらず出入りしていた。毎年お正月には従業員も全員加わって盛大な新年会が開かれ、兄は大学生になると参加しなくなったが、姉たちと私は母と一緒に顔を出した。

この日ばかりはいつもと雰囲気が違っていて、普段は紺の着物に年齢と好みでピンクか黄色、もしくは藤色の無地の帯をしめているお運びのお姉さんたちが、自前の晴れ着で着飾り、中には日本髪に結い上げたお姉さんもいて、とても華やかだった。私が日本髪に差した稲穂や小花を集めた簪《かんざし》が、ゆらゆら揺れるのをうっとりして見とれるていると、触らせてくれるお姉さんもいて、大喜びしながら手を伸ばした。

姉たちはお行儀がよくて、おとなしくしていたが、私はじっとしているのが苦手だった。しょっちゅう来ている晩翠軒は、勝手が分かっていたので店内をチョロチョロ走り回った。一階の調理場では赤ら顔の王《ワン》さんが、大きな声で中国語を話しながら料理を作っていた。そばまで行くと、王さんは私の鼻の頭をつついて笑った。

王さんとその一族は中華料理店を開くときに北京から呼ばれ、王さんの奥さんも店で働いていた。王さんはかなりの肥満体だったが、奥さんはそれ以上で、もう太れないというほど太っていて、肩でフウフウ息をしていた。それに纏足《てんそく》だったので、つま先立ちで歩いているように見えて、歩くたびに体がゆさゆさ揺れた。母に王さんの奥さんの足が小さい理由を尋ねたら、

「中国では子供のときから足を布できつく巻いて、大きくならないようにするんですって。皆あまりの痛さに泣くそうよ。でも、足が小さいのは美人の条件だから我慢するの」

と言った。だが、母の説明を聞いても納得できず、可哀そうに思えた。また王さんの奥さんは、大きな腕輪と耳飾りをしていた。どちらも濃いグリーンの翡翠で、身につけていると色がどんどん濃くなって、健康で幸せになれると言った。しかし耳飾りは重過ぎるらしく、耳たぶがダラリと垂れ下がって痛々しかった。

私が調理場で遊んでいる間に、熱々の料理ができ上がり、料理専用のエレベーターに載《の》せられた。お運びのお姉さんはそれを受け取ると、キャスター付きのワゴンに載せて廊下を移動し、部屋まで運んで行った。私も一緒に戻ると、

「八重ちゃん、お行儀悪いわよ」

姉たちにジロリと睨まれたが、母は何も言わずに笑っていた。全員でおいしい料理をいただいた後は、福引が行なわれた。垣一兄さまが従業員に紙縒《こよ》りを引かせ、番頭の加古さんが川柳や狂歌を朗々と読み上げると、参加者は緊張した面持ちで手元の紙縒りを開き、そこに書いてある歌と付き合わせた。歌にひっかけた雑貨類が景品になっていて、当たった人はタワシや孫の手、風呂敷などをもらった。

このとき、角封筒もついていた。中身を見たことはなかったが、多分お金が入っていたのだと思う。どの人も深々と頭を下げ、いかにも嬉しそうだった。加古さんが疲れると次番頭の健三さんが代わって読み、全員に行き渡るまでつづけられた。

子供たちにもお年玉が用意されていたが、今と違ってお金ではなく、おままごとの道具や本、大きくなってからは万年筆などを大伯母からいただいた。私はいつもステキなプレゼントを下さる大伯母が大好きだった。

お正月には家族で、双六やかるたもした。かるたは紅白に別れて競ったが、私が入った方がかならず負けた。外で遊ぶ方が好きだった私は小学校に行くようになっても、変体仮名の和歌をほとんど覚えられなかったからだ。同じ組になった姉は不満そうに、

「八重ちゃん、こっちに入るの」

と言った。読み手の母はそんな姉をたしなめ、私に分かるように読んだ札がある方へ首を向けたりして、えこひいきしてくれた。ところが私はあてずっぽうに札を摑《つか》むだけなので、

ほとんどお手つきになってしまい、ますます嫌がられてしまった。

東京に来てから贅沢な生活こそできなかったが、寂しい思いをしたり惨めな気持ちになったことは一度もない。父親がいないぶん、大伯母や母をはじめとする家族が、可愛がってくれたお蔭と感謝している。和歌山の虎吉伯父さまも、父の法事にはかならずいらしてくださり、法事が終わるとお向かいの田中さんのおばさまから三味線を借りて、浄瑠璃を披露してくださった。伯父は太棹三味線の名手で、旅回りの文楽が村に来たときはかならず自宅に泊め、バチダゴができるほど熱心に練習されていた。

「去年の秋の患いに、いっそ死んでしもうたら……、デデン、デンデン」

伯父の浄瑠璃を覚えてしまった私が、首を前に伸ばして振りながら口三味線で『半七お勝』のさわりを真似すると、母は呆れながら大笑いしていた。

末っ子だったせいか、母は私が何をしても大抵のことは笑って許し、またどんなときも明るく振舞い、子供たちに泣き言を言わなかったが、磯吉大叔父さまが亡くなったときは、ガックリしていた。母にとって大きな心の支えだったのだろう。長い間、仏壇の前に座って、磯吉大叔父さまの冥福を祈っていた。

それから間もなく、大叔父の未亡人・お蝶大叔母さまが、ミセスと呼ばれていたおばあさんと一緒にやって来た。農園などをすべて処分して、ラバウルから引き揚げて来たのだ。大叔母たちは晩翠軒に下宿して慶応大学に通っている、ひとり息子の実兄さまに会うために、私の家にしばらく滞在してから、生まれ故郷の長崎に帰る予定だった。

「愛らしか、八重ちゃんね」

ふたりは私の頭を代わる代わる撫でたが、私はふたりの顔があまりにも違うので困惑していた。母と同じぐらいの背丈がある大叔母は面長で、横顔が彫刻のように美しかった。若いころは銀座を歩いていると、行き交う人が振り返ったそうだ。ただ顔色が悪く、ほとんど笑わなかった。

「日本はほんなこつ寒かね」

と言って、すこぶる機嫌が悪い。母はまるで寒いのは自分のせいみたいに大騒ぎをして、お炬燵《こたつ》に入っている大叔母のそばに火鉢を置いた。

一方、ミセスは鼻ペチャで、お握りのような顔をしていた。背丈は大叔母さまの肩ぐらいまでしかなく、皺クチャではあったが、南洋で暮らしていたとは思えないほど、色が白くて血色もよかった。性格も対照的で、いつもニコニコ笑っていた。

何から何まで正反対のふたりだったが、とても仲がよくて、実兄さまがいらっしゃると大喜びして、大叔母もようやく笑顔を見せた。

大叔母は実兄さまをとても可愛がっていたが、自分の子ではなく、実の親は大叔父の農園で働いていた現地の若夫婦だったと聞く。しかし、流行病で両親とも急死したため、ひとり残された幼子を大叔父夫婦が引き取って養子にし、ミセスとともに育てたそうだ。

子供に恵まれなかった大叔父夫婦は、人懐《なつ》っこくて愛らしい実兄さまを大切に育て、日本の大学に行かせた。実兄さまより二歳年下の兄は、ときどき大学で顔を合わせたので、友人に親戚だと紹介すると、皆びっくりしていたという。

私も初めて会ったときは、日本人とあまりにも風貌がちがうので驚いた。体つきは兄とほとんど変わらなかったが、黒い肌で白目がギョロリと大きく、髪は大きくウェーブして波打っていた。普段はペンの徽章がついた慶応の帽子をかぶり、制服の上着にグレーのフラノのズボンをはいていて、髪をポマードでオールバックに固めていたので、帽子は油で固くなってテラテラ光っていた。

日本人の学生たちがどう思っていたのかは分からないが、私は性格が明るくて愛嬌があり、リズムのよい歌を上手に歌って遊んでくださる実兄さまが大好きだった。外見の違いもすぐに気にならなくなって、親類のお兄さまのひとり、と違和感なく思えるようになり、会うのを楽しみにしていた。

偏見を抱かなかったのは、両親の影響があるのかもしれない。父の故郷の和歌山は、海外に移住する人が多い土地柄だった。母も外国人が珍しくない長崎出身なので、両親とも開放的で肌の色や国が違っても同じ人間だと考えていた。

いつか母が、女子美の寄宿舎での出来事を語ってくれたことがある。青森出身の方と同室になったが、最初は東北弁がまったく理解できず、難儀したというのだ。また東北からいらしたお友だちには、実家が豪農や旧家といわれる方が多く、最寄りの駅に行くまで他人の土地は通らないと聞かされて、あまりの生活の違いに驚いたそうだ。しかし、お付き合いしているうちに、相手の人となりも分かってきて、心が通じ合うようになったという。

実兄さまと大叔母やミセスも、そんな風にして本当の親子のようになっていったのだろう。息子との再会を果たした大叔母は、少し元気を取り戻したようだった。ただ、寒さに慣れることはできなかったらしく、相変わらず大きな毛糸のショールを肩にかけ、手炙りを片時も離さず、お炬燵に入って過ごしていた。ミセスはその横で五徳に網をのせて餅を焼きながら、

「ほんなこつ、嬉しかね。こげん寒かとも、火鉢で餅ば焼くとも、うちは何十年ぶりやろか」

といかにも楽しげだった。大叔母の世話はミセスがほとんどしていて、

「ミセース」

と呼ばれると、どこへいても飛んで来て、

「なんば、欲しかと?」

大叔母に聞いた。母がミセスに、洗濯物は一緒に洗うので出して欲しいと言っても、

「とんでもなか。ああたにそげんこつばしてもろたら、亡くなりんさった旦那さまが泣かると」

と言って受け入れず、あかぎれで割れた指先に、黒い棒のようなものを火で溶かしてジュッーと押しつけ、せっせと洗濯に励んでいた。

そんな日々が一ヵ月ほど続いたが、寒さがこたえたのか大叔母は体調を崩して、日赤に入院することになった。ミセスも付き添いで行かなければならなかったので、授業が終わると一目散に帰って、ミセスから南洋の話を聞くのを楽しみにしていた私はがっかりした。

「八重ちゃんはよか子じゃけん、また何度でも会わるるけん、うちは寂しゅうなか」

ミセスは笑いながら言った。そして私と双子の姉たちを以前から見たがっていた、シャリー・テンプル主演の映画に連れて行ってくれるという。姉たちがおばあさんのミセスは、タップダンスや歌で綴る映画に興味がないのでは、と心配していたら、

「よか、よか。歌も踊りも好《す》いとっと」

と言って一緒に出かけた。テンプルちゃんは金髪の巻き毛が可愛く、ダンスも歌も上手だった。夢中になって観《み》ていると、姉が私をつついてミセスを指さした。洋画は字幕を読みながら観るので、可笑《おか》しい場面があってもワンテンポ遅れて笑うことが多いのに、ミセスは間を入れずに、顔をクシャクシャにして笑っていた。子供が主演の映画だったので、難しい言葉は使われていなかったのかもしれないが、それにしても英語が分かるなんて凄いと思った。

「ラバウルではあげん言葉ば使うとりましたけん。うちはこまかときに売られて、ラバウルまで行ったとですよ」

映画が終わってから、ミセスは当たり前のような顔をして言った。そして〝ミセス〟は名前ではなく、奥さんという意味の英語だと教えてくれた。

ミセスの夫と大叔父は知り合いだったらしく、夫に先立たれて帰る家もないミセスが、大叔父夫婦に家政婦として雇ってくれるように頼んだようだ。ミセスは家事を任され、家族同様に大事にしてもらったと言っていた。

大叔母の入院は長引き、春が来て夏が過ぎ、涼風が立ちはじめたころにようやく退院でき

て、ミセスとともに長崎へ帰って行った。しかし、それからほどなくして大伯母は亡くなった。あんなに元気だったミセスも、大叔母の後を追うように亡くなったそうだ。残念ながらミセスの本名は聞いていなかったが、包み込むようなやしさしい笑顔を今も覚えている。

育ての両親も失ってしまった実兄さまは大学卒業後、南洋興発という会社に入社され、サイパンに赴任した。何社も受けたのだが、外見が違うというだけで不利な扱いを受けたようで、この会社にしか入れなかった。

卒業を間近に控えたある日、実兄さまが私の家で履歴書を書いたことがあった。私たち姉妹はテーブルの上に改良半紙を沢山用意して、墨をするのを手伝ったりした。上手に書けるように応援しながら見守っていると、見事な達筆で書き上げた。

「うちの子で、これだけの字を書ける子はいないわね」

母は感心していた。実兄さまはさらに何枚か書いて、その中から字の姿が美しく、配列も申し分のない一枚を選んで、署名と捺印をした。私たちは自分がひと仕事終えたように、フゥーと息を吐いた。ところが、乾かすために履歴書を火鉢にかざしたところ、印の部分がポッと消えた。燃えてしまったのだ。私たちは口を揃えて、

「あっー、馬鹿ねぇー」

と大声を出した。実兄さまはおでこをポンと叩いて首をすくめたが、憎たらしい姉妹たちにはかまわず、また真剣な顔つきで書き直しはじめた。完成した履歴書は、それまで書いたどれよりも、素晴らしい出来栄えだった。私たちは穴があったら入りたいほど恥ずかしく、

「ごめんなさい」

と消え入りそうな小さな声で謝った。実兄さまはいつものように笑ってらした。

「叔父さまたちはよかれと思って養子にされたのだろうけど、それが実さんにとって幸せだったかどうか、分からないわね」

母がそうもらしたことがあったが、口の悪い娘たちはいたものの、戦時色が濃くなりつつある昭和十年代に、人種差別のないわが家を訪ねるのは、実兄さまにとって安らぎになっていたと思っている。家庭の温かみを少しは、味わってくださったはずだと信じている。

お転婆は変わらず

お蝶大叔母さまたちがいなくなって、また家族だけの生活に戻った私は、元気に小学校へ通っていた。授業は真面目に受けていたが、遊び時間の方が大張り切りで、ドッジボールに夢中だった。なかなか上手で、放課後も夕方までやっていた。

小学校は恐《こわ》い先生もいなくて、楽しく伸び伸びと学校生活を満喫し、家では宿題以外の勉強をしたことがなかった。母はお転婆の私にはあまり期待していなかったらしく、好きにさせてくれていた。

義子姉とはボール紙に女の子や男の子の絵を描いて切り取り、それに色紙で作った洋服を着せ替える遊びを一緒にした。マッチ箱で簞笥なども作ったりして面白かったが、私がやっと一人前に作れるようになったころに義子姉は飽きてしまい、今度は宝塚に熱中しはじめた。

アニキというニックネームの葦原邦子さんの大ファンで、よく真似をして見せ、毎月『歌劇』という本も買っていた。小学生の私は二、三度しか観に連れて行ってもらえなかったが、美しい衣装をつけて舞台狭しと踊り歌う、豪華絢爛なショーに圧倒された。双子の姉たちも、義子姉の影響ですっかりファンになった。

ある夏の日、夕食を終えると義子姉が作った水着風の衣装を姉妹全員で来て、庭の芝生を舞台に宝塚のショーを再現した。飛んだり跳ねたりのラインダンスに、『すみれの花』の大合唱。さんざん踊って歌ってから、ガス風呂に飛び込んで大騒ぎをした。

私たちは大満足だったが、翌朝、母はお向かいのおばさまから、

「お嬢さんたちの仲のよいこと。主人とふたりで二階から拝見しました」

と言われ赤面した。縁側の電気が庭を照らし出していたので、丸見えだったのだ。

「お嫁入り前なんですから、以後は禁止です」

母に厳しく叱られた。このころ、義子姉に縁談の話が来ていたらしい。それでも双子の姉たちと私は懲《こ》りずに、縁側の近くにある梅の木の下で足を高く上げて、枝まで届くかどうか競い合ったりしていたが、義子姉ほど実際の舞台を観ていなかったし、企画力もなかったので次第にやらなくなった。

もっとも私のお転婆は相変わらずで、柿の木は折れやすいので木登りを禁止されていたため、ツルツルの百日紅《さるすべり》の木に登って遊んでいた。

父は女の子が三人つづいたので、私が男の子であることを願っていたようだ。生まれる少

し前に東京・代々木の練兵場で、徳川大尉が初飛行されたのを記念して、産着に二枚翼の飛行機を縫いつけさせたという。残念ながら私は女の子だったが、父の思いが半分だけ通じたのか、性格は男の子のようになってしまった。

兄も私のことをチビと呼んで可愛がってくれたが、ひと回り年が離れていて、しかも家族の中でたったひとりの男性だったので、父親に対するような尊敬の念を抱いていた。またサッカーの合宿や試合で家を留守にすることが多く、あまり遊んでもらった記憶はないが、学校が休みで家にいるときは、

「いもやぁー」

と声をかけて、トランプで手品を見せてくれた。〝いもや〟は双子の姉たちと私をまとめて呼ぶ時のニックネームで、幼い私が安子姉を〝いこちゃん〟、信子姉を〝もうちゃん〟と呼んでいたので、ふたりの愛称の最初のひと文字と八重子の〝や〟を合わせた造語だった。

留守がちな兄に代わって、早稲田に入学した広島一中時代の後輩たちが、しょっちゅう遊びに来ていた。私の家では広島弁が心おきなく話せるので、気が楽だったのだろう。「わしがのう」「そじゃけんのう」など、懐かしい広島弁が飛び交っていた。

私も東京に来た当初は広島弁だったので、近所の小さな男の子が、自分のことを俺というのが不思議でならなかった。東京ではわしと言うのはおじいさんだけ、と知ったときもびっくりした。

兄の後輩たちはストコフスキーや柳家金語楼の真似をして、大いに笑わせてくれた。当時、

大人気だった映画『オーケストラの少女』で、ディアナ・ダービンが歌う椿姫のトラヴィアタに合わせて、銀髪と精悍な横顔、燕尾服が素敵だったストコフスキーが、指で指揮をするシーンがあった。クラシック音楽をかけながら、その真似をするのが流行《はや》っていたのだ。

やはり一中の後輩で、上海の東亜同文書院に通っていた瀬尾さんや鵜田さんもいらした。瀬尾さんのご実家からは毎年秋になると、ミカン箱いっぱいの松茸を送っていただき、ご近所にお裾分けしていた。どこのお家も楽しみにしていたらしく、とても喜ばれた。

鵜田さんは色黒で背が高く、黒いロイド眼鏡の奥にある目がとても優しげだった。子供心に素敵な人だなと思い、姉が鵜田さんのお嫁さんになってくれたらいいのにと思っていた。しかし、滅多に東京にいらっしゃらなかったし、遠慮がちな方だった。その後、戦争で怪我をされ、看護婦さんと結婚されたものの、早くに亡くなったと聞く。

兄のクラスメートで親友だった源田さんも、ときどきいらした。お兄さまが有名な飛行機乗りの源田中佐だったことぐらいしか覚えていないが、戦死されたのを知ったときは悲しかった。兄の後輩たちの中にも、戦争の犠牲になった方が少なくなかった。

しかし、当時はそんなことなど知る由もない。兄と後輩たちは友情を深め、大学生活を大いに楽しんでいたようだ。とくに兄はサッカーだけが趣味のような人だっが、それでは恥ずかしいと思ったのか、日本鋼管の入社試験で趣味を聞かれとき、

「ヴァイオリンが好きです」

と小さな声で答えた。聴《き》くのが好きという意味で言ったつもりだったが、

「難しいんでしょうね、ヴァイオリンを弾《ひ》くのは」

試験官は感心したように言った。元来、無口な兄はパッとひと言で説明できず、口ごもっているうちに、次の人が入って来てしまった。

翌日から兄は女優になった娘さんがいらっしゃる、鰐渕先生のヴァイオリン教室に通いはじめた。年がいってから始めたので、あまり上手《うま》くならなかったが、鼻歌さえ歌わなかった兄がビバルディのコンチェルトのテーマを口ずさむようになって驚いた。そのときはビバルディの曲であることを知らず、兄が自分で作曲したと思い込んで、私は兄をとても尊敬していた。

日本鋼管に就職できた兄は、その後もレコードを沢山買い集め、我が家はアッという間にヴァイオリンのレコードだらけになってしまった。お給料の大半をつぎ込んでいたようだ。

娘たちは母が音楽好きだったこともあって、ピアノを習っていた。私はソナチネの一冊目をあと四曲で終わるというときに結核になってしまったため、チェルニーの三十番〝ハノン〟までしかやっていないが、今でも音楽を聴くのは大好きだ。

だが、時代は確実に戦争へ向かっていた。一九三六年（昭和十一年）、大雪が降った日、二・二六事件が起きた。まだ幼かったのではっきり覚えているわけではないが、ラジオから流れてきた、

「兵に告ぐ。今からでも遅くはない」

という蜂起した麻布三連隊の兵士に呼びかける、中村アナウンサーの落ち着いた声が耳に

残っている。大人たちは高橋蔵相が重傷だとか、即死だとか言って騒いでいた。岡田啓介大臣と間違えられて、顔が似てらっしゃる親類の松尾陸軍大佐が殺されたと聞いたときは、父も陸軍大佐だったので、とてもショックを受けた。

そして一九三七年（昭和十二年）の七夕の日、日支事変が勃発。その直後に兄が召集された。星と桜がすべてに優先する時代だったが、兄は幹部候補生にもならず、星ひとつの特務二等兵で出征した。位は馬よりも低いとかで、武器は腰にぶら下げたゴボウ剣だけ。父の形見のピストルを持つことは許されず、銃は四人に一梃という有り様だった。

「苦労するでしょうね」

母はつぶやいた。しかし、兄に悲壮感はなく、

「心配しないで。帰ってくるからね」

品川駅で見送る私たちに、笑顔で別れを告げた。戦地からはしばしば便りが来た。母は返信の宛名に、中支派遣軍の司令官・柳川平助閣下の名前を書きながら、

「お父さまのお友だちだったのよ」

と言った。父の昔のお友だちからは、優秀な職業軍人の方との縁談話を姉に頂いていた。しかし、母はすべて丁重にお断わりした。たとえ勤め人でも健康な男子は、兄のように兵隊に取られるのは分かっていたが、自分の娘たちには人前で涙をこぼせぬ、軍人の妻の辛さを味わせたくなかったのだろう。

兄は出征したままだったが、一九三九年（昭和十四年）正月に、義子姉が満鉄に勤務する

盛田誠さんと結婚した。盛田兄はひとり息子で、いかにも慶応ボーイという感じの洗練された都会的な人だった。

ご両親は麻布に住み、お父上は毎日新聞で政治部の記者をしていらしたそうだ。そのころはすでに定年退職され、かなりお年を召していて、ちょっと皮肉屋さんだったが、ふたりの結婚を喜んで『誠に義』の一文を書いてくださった。式を挙げると姉夫妻は、大勢の人たちに見送られて、ハルピンへと旅立って行った。

第四章　我が家の徳光さん

感じはじめた親しみ

徳光さんが私の家にやって来たのは、義子姉が結婚する前年の一九三八年（昭和十三年）四月、私が女学校に入学した年だった。兄の一番年下の後輩よりさらに五歳くらい若かったが、ずいぶん大人っぽく見えて、ちょっと気取っているようにも感じた。でも色が黒いけど、とってもハンサムだった。

一方、徳光さんはずいぶん緊張していたようだ。母と話すときは、

「あのですね」「そうしてですね」

という喋り方になってしまい、見ていて可笑《おか》しかった。

「お姉さんたちはおとなしくて、一番上のお姉さんは僕より年上だし、どう接していいのか分からなくってね。八重ちゃんがいてくれて、本当によかったよ。だけど、節世と同い年とは思わなかったな。あんまり子供っぽくて、お茶目だったから」

後に徳光さんは、そう言って私をからかった。私も最初は澄ましていたが、二ヵ月ほど経ったころだったと思う。夕飯のときに足をモゾモゾさせていたら、

「八重子っ！」

母の厳しい声が飛んだ。食事は正座をして頂くように言われていたが、すぐに足がしびれてしまい、痛くてたまらなかったのだ。私は慌てて座り直し、チラッと徳光さんの方を見ると、大きな目の片方をパチンとつぶってウィンクをした。私はからかわれたのだと思って無視した。

その翌日、またもや母に注意された。徳光さんはまたウィンクをして、自分も座り直した。私はやっと、ウィンクの意味がわかった。

（足が痛いよね、八重ちゃん。僕も正座は苦手、君の仲間だよ）

徳光さんはそう言っていたのだ。味方ができたようで嬉しくなった。そしてどこか近寄り難い雰囲気があった徳光さんに、親しみを感じはじめた。

しばらくすると、徳光さんも新しい環境に慣れてきて、お茶の間で母も交えてお喋りをするようになった。そんなとき、

「八重ちゃんもお嫁に行くんだろう」

突然、徳光さんが言った。

「きっと大人になったら、行くんでしょう」

まだ十四歳だった私はピンとこなくて、人ごとのように答えた。

「八重ちゃんはお嫁に行ったら、残ったご飯は旦那さんに食べさせて、自分は炊きたてのご飯を食べるんだろうね。お冷やご飯もお焦げもお粥も嫌いで、困ったお嬢さんですね、おばさま」

徳光さんが母に同意をもとめると、

「本当にねぇ、困ったわねぇ」と口を揃えた。

「いいもん、お嫁になんか行かないから」

私はふくれっ面をして、そっぽを向いた。そういう徳光さんも変な癖があった。せっかくふっくらとおいしく炊きあがったご飯に、おつゆをチョロっと入れて食べるのだ。

「徳光さん、それはね、猫飯って言うのよ」

大学時代の宅嶋徳光。初対面は著者14歳の時で、とてもハンサムだった。

今度は私がお返しをすると、徳光さんは自信たっぷりに言った。

「さては知らないな。本当の食通はこうして食べるのさ。この方がうまいんだから、八重ちゃんもやってごらんよ」

幼稚だったのか、私は徳光さんにいつも言いくるめられてしまい、反論できなかった。一緒に食事している母や姉たちは、ふたりのやり取りをクスクス笑いながら見ていたが、食事が終

わって徳光さんが自分の部屋に戻ると、

「徳光さんのいったこと、嘘よ」

姉が笑いながら教えてくれた。女学生になって自分では一人前になったつもりだったが、家族も私のことを子供扱いしていて、徳光さんにからかわれるのを面白がっていたようだ。

もっとも普段の徳光さんは、とても真面目で礼儀正しく読書家だった。優等生タイプではなかったが、私が寝るころになっても部屋の電灯がついていて、勉強しているようだった。

ただ、早起きは苦手らしく、朝はほとんど顔を合わせなかった。なかなかのオシャレさんだったが、無頓着なところもあって、ズボンの膝が丸くなっても平気ではいていた。靴ものすごく汚くて、磨くことを知らない人なのかと思ったほどだ。

私は毎朝、玄関の掃除をさせられていたので、徳光さんの靴が気になって仕方がなかった。姉たちや私はそれぞれ自分で磨いていたので、彼の靴の汚さがいっそう目立つのだ。

兄がいたときはいつも私がピカピカに磨き上げて褒《ほ》めてもらっていたが、他人にいじられるのが嫌な人もいる。お節介は嫌味かもしれないとも思った。だが、どうしても我慢できなくなり、彼の靴から姉たちや自分のまですべて磨いた。玄関が見違えるほど綺麗になって、気分爽快だった。

その日の夕方、女学校から戻った私が夕刊を取りに玄関まで行くと、徳光さんが部屋からのそっと出てきた。

「八重ちゃん、僕の靴磨いた？」

「ええ、あんまりすごいから、ついでにね」

「ごめん」

「ごめんじゃなくて、有り難うって言ったら、また磨いてあげる」

「有り難う」

徳光さんはニコッと笑って部屋に入った。家では自分の部屋にいることが多く、兄の後輩たちのように遊んでくれることはなかったが、顔を合わせれば軽口をたたき合った。

晩夏のある日、学校から帰宅すると母の姿はなく、代わりに徳光さんが出迎えて、「お帰り」と言った。

「お休みなの？　母さまは？」

家を空けるときは前もって言っておくのが常だったので、少し不安になった。

「おばさまは急用で出かけたよ。夕方には帰るってさ。僕は休講だよ。友だちにも会わなかったから帰って来たんだ。八重ちゃんが泣かないように待ってたんだよ」

徳光さんはニヤッと笑った。

「人を赤ん坊みたいに。ひとりで平気。ご用があったら、出かけていいわよ」

私はムキになって言い返した。思いがけない剣幕に驚いたのか、

「いいんだ、出かけないよ」

徳光さんは自分の部屋に戻った。私は制服を着替えて、ちょこちょこっと宿題をすませ、ふと窓の外を見ると、熟れた無花果《いちじく》が枝一杯になっていた。そんな季節になっているのをす

っかり忘れていたのだ。さっそくザルを持って台所の下駄をつかっけ、裏庭に行った。木によじ登り、枝が二股に分かれているところに座って、つぎつぎに無花果をもいだ。皮は白っぽかったが、口が開きかけていい香りがした。我が家の無花果は、なかなかの上等品だった。

他の枝の実も取るために体の向きを変えると、徳光さんの部屋の高窓が全開になっていて、中の様子が手に取るように見えた。徳光さんは窓際にある勉強机の椅子に座って足を机の上にのせ、寝そべるような恰好で体を揺らしていた。何かブツブツ言っているようだったので、暗記でもしているのだろうと思って、また無花果をもぎはじめると、突然、歌声が聞こえてきた。

驚いて徳光さんの部屋に目をやると、両手を広げたり胸にもって来たりしながら、シャンソンの『印度の歌』を歌っていた。ハイバリトンとでもいうのか、なかなかの美声で声量があり伸びもよかった。フランス語は分からなかったが、ちょっと鼻にかかった発音も綺麗だった。

「ブラボー！」

歌い終わったとき、思わず叫んだ。予想もしなかった観客の出現に仰天したのか、徳光さんは危うく椅子から転げ落ちそうになった。

「こらっ!!　お転婆だな、降りなさい」

窓から顔を出して、木の上にいる私に向かって怒鳴った。その瞬間、私はバランスを崩してズルズルとザルごと木から滑り落ちてしまった。

「ごめん、ごめん」

大急ぎで駆けつけた徳光さんは、散らばった無花果を拾う私の顔を覗き込んで謝った。傷はたいしたことがなく、足を擦《す》りむいた程度だった。

「おいしそうなのに、もう駄目か」

徳光さんが無花果を見て溜め息をついた。私は何だか急に可笑しくなって、徳光さんと顔を見合わせて大笑いした。結局、お三時は母が用意しておいてくれた、彼の好きな中村屋のかりんとうと私の好物のおせんべいですませた。

徳光さんは大学の日吉祭でも、歌を披露していたようだ。お兄さまが慶応の医学部に通っていらした、クラスメートの村田さんが教えてくださった。でも村田さんのお兄さまは、

「いろんな奴がいるよ」

と冷ややかに言っていらしたそうだ。優秀な村田さんのお兄さまには、馬鹿らしく見えたのかもしれないが、私は悲しくなってしまった。

初めての経験

そんなことがあったものの、女学校は楽しかった。ただし、お裁縫だけは好きになれなかった。小学校でもお裁縫が乙だったため、一度も全甲を頂けなかった。全甲の人は講堂に座る生徒全員の前で、名前を読み上げられてひとりずつ立っていく。どの人も晴れがましく誇らしそうで、皆の羨望の的だった。姉たちは全員出来がよくて、名前を呼ばれていたので、

「八重ちゃんは駄目ね」

と言われ、自分でも情けなかった。ところが、どういう風の吹きまわしか、小学校では優等生でもない私が副級長に選ばれたことがあった。人気投票のようなもので、男女が同じクラスの小学校では男子が級長、副級長は女子がなるのが慣例になっていた。

私はクラスの模範となるべく、大嫌いなお裁縫も精一杯頑張った。しかし、このときも甲は頂けなかった。技量不足だったのだから致し方ないものの、ますますお裁縫が嫌いになってしまった。

運が悪いというか、女学校に入ったらお裁縫の馬場先生が担任になった。色白で下ぶくれの顔をしていて、袴をつけた姿が円錐形だったので、一銭チューインガムというあだ名がついていた。

相変わらずお裁縫の腕は上達しなかったが、なんとか無難に学年末を迎えた私は、さっそく使っていた教科書を紐で縛って学校に持って行った。当時は物資節約のため、下級生に教科書を譲ることになっていたからだ。

馬場先生は私の方をチラッと見て、ガヤガヤと騒がしい教室を見回し、いきなり切り出した。

「皆さん、ちょっとお聞きなさい。女にとって一番大切で、お嫁に行くときも必要なお裁縫の本を譲る方がいます。とんでもない不心得者です」

私をジロリと睨んだ。一番上がお裁縫の本だったのだ。

（お裁縫の本だけなかったら、もらった人が困るだろうに。陰険！　いいもん、お嫁になんかいーかない）

私は心の中で悪態をつきながら、女医さんになろうと決意した。梨枝おばさまのご親戚に女医さんがいらして、嫁ぎ先でも大切にされていると聞いていたので、お裁縫なんかできなくても、立派な人間になればいいのだと思った。それに父を病気で亡くしていたので、病気の人を救って上げたいという気持ちもあった。

二年生からは心を入れ換えて、苦手な数学と化学も一所懸命勉強するようになり、順調に三年生に進級した。しかし、思いもかけない事態が起きた。一学期の定期試験を終えてひと段落したので、六代目菊五郎を贔屓《ひいき》にしていた母が、歌舞伎座に連れて行ってくれて、帰りには築地の市場にあるお寿司屋さんに寄った。

「試験も終わったし、少し痩せたようだから、沢山召し上がれ」

母は勧めてくれたが、食欲がなくて大好物のお寿司も欲しくなかった。私は痩せたのではなく、背が伸びただけと反論したり、六代目の踊りもいいけど、世話物といわれるお芝居の方が面白いなどともっぱらお喋りをしていた。

「おやおや、そうなの。六代目は声がもうひとつだけど、そのぶん踊りがいいわ。吉右衛門丈や羽左衛門丈のお芝居もいいけれど、母さまはやっぱり六代目ね」

母が子供扱いせずに対等に話してくれた。私はそれがとても嬉しかったが、なんとなく体がだるく、いつもの元気はなかった。翌日も体調が思わしくなく、昼近くになると生暖かいものがこみ上げてきて、気分が悪くなった。私は不安になって茶の間にいる母のところまで行ったが、その途端にゴボッ、ゴボッと血を吐き、ふうっと意識が薄れていった。

「じっとして、じっとして。横に、横に」

母は慌てて、私を座布団の上に寝かせた。

「義子、安子、信子」

姉たちを呼ぶ母の声が、遠くで聞こえた。義子姉はハルピンにいるのに、と頭の隅で思ったが、声にならなかった。すぐに真っ白なシーツを敷いた布団の上に寝かされ、退役軍医大佐の高橋さんがみえられた。高橋さんは女子美時代からの母のお友だちのご主人だった。

翌日、私は川崎にある日本鋼管病院の結核病棟に入院させられた。母のお友だちのご主人が日本鋼管の重役でいらしたこともあって、神奈川県下で二番目に大きい総合病院にすぐ入院できた。

だが、結核は死病と言われていた。しかも私の場合は、結核に対する免疫がまったくない田舎の人が、都会に出てきて感染し、急激に悪化するのと同じ症状で、肋骨を取る手術や気胸療法もできないほど重症だった。

「とにかく安静にして栄養を与える以外に、手の打ちようがありません。三年くらいはなんとか持つかもしれませんが、本人の望むことはできるだけさせて上げてください」

主治医の佐藤先生は、母にそう告げた。母は私におとなしく寝ていて、ちゃんと食べさえすば治ると言ったが、病人特有の勘で病状が重いのは分かっていた。廊下から聞こえていた手術だ、気胸だという話し声が、私の部屋の前にさしかかるとピタッと止んだ。きっと絶対安静の札が、かかっているのだと思った。他の結核患者とは主治医も違うようだった。

健康には自信を持っていただけに、ショックが大きかった。病気らしい病気をしたことがなく、小学校六年生のときには区内三十八校の児童の中から健康優良児に選ばれ、松陰神社でご褒美を頂いたこともあった。家族も私も健康なだけが、取り柄だと思っていた。

母は毎日病院に来て、椅子に腰かけて果実を剝き、ときどき私の顔をじっと見つめて微笑んだ。話すのを禁じられていたので、私はニッコリ微笑み返して平気だもんという顔をした。

佐藤先生も一日に一回は、かならず回診にみえられた。下から見上げた先生の顔は、黒ウサギに似ていた。色が黒くて耳が大きく、ちょっと頬が膨れているので、口に餌を溜めたウサギみたいだった。先生は熱がないのを確認すると、白衣をひるがえして出て行かれた。

会える人は母と先生だけ。ラジオはなし、本はダメ、話すことすら許されない。薬を飲んで天井の紙魚《しみ》を数え、窓越しに空の色や雲の動きを眺めるだけの毎日だった。じっとしているのがどんなに辛いことか、このとき初めて知った。

そんな日々が三ヵ月ほどつづき、やっと面会の許可が出たのは十月末だった。徳光さんがさっそくお菓子を持って、お見舞いに来てくださった。夏休みの間泳ぎに行っていたのか、日焼けして真っ黒だった。

「八重ちゃん、お利口さんにしているかい？」

徳光さんは白い歯を見せて笑った。その声を聞いた途端、急に悲しくなって泣き出してしまった。母の前では一度も泣かなかったのに、涙が止まらなかった。

「母さまに言えないことは、僕が聞いて上げる。さぁ、もう泣くのはおよし」

徳光さんは真っ白なハンカチで涙を拭いてくれた。そして、そっと瞼にキスをした。私は驚きのあまり、一瞬泣くのを忘れてしまった。徳光さんの影響で小説を読みはじめ、吉屋信子の『紅雀』は卒業して、大人向けのものを読むようになっていたが、そんな経験は初めてだった。

その日は一緒にお菓子を食べると、徳光さんは帰って行った。毎晩、廊下を小走りする足音やストレッチャーの軋《きし》む音、声を押し殺した泣き声に怯《おび》えて泣いていた私が、その夜は少しも恐ろしさを感じず、ぐっすり眠ることができた。

大きくなっていく存在

翌日、病室を訪れた母に喜び勇んで、徳光さんが来てくださったことを報告した。もちろん、キスの一件は秘密だった。

「そうですってね。よかったわね、うれしかったわね」

母は知っていたようで、喜んでくれているようにも見えたが、

「でも徳光さんはお勉強がお忙しいから、おねだりはいけませんよ。アテネフランセでフランス語を学ばれているうえに、赤谷さんから英語も習いはじめましたからね」

しっかり釘をさされた。母は徳光さんに病気が移るのを恐れていたのだろうが、また来て

くださるのではないかという期待で膨らんでいた胸は、いっぺんにペシャンコになった。しかし、その後も徳光さんは四、五日おきに見舞ってくださった。母に知れたら叱られると思って気にしていると、

「僕が来たことは内緒。おばさまは気を使ってくださるみたいだからね」

徳光さんは笑って言った。彼が来てくださるようになってから、食欲も出てきた。病院では朝食が七時半から八時の間、昼食は正午、夕食が四時から四時半の間に出された。寝ているだけの身に四時間おきの食事は苦痛でしかなく、金属のお盆の上に料理がのっているのも嫌で、残すことが多かったが、自然と食べられるようになった。

「今日ね、お夕食を全部、食べたのよ」

私は得意気に徳光さんに言った。

「そう。じゃぁ、ご褒美をあげよう」

徳光さんは枕ごと私を抱き上げて唇にキスをした。すでに瞼へのおやすみのキスは当たり前になっていたが、唇は初めてだった。驚いて足をバタバタさせてもがいたが、徳光さんは苦しくなるほど強く抱きしめた。やっとの思いで徳光さんの顔を押し退《の》け、

「私を泣かすおつもり」

とベソをかきながら言った。徳光さんは私をベッドに戻し、ちょっと微笑んでいつものようにお話をしてくださった。私もすぐに機嫌を直して、彼の話に耳を傾けた。

ないない尽くしの毎日を送っていた私にとって、徳光さんのお話は唯一の楽しみだった。

語学の勉強と称してしばしば洋画を観に行っていたようで、アン・シェリダンのファンだったらしい。彼女が出演している映画の話をよくしてくださった。

ほかにもいろんな話をしてくださったが、中でも傑作だったのは〝いろは病〟の話だ。私がいろは病はどんな病気なのかと尋ねたら、

「へぇー、そんなことも知らないの」

徳光さんは呆れたような顔をして、胃を壊して、肋膜になって、肺病を患って死ぬのだと説明してくださった。

「私は肺病だから死ぬのね」

徳光さんに言うと、

「八重ちゃんは死なないよ。胃が丈夫で何でも頑張って食べているし、肋膜にもなっていないじゃないか」と言った。

そのときは馬鹿にされたような気がして、ちょっと腹が立ったが、私を安心させるためにわざと言ったのだと思う。後で知ったのだが、ほぼ同時期に私を含めてクラスメート七人が結核になり、助かったのは私と隣の席の村田さんだけだった。

不思議なもので、いろは病の話を聞いてから、自分は死なないと思えるようになってきた。徳光さんに空想をして遊ぶことも教えていただいたので、私はいつか自分が元気になって、幸せになる物語を考えることにした。

だが、それまでの不勉強がたたって想像力が乏しく、すぐに行き詰まってしまった。何と

か記憶を頼りに物語を作ろうとしても、お転婆をしていたことしか思い出せず、つくづく自分が嫌になった。本が読みたい、勉強をしたいと痛切に思った。と同時に自分の中で、徳光さんの存在がどんどん大きくなっていくのを感じていた。

徳光さんと母のお蔭で、私は医者も驚くほど回復していった。そして翌年五月末には、退院できるまでになった。しかし家に戻ると、徳光さんの姿はなかった。病人のいる家で大事な息子さんをお預かりするわけにはいかなかったからだ。母は博多のご両親にその旨を伝え、徳光さんは友だちとリヤカーを引いて、奥沢駅をはさんで私の家とは反対側の下宿に引っ越していった。

ところが私が家に戻ってきてから、徳光さんは一日置きくらいにやって来た。

「これじゃ、何のために引っ越したかわからないわね」

苦笑する母に、徳光さんはテレ笑いを浮かべて、

「散歩が好きでよく出歩くんですけど、どうも慣れたこっちの方に足が向いてしまうんです」

と言った。夕飯どきに来ることもあったので、母が食べていくように勧めると、

「僕はもうすんでますから」

いったんは断わったが、結局ペロリと平らげた。徳光さんと一緒に頂く夕食はいつもに増しておいしく、彼も楽しそうだった。

しかし退院したとはいえ、医者から安静を命じられていた。読書も禁じられていたが、寝

ているふりをしてこっそり読んだ。洋間の本棚には以前、母が読んだと思われる本がぎっしり詰まっていて、明治、大正文学全集、世界文学全集、ワーズワースの詩集、ヴィクトル・ユゴーの『レ・ミゼラブル』、オー・ヘンリーの短編集、スヴェン・ヘディンの冒険紀行、コナン・ドイルの『シャーロック・ホームズ』、白水社から出版されたばかりの『チボー家の人々』、佐々木邦のユーモア小説などがあった。

女学校の国語で『草枕』の抜粋を習っていたので、夏目漱石の歯切れのいい文章にはすぐに馴染《なじ》めた。『徒然草』も副読本でさわりを教わったが、こちらは読む気がしなかった。漱石、森鷗外、オー・ヘンリー、スヴェン・ヘディンなどが私の好みで、田山花袋、尾崎紅葉、それから名前がややこしいロシア文学は好きになれなかった。

「窮すれば通ず、通ずれば達す。ジャン・バルジャンよ」

母がよく言っていたので『レ・ミゼラブル』も読んでみたが、ジャン・バルジャンがどこで窮して達したのか、さっぱり分からなかった。母や姉たちには聞けなかったので、徳光さんにだけそっと読書していることを打ち明けて、分からないことを教えていただいた。徳光さんは手当たり次第に乱読している私に、作家を決めてその人の作品を数多く読んだ方がよい、とアドバイスもしてくださった。

「でも、あんまり熱心に読み過ぎて、病気をぶり返しては駄目だぜ」

大きな瞳でじっと見つめて言った。私がうなずくと、徳光さんは優しく微笑んだ。家から出られない私にとって、徳光さんが訪ねて来てくださることと読書だけが楽しみだった。読書は乾いた土が水を吸い込むように私の心にしみ入った。このときの経験がなかったら、読書好きにならなかったと思う。

いろんな小説を読むようになってから、わずかながらも男女の機微を理解できるようになったが、梨枝おばさまのお話にはびっくりした。いつものように横になって本を読んでいると、隣の部屋から興奮気味に話すおばさまの声が聞こえてきた。女子美時代のお友だちの話をしているようだったが、家族ぐるみでお付き合いしていた友人同士がどちらも相手の旦那さまを好きになってしまい、夫を取り替えたというのだ。ご主人たちも納得してのことらしい。滅多なことでは驚かない母まで、

「まぁ、そうなの」

といつもより大きな声で言った。ふたりは私がいるのを思い出したのか、その話はそこでお終《しま》いにして、いつものたわいないお喋りにもどった。私は母にどう思うのか尋ねたかったが、

「大人がそうなるにはさんざん悩んで、苦しまれてのことでしょうから」

としか言わないだろうと思い、自分なりに夫を取り替えた女性の気持ちを想像してみた。しかし、まったく気持ちが理解できなかった。そんなことができるなんて信じられなかった。

ひたすら泣きつづけて

少しずつではあるが私は元気を取り戻して、新しい年を迎えることができた。そしてその

年の二月、徳光さんが神妙な顔をして訪ねて来た。

「おばさま、妹の数江が東京の女子大を受験することになりました。母も一緒に上京するんですが、田舎者だし初めての旅行なので、おばさまのところに泊めていただけませんか」

私が人さまに病気を移す心配もなくなり、春からは復学することになっていたので、母は快く引き受けた。徳光さんのご家族にお会いしたことはなかったが、帰省から戻って来た徳光さんが、話してくださったことがあった。彼は浮かない様子で、

「おばさま、また弟が増えていました」

と言った。

「母がごめんね、また長男の責任がひとつ増えてって謝るんです。そんなことはまったく気にしてませんが、母の体が心配なんです」

我が家に来た当初、徳光さんはふた言目には、

「親父がね」

と言ってらした。その口ぶりから察するに、お父上はお家でずいぶん厳しいらしく、徳光さんもそれが当たり前だと思っていたようだ。私は父親を知らずに育ったが、母から優しい人だったと聞かされていたので、

「本当に立派な殿方は、威張らずに優しいんだって」

と反論した。そのときは徳光さんも男尊女卑をよしとしているのか、と思ってガッカリした。母には礼儀作法や言葉遣いを厳しくしつけられたが、女だからという理由で何かを禁止

されたことはなかった。ただ、自分の子供と家に遊びに来る兄の後輩たち、そして徳光さんにも、

「世間がつまらない噂をするので、たとえ兄と妹であってもふたりきりで外出してはいけません」

とだけ申し渡していた。徳光さんは、そんな我が家の雰囲気に影響されたのかもしれない。

「おばさまのところは自由でいいな」

徳光さんはよくそう言っていた。

「もう少し経済的にゆとりがあったら、もっと自由なんですけどね」

母は笑っていたが、徳光さんは本気で羨《うらや》んでいたのかもしれない。

「自分が結婚したら、子どもは二、三人で明るい家庭にする。友だちの島田はオーストラリアに住みたいって言ってたけど、僕はどこにしようかな。長男だけど親が若いから、しばらくはよそで暮らしても大丈夫だと思うよ」

徳光さんはそんなことも言った。結局、実現できなかったが、彼ならよき夫、よき父親になったと思う。本当に優しい人だった。またお母上も知的で、素敵な方だった。

「田舎者なんて嘘、前言取り消して。謙遜のしすぎって嫌ぁね」

私は徳光さんに文句を言った。

「そうかい」

彼は嬉しそうに笑っていた。お母上と数江さんが滞在されている間、徳光さんも私の家に

泊まった。兄の部屋の壁際に作り付けのベッドがあったので、そこで寝起きをしていた。おふたりは十日ほどで帰られたが、徳光さんは下宿に戻りたくないようだった。

「八重子も一応治ったことだし、帰ってらっしゃい」

見かねた母が言うと、翌日には引っ越して来た。ふたたび徳光さんと同じ屋根の下で暮らせるようになって、飛び上がらんばかりに嬉しかった。

しかし、やっと復学できた女学校は苦痛なだけだった。医師に全教科をこなすのは無理と言われていたので、体育は見学、主要学科の国語、数学、地歴だけを休まないようにしていたが、元気になったら頑張るつもりだった授業は、どれもつまらなかった。

大学などでは教練が行なわれ、女学校でも英語が廃止されて、授業の合間には傷病兵の白衣を縫わされた。大嫌いなお裁縫をやらされるのも嫌だったが、それ以上に辛かったのは声をかけてくれる友人が、ひとりもいなかったことだ。結核で休学していたため二年遅れになり、年下のクラスメートたちはひどく幼く見えて、私の方も話す気になれなかった。家で浮かない顔をしていると、

「女学校なんてやめちゃえ。本を読んで、ピアノをやって、絵を描いてりゃいいだろう」

徳光さんは言った。しかし、すぐに疲れてしまうので、ピアノの練習はあまりできなかったし、先生も疎開なさることになって結局やめてしまった。絵は自宅療養中に、母に勧められて描くようになっていた。

「体が洋服の中にないわね。手は手前にあるから、もう少し大きいはずよ」

母の批評は厳しかったが、それでも次第に面白くなっていった。だが、これも夢中になって描いていると、母は私を座らせていつになく厳しい顔で言った。

「八重子、今まで言わなかったけど、最初に佐藤先生は三年ぐらいは持つかもしれないが、とおっしゃったの。それが先生も驚かれるほど回復したわよね。八重子も頑張ったけど、母さまは佐藤先生と、八重子に生きる力を与えてくださった徳光さんのお蔭と感謝しています。でも、先生はその後の生活をいかにするかが、大切だっておしゃったでしょう。栄養をとって、体だけではなく精神的にも安定するように、本人の心がけと周囲の理解が必要だと言われたわ。もう、分かるわね。面白いからといって、張り切り過ぎるのは絶対にやめること。どんなに絵が上手になっても、本を読んで知恵の固まりになっても、死んでしまったらお終《しま》いよ。母さまは八重子に健康になって欲しいの、いつまでも生きてもらいたいの」

私は何も言えなかった。母と徳光さんの深い愛情が、失いかけていた私の命を甦《よみがえ》らせてくれたのだ、と改めて痛感した。心の中でふたりのためにも、自分をもっと大切にしようと誓った。

しかし徳光さんとの別れの日は、刻々と近づいていた。一九四三年（昭和十八年）七月、文科系の学生は半年早く繰り上げ卒業して、在校生も兵役の猶予はされず九月に出陣することになった。徳光さんはいったん実家に戻られてから、入隊するという。

お互いの気持ちは分かっていたが、将来の約束をしたわけでもなく、それができる年でもなかった。別れの寂しさが募るなか、ついに徳光さんが我が家を出て行く日が来た。朝から

しんみりしていると、

「徳光さんを東京駅までお見送りしてきなさい」

母が言った。

「いいの？」

恐る恐る確認すると、

「いいんですよね、おばさま」

母の返事を遮《さえぎ》るように、徳光さんが言った。母は黙ってうなずいた。私は大急ぎでワンピースに着替えて、初めてふたりきりで外を歩き、電車に乗った。

「そのワンピース、似合うよ」

「そう？　これプリンセススタイルよ」

たわいもない話をしながら、ふたりとも明るく振舞った。だが、ふと会話が途切れたとき、徳光さんがポツリと言った。

「このまま、どこかに行こうか」

思いもかけない言葉に、すぐには返事ができなかった。

「駄目よ。母さまが心配するし、徳光さんのお家の方も待っていらっしゃるわ」

私はドキドキする心臓をなだめながら言った。

「冗談だよ」

徳光さんは笑った。私はまたからかわれたのだと思い、ふくれっ面をした。そんなことをしていうちに、アッという間に東京駅に着いてしまった。しかし別れ難く、また一緒に電車に乗って新橋まで戻った。

その途中、徳光さんが私に日記を書いているのかと聞いてきた。自宅療養しているとき、文章を書く練習になるから日記をつけた方がいい、と徳光さんに勧められ、毎日の出来事や自分の気持ちなどを書き綴っていた。

「ええ、つけているわよ」

私が答えると、

「交換日記って知ってるかい」

徳光さんが言った。

「聞いたことはあるけど、したことはないわ」

「じゃあ、僕としようか、僕も日記を書くことにするから。そうすれば離れ離れになっても、会ったときにそれを読めば、どんな毎日を送っていたか分かるし、きっと面白いと思うよ」

「でも、私の文章は目茶苦茶よ。徳光さんに読んでいただけるようなものじゃないわ」

「いいんだよ、それで。交換日記の名前は『くち

海軍予備学生として出陣、三重、出水、宮崎から松島航空隊に転じた直後。右より青木少尉、宅嶋少尉、湯田少尉、嘉納少尉。

なしの花』ってことにしようよ」

「くちなしの花？　匂いが甘すぎて、私はあまり好きじゃないわ。花も泰山木のほうが、綺麗だと思うけど」

「僕は大きい木は好きじゃないな。楚々としているほうがいいよ。それにいいたいことも、言えない世の中だからね」

徳光さんは白い花が好きで、我が家でも裏庭の無花果《いちじく》の木のそばに、くちなしの花を植えていたが、そんな思いを託していたとは、まったく気がつかなかった。徳光さんの気持ちも分からずに、文句を言って申し訳ないことをしてしまった。

後に徳光さんから頂いた手紙には、

『八重ちゃんは自己主張が激しくてわがままだから、風任せに散る桜じゃなくて椿だね』

と書いてあった。外見はともかく、性格は当たっていると思う。もっともそのときは、『椿姫』みたいだ、と言われた気がして喜んでいた。

徳光さんはそんな私を呆れながらも、面白がっていたようだ。お見送りした際も、いろんなことを言って、私の反応を楽しんでいた。

しかし、ふたたび東京駅に戻ったときには、ふたりきりで外出できた喜びは消え失せ、身を切り裂かれるような別れの辛さだけが、ひしひしと押し寄せて来た。

徳光さんと一緒に福岡に向かう列車に乗り込み、無言で見つめ合った。このまま時間が止まって欲しいと思った。永遠に列車が発車しなければいいのにと思った。

だが、私の願いが叶えられるはずもなく、発車のベルが鳴り響いた。徳光さんに急かされて、仕方なく列車から降り、デッキで手を振る徳光さんに、涙を堪《こら》えながら手を振った。徳光さんの姿は次第に遠ざかり、あっという間に見えなくなった。私はひとりホームに立ち尽くし、ただ泣きつづけた。

第五章　戦後の私

悲しみを乗り越えて

徳光さんとの恋は、冒頭に書いたように悲恋に終わった。最愛の人を失った私は、終戦を迎えてからも涙ぐむことが多く、どうしようもない悲しみと寂しさだけが、心の中に深く広がっていた。母は私が馬鹿な真似をしでかさないかと心配で、一時も目が離せなかった。

だが、世の中は少しずつ変わりはじめていた。戦時中はひっそりしていた奥沢界隈も、終戦を境に瓦礫《がれき》を掘り起こしたり、焼け跡に錆びたトタン板を広げる人や、行き先を書いた立て札を見て歩く人の姿が見られるようになった。ただ、どの顔も無表情で疲れが滲み、老人や中年女性の姿が目立った。多くの青年が戦争で命を落とし、かろうじて生き残った人も戦地からすぐには戻れなかった。一方、若くて健康な女性は挺身隊に動員され、子供たちは疎開したままだった。

そんなある日、岐阜に疎開されていた清子さんから、信子姉を送りかたがた東京の様子を見に行くとの連絡が入った。信子姉は清子さんのお世話で、お見合いを兼ねて一緒に疎開していた。

空襲が激しくなるにつれ、田舎に伝《つて》がある人は疎開して行ったが、母は東京で出征した兄の帰りを待ちつづけた。私を家に残したのは、長くは生きられないと思っていたので、どうせ死ぬのなら一緒に、と考えていたからだ。安子姉は一九四二年（昭和十七年）に、一中時代の兄の後輩・末岡圀孝さんと結婚したため、母とふたりで信子姉の帰りを待った。

ところが、岐阜駅で清子さんが列車事故に巻き込まれて、亡くなったとの知らせが来た。一瞬の出来事で、そばにいた信子姉もどうすることもできなかったという。予定より遅れてひとりで帰京した信子姉は、助けられなかった自分を責めてうちひしがれていた。

母は姉を慰めながらも、やはりショックを隠し切れなかった。清子さんのところには可愛がっていた弟の隆ちゃんの戦死公報が届き、夫の岩城中佐も消息不明だった。軍人の妻であるがゆえに、苦しい胸の内をだれにも明かせず、さぞ辛かっただろうと涙した。

新築祝いに伺ったとき、本当にお幸せそうだった岩城中佐ご一家に、こんな過酷な運命が待っていたのかと思うと、私もたまらない気持ちになった。しかもそれからしばらくして、大佐になられていた岩城氏が無事に戻って来られた。もう少し早く帰国できていたら、と残念でならなかった。

妻を失った岩城氏の心中は察するにあまりあるが、悲しみを乗り越えて栄子さんと再婚され、ひとり残された娘の桜子ちゃんを育てられることになった。私たちは新たな幸せを築かれることを願いつつ、清子さんのご冥福を祈った。

戦争で肉親や家を失った人は、ほかにも大勢いらした。終戦から日が経つにつれ、疎開先から戻った母の知人たちが訪ねて来るようになり、恐縮しながらも家が焼けてしまったので、泊めて欲しいと言われた。むろん、母は喜んでお泊めしたが、我が家は戦災こそまぬかれたものの、雨戸は焚きつけにしてしまったため一枚もなく、畳は茶色に変色してささくれ、襖は継《つ》ぎ接《は》ぎだらけだった。それでも雨露が凌《しの》げるだけでも助かると言われ、皆さん喜んでくださった。

岩城夫人と娘の桜子ちゃん。幸せそうだった一家にも過酷な運命が待っていた。

多いときは十人近くのお客さまがいらして、私も忙しく働かねばならなかったが、母はその方が私の気が紛れると思ったのだろう。お客さまを歓迎しているようだった。街で階級章をはずした軍服姿を見かけると、徳光さんのことが思い出されて悲しくなったが、泣き顔を見せる回数は確かに減った。

慌ただしく終戦の年が過ぎていく中で、その年の冬に信子姉がお向かいの田中のおばさまにご紹介いただいた、溝渕浩五郎さんと結婚することが決まった。溝渕兄は早稲田大学出身で、攻玉舎という高校の国語教師をしていたが、後に趣味のクラシックギターを教えるようになり、彼が著わした『カルカツシギター教則本』は、今でも知る人ぞ知るギター教則本のバイブルになっている。

「お婿さんまで同じ大学だなんて偶然ね」

お嫁に行くまでは同じにと、双子の姉たちにお揃いの洋服を作っていた母はそう言って笑った。末岡兄も早稲田出身で、サッカー選手として活躍。一九三七年（昭和十二年）に開催されるはずだった、東京オリンピックの代表に選ばれるほどのプレイヤーだった。

しかし、私が一番よく覚えているのは、食べっぷりの良さだ。末岡兄は兄がいなくても、しょっちゅう私の家に遊びに来て、

「下宿が遠くて足代がかかるので、おばさんのおいしいご飯を沢山ご馳走になります」

と言って、当然のように夕飯をすませて帰った。

「来てくれって頼んだわけでもないのに……」

合宿から戻って来た兄に、文句を言ったところ、

「下宿生活は寂しいんだから、よろしく頼むよ」

とたしなめられた。広島で下宿生活を送った兄には、東京でひとり暮らしをしている後輩たちの気持ちが分かったのだろう。それに私も偉そうなことは言えなかった。末岡兄は柳家金語楼の真似が上手で、私は何度もやってくれるようにせがんでいたが、あまりにも頻繁なので、さすがに末岡兄もうんざりして、一日に一回だけと言われていたのだ。

また、本人も家族にどう思われているのか、いっこうに気にしていないようだった。私の家が図面を書くために通っていた、玉川園にある工場まで近かったため、卒業間際には兄の部屋に一週間も泊まり込んだ。このときは女四人分の食料を一度にひとりで食べてしまい、今までは沢山食べると言いながらも、遠慮していたのかとびっくりした。

そうやって出入りしているうちに、末岡兄は安子姉に魅《ひ》かれるようになったらしいが、安子姉はあまり関心がなかった。東京に六年間もいたのに、末岡兄はどこか垢抜けなくて野暮ったかった。

だが、簡単に諦《あきら》めるような末岡兄ではない。大学を卒業して北京の華北交通に入社が決まると、わざわざハルピンを回って、義子姉に会いに行っていた安子姉を訪ね、盛田兄に応援も頼んだ。

後日、母宛に盛田兄から末岡兄を絶賛する長文の手紙が届いた。それには圀孝君は男前ではないが人間がよく、少々理屈っぽいものの成績優秀で、サッカーも一流。何より真面目に安子のことを愛している、という内容が書かれていた。

それから間もなくして、瀬戸内海に浮かぶ大長で果樹園を営んでおられる、末岡兄のご両親が上京された。父上さまはおっとりした方で、母上さまは東京の女子大で物理学を専攻されたインテリだった。子供は男の子が四人いらして、末岡兄は次男。島には小学校しかなかったため、子どもたちは中学校から広島へ寄宿させ、ご長男は名古屋帝大の医学部に進まれていた。

ご両親のお人柄やお家の事情もわかった母は、安子姉を嫁がせることにした。安子姉も自分のことを真剣に思ってくれる末岡兄に、惹《ひ》かれるようになっていた。急なお嫁入りの上に戦時中は衣料品が切符制になっていたので、母は支度が大変だと言っていたが、大張り切りで準備をした。

結婚してからも末岡兄は、私たちを驚かせてくれた。一度もピアノを習った経験がないのに、独学で猛練習を積み、ベートーベンの『エリーゼのために』を暗譜してしまったのだ。しかし、安子姉は父親の下手なピアノを聞かされて、娘がピアノ嫌いになってしまったと嘆いた。元来、凝り性なのだろう。バラ作りにも熱中して、庭が花畑のようになっていた。また囲碁は田舎初段とかで、戦後勤めた石川島で一番強かったという。

姉の無念

安子姉、信子姉が相次いで嫁ぎ、母と私だけになった家に兄が帰って来たのは、終戦の翌年の初夏だった。インドネシアのハルマヘラから復員してきた兄は曹長に出世していたが、お腹が膨れ上がって骨と皮だけになっていた。タロ芋しか食べるものがなかったため、栄養失調になっていたのだ。再会の喜びも束の間、すぐに鋼管病院へ入院した。

兄は最初の出征を終えて戻って来たときに結婚し、長女が生まれた後にふたたび出征していた。兄嫁は二度目の出征中に次女のまゆみちゃんを出産して、長岡の実家に疎開していたが、まゆみちゃんは戦中の厳しい生活に耐えられず、一度も父親の顔を見ることなく亡くなった。

そして同じ年の九月十五日、盛田一家も引き揚げて来た。盛田兄は一九四三年（昭和十八年）にお父上が死去されたため、麻布の家を処分してお母上をハルピンにお連れしていた。上品で優しいお母上は、戦後の難儀な暮らしですっかりお年を召され、六歳になる長女の智江ちゃんに手を引かれての帰国だった。

智江ちゃんをはじめ三人の子供たちも、皆ガリガリに痩せていた。姉に背負われていた長男の忠昭くんは目だけのようになり、お祖父さまの葬儀で一時帰国したときは、色白でピンクのほっぺに柔らかな髪がクルリとカールして、西洋人形のように可愛らしかった次女の慶子ちゃんは、おどおどして不安げな顔をしていた。

義子姉のとついだ盛田家のお母上（右）と共に——著者と子供たち。等々力の家で。

盛田夫婦は比較的しっかりしていたが、やはり痩せこけて酷い恰好だった。義子姉は首からずた袋をぶら下げ、頭にかぶった薄汚れたネッカチーフの下からは、わずかに伸びた毛髪がのぞいていた。小さな手荷物をひとつ下げた盛田兄も、昔のハイカラな姿からは想像もできない見すぼらしい風体で、知らない人が見たらお乞食さん一家だと思っただろう。母と私は日本に帰ってくるまでの苦労を思い、胸が一杯になった。

姉たちは戦前、白系ロシア人が住む、イーベルスキ寺院内のアパートで暮らしていた。日本人は姉一家だけだったが、大家である寺院の僧侶がわざわざ畳を敷いてくれたり、赤ん坊が生まれるとアパートの住民が子守りをしてくれるなど、とても親切にしてくださったという。

帰国した当初、子供たちは日本語よりロシア語の方が堪能で、〝イジシュダ（いらっしゃい）〟〝オーチン　ハラショ（とてもよい）〟といったロシア語を教えてくれた。姉も八年間のハルピン生活で、日常会話程度のロシア語はできるようになり、会社でも日本語だった盛田兄だけが上達せず、子供にも負けると苦笑していた。

しかし、そんな友好的な生活もソ連の参戦で一変した。国境を越えて雪崩れ込んできたソ連兵は、あっという間にハルピンにまで侵入。一家は大連にいた母方の親類のもとへ逃げようとしたが、盛田兄が男狩りで捕まったため、身動きがとれなくなってしまった。

連れ去られた盛田兄は、大勢の満鉄社員がいるのを見てホッとしたものの、お互い知らん顔をしていた。知り合いであるのがばれると、共謀して脱走するのではないかと疑われて、厳しく監視される恐れがあったからだ。

ソ連兵は捕らえた日本人を使って、鉄道の修復などに当たらせた。しかしほとんどがホワイトカラーだったため能率が上がらず、ロシア語が堪能な元満鉄社員が交渉してくれたこともあって、肉体労働からはほどなくして解放された。

実はソ連兵も日本人をもてあましていたのだ。当時のロシアのレールは狭軌で、満鉄のアジア号のような広軌の列車は、中国人を使ってもなかなか動かせなかった。そのうえ捕虜とはいえ、最低限の食事は与えなくてはならず、食料の確保にも苦慮していた。次第に監視もいい加減になり、脱走する日本人が続出。盛田兄も三週間後に逃げ出した。

家族のもとに戻った盛田兄は、一家を引き連れて汽車に乗り込み大連に向かった。しかし、その途中で終戦を迎え、唯一の鉄橋だった大石橋も爆破されて、奉天までしか行けなかった。奉天には毛沢東率いる中共軍、蔣介石の国民軍、さらには山民軍までもが入れ代わり押し寄せた。

中共軍は規律正しく、一般人に危害を加えるような蛮行はけっしてしなかったが、山民軍はほとんどが山賊で軍規はないに等しく、上等兵が下級兵士に給料をやらずに、そのお金で女を囲ったりしていたので、掠奪、強姦、殺人が公然と日常茶飯事に行なわれ、少しでも金目のものを身につけている人はもちろん、持っていると思われただけでも簡単に殺された。女性は身を守るために頭を丸坊主にして、顔に墨や泥を塗りたくり、ダブダブのズボンをはいた。皆、栄養失調で痩せていたので、そうすれば男か女か分からなかった。

幸い姉一家は危険な目に遭うことはなかったが、三度の食事にも事欠く有り様だった。支配した軍隊の軍票が通貨になったため、軍隊が入れ代わると以前の軍票は紙屑になってしまい、まともな生活はできなかったのだ。盛田夫婦は中国人に交渉して、街頭で腕に衣服を吊るして売りさばき、そのつどわずかばかりのお金を得て饅頭を買い、家族の命をつないだ。

何とか年を越して半年を過ぎたころ、コロ島に引き揚げ船が来るという噂が、間違いない事実と知った盛田兄は、家族を連れて無蓋貨車に乗り込んだ。しかし、それは目を覆うばかりの悲惨な旅だった。途中で病に倒れる人、泣く泣く幼子を中国人に預ける人、あるいは売る人、中には過酷な現実に耐えられず、精神に異常をきたす人もいた。そんな中でも盛田一家は無事にコロ島まで辿り着けたが、国民軍による身体検査が待っていた。

「チヤガブシン（これは駄目）」

女性兵士に調べられた姉は、ダイヤの指輪を取り上げられた。姉が結婚するころは内地でのダイヤの供出がなかったため、母は亡き父がヨーロッパ旅行の際に買ってきてくれた指輪をお守りとして持たせていた。

指輪の話に及んだとき、それまで気丈に帰国するまでの話をしていた姉が初めて泣いた。父と母の思いが込められた指輪を取られて、姉は本当に悲しかったのだろう。母は子供のように泣きじゃくる姉を抱きしめ、やさしく背中を撫でた。

私も姉の無念を思うと可哀そうでならなかったが、やはり指輪はお守りだったのかもしれないと思った。一家全員がかけがえのない命を守り通して、帰国できたのだから。

舞いこんだ就職の話

姉一家は検査を終えると乗船を許されたが、岸から船に渡された板は幅が狭くて、グラグラと揺れたため、足がすくんで渡れない人が続出した。運動神経のいい姉は、何度もその板を往復して手助けしたそうだ。

「お父さんは案外弱虫で、恐がったのよ」

姉の言葉に、盛田兄は苦笑いしていた。姉たちはひと通りの報告を終えると、一年二ヵ月ぶりに畳の上で眠りについた。心底、安心したのだろう。息をしているのかと心配になるほど、ぐっすり寝ていた。母は仏壇の前に座って、何度も何度も拝んだ。

翌日、姉の子供たちをお風呂に入れた。こざっぱりとして表情も少し戻り、可愛らしくなった。ただ、着の身着のままで帰国したため、着替えが一枚もなかった。我が家には大人のお古なら沢山あったので、ブラウスの袖を切ったりして子ども服に作り替えた。このとき、父が買ってきてくれたシンガーミシンがとても役に立った。

しかし、父が家族に残してくれた恩給は戦後、文官のみの支給となり軍人の遺族は停止された。一九五三年（昭和二十八年）ころまで、この措置がつづいたと思う。

「お父さまはまさかこんなことになるとは、夢にも思っていらっしゃらなかったでしょうね。自分の妻子が最低限の食事もできないと知ったら、なんておっしゃるでしょうね」

母はそう言って嘆いた。和歌山に所有していた山林は義子姉が結婚するときに、植えた杉代にもならぬほどの金額で売却していたので、唯一の頼りはわずかに残った保険金だけだった。

「よそさまは筍《たけのこ》生活っておっしゃるけど、母さまのところは玉葱《たまねぎ》よ。剝《む》くたびに涙が出ます」

愚痴めいたことは滅多に口にしない母が、笑いながら言った。そんなとき、私が幼いころに子守りをしてくれたねえやが訪ねて来た。嫁ぎ先が森さんという名前だったので、私たちは〝モーリ〟と呼んでいた。森夫婦は目蒲線の沼部駅近くで餅菓子屋を営み、戦前は毎年お正月の餅をついてくれていたが、戦後もいち早く店を再開して繁盛しているようだった。

「奥さま、お稲荷さんをお作りなさいまし。店で売って差し上げますから」

モーリは母に勧めた。母は料理が上手で、ちゃんとおいしく作らなければ食べ物に失礼、というのが口癖だった。早寝なのに夏はわざわざ夜中の十二時に起きて糠味噌を漬け、古漬けにしたいときは胡瓜《きゅうり》や茄子《なす》に、漬けた時間を書いた札まで付けた。

母の作った料理はどれもおいしかったが、一番の思い出はお座敷天麩羅《てんぷら》だ。茶の間までガスを引いて、皆の注文を聞きながらつぎからつぎに揚げてくれた。今でも姉妹が集まると、かならず話が出るほどおいしかった。徳光さんがいらしたときも何度かしたが、最初、彼は驚いていた。宅嶋家では天麩羅はお店で食べるのが常で、お父上がご家族のどなたかを伴っていらしていたそうだ。

おやつも母の手作りで、ワッフルやカステラ、おまんじゅう、アイスクリームなどを作ってくれた。私はもっぱら食べるのが専門だったので、詳しい作り方は覚えていないが、アイスクリームは桶の中に茶筒を入れて材料を入れ、まわりに氷と塩を入れ、グルグルかき回して作ったように思う。もっとも私は母が作れない、おせんべいなどの方が珍しく、おやつに出ると喜んでいた。

また母は姉たちが年頃になると、週一回はかならずテーブルマナーを教えてくれた。養鶏場を営む近所の和田さんに、若鶏の手前まで成長した雛を分けてもらい、お腹のなかに野菜を詰め込んで大きな寸胴で煮込んだ。それをお皿に盛って、ナイフとフォークの使い方を学ぶのだ。

「娘が四人もいると、どこのどんなお家にお嫁に行くか分かりませんからね。そのとき、困らないようにしないとね」

母は私たちに言い聞かせた。後に夫の禎二が海外赴任した際、母の教えがとても役に立ち、どれほど有り難かったか知れない。しかし、母自身は自分が作ったものより、食料事情の悪い戦時中に徳光さんが、家族全員に買ってきてくださったチキンカツが忘れられなかったようだ。

「大学がある三田で見つけたっておっしゃってたけど、あのときは本当に嬉しかったわね」

ことあるごとに母はその話をした。私は母のお稲荷さんもチキンカツに負けないおしいさだと確信していたが、母は気乗りがしないらしく、

「売れるようなものではないし、沢山作ったこともないわ」

と言って首を縦に振らなかった。しかし、母の料理の腕を知っているモーリは熱心に説得し、その甲斐あって母の気持ちも揺らいできた。私と母だけならわずかな蓄えだけでも何とかなったが、姉一家もいた。盛田兄は帰国後間もなく、大卒であるのを隠して町工場で働き

はじめたものの、このままでは孫たちに十分な食事も与えられないと思い直したのだ。

いったんやると決めたからには中途半端なことができない母は、まずレシピ作りに取りかかった。それまでは目分量で作っていたが、お金を頂くのだからと言って、調味料から油揚げに詰めるご飯の分量まできちんと決めた。材料はモーリが調達してくれたので、翌日からさっそく始めた。

もちろん、私も油揚げの臭みを抜くために、ザルに並べて熱湯をかけるなど、できる限り手伝った。家は一日中、油揚げを煮るお醤油の匂いが立ち込め、慣れるまで大変だったが、母のお稲荷さんは評判がよく、どんどん注文が増えた。そのうちに持って行けないほどの数になり、モーリの旦那さんが自転車で取りに来てくれるようになった。

生活に追われる日々を送っている最中、私に就職の話が舞い込んで来た。溝渕兄のお弟子だった斉藤さんが、自分が勤める持ち株会社整理委員会に紹介してくださるというのだ。

斉藤さんとは一度、NHKのスタジオでお会いしていた。溝渕兄が出演することになり、姉と一緒にスタジオへ見学に行くと、NHKの前の三和ビルが職場だった斉藤さんも顔を出され、義兄が紹介してくれた。だれもが生きるために必死だった時代に、一度しかお会いしていない私にいいお話をくださって有り難かったが、働いた経験がない私は自信がなかった。

「やってみて駄目なら、やめればいいじゃないか」

溝渕兄が躊躇している私に言った。それを聞いて気持ちが楽になり、勤めてみることにした。委員会は財閥解体を進める進駐軍の方針で設立されたもので、財界や銀行の要人、学者などが参加されていた。私は委員室に配属され、広い部屋の隅を衝立で囲った中で働きはじめた。

主な仕事は電話を取ったりお茶を入れることで、私のほかに女の子がふたりいた。そのうちのひとり鈴木さんは早くに亡くなってしまったが、田中夫人になられた石川露子さんには、禎二も会ったことがあり、

「和製イングリッド・バーグマンみたいだ」

とその美貌を称賛した。委員にはそれぞれ大卒の秘書がついていらしたため、あまり接触する機会はなかった。また外出される委員が多く、常時いらっしゃったのは四人ほどで、興銀からいらした笹山忠夫委員長は別室におられたと思う。お目にかかることはほとんどなかったが、温厚な紳士というのが私の印象だった。

後にホテル・オークラの会長になられた野田岩次郎さんも、委員のおひとりだった。初めてお会いしたとき、お年を召した日本の勤め人を見なれていた私は、ロマンスグレーのダンディな野田委員のそのカッコ良さに驚いた。ライトブルーに細い黒の縞が入ったダブルのスーツを見事に着こなされ、音のしないピカピカの靴を履いて颯爽と歩いていらした。

野田さんはGHQの窓口になっていらしたので、いつもお忙しそうだったが、お使いに出かけるときに一度だけ、野田さんの車のヴュイックに乗せていただいたことがあった。日本車とは比較にならない素晴らしい乗り心地で、日本がアメリカに負けるのは当然だと痛感させられた。

委員会には後に都知事になられた美濃部さんや脇村義太郎東大教授ら、非常勤の委員の方も大勢いらした。また俳優の浜田光夫さんのお母上、有希恵さんが働いていらして、持株会社整理委員会の同窓会〝春秋会〟の色々な行事や名簿を印刷する際に大変お世話になっている。有希恵さんは立派にお務めを果たされながら、おひとりで子供を育てられたとも聞き、母の手ひとつで育った私は尊敬していた。

他の部署とはあまり交流がなかったが、秘書課の森本課長が盛田兄と慶応大学のクラスメートだったのが偶然分かり、そのご縁で義兄も持株会社整理委員会で働けるようになった。

使命を終えると委員会は解散になったが、毎年春と秋にホテル・オークラで〝春秋会〟と名づけられた集まりが開かれ、かつて同じ職場で働いた者同士が旧交を温めた。残念ながら私は子育てが忙しく、夫の仕事の都合で海外に行ったりしていたので出席できなかった。結局、お世話になった委員の方々には、ご存命中に一度もお目にかかれず、無理をしてでも出席してご挨拶をしておけばよかったと後悔した。

その反省もあって、四十八年目にして初めて参加したところ、有希恵さんと露子さんに再会できた。露子さんもご主人の仕事の関係で、アメリカにおられたそうだ。楽しい一時を過ごし、有希恵さんのお元気な姿を拝見しにまた春秋会へ行きましょう、と露子さんと約束して別れた。

思いがけない母の言葉

一方、戦後の我が家は姉一家が青山の引き揚げ者住宅に入居でき、兄も無事に退院して九品仏で妻子と暮らしはじめ、少しずつ普通の生活に戻りつつあった。むろん、暮らしは楽ではなかったが、恩給が停止されている間は、モーリの下請けお稲荷さん屋で凌ぐことができた。

しかし、だれもがそうだったわけではない。奥沢駅の近くでバッタリ会った、小学校の級友の広井淑子さんは、爆弾の直撃を受けて焼け出され、第一生命にお勤めだったお父上が、心労から寝込まれるようになっていた。

ご両親に妹さんがひとりと弟さんがふたり、それにお手伝いさんがいた淑子さんのご家庭は幸せそのものだった。それが仮住まいの家で暮らし、ご病気のお父上に栄養があるものが差し上げられなくて困っていらした。淑子さんのお宅とは、わずか五百メートルぐらいしか離れていなかったが、私は自分の家のことで忙しく、まったく知らなかったのだ。

家に帰ってからも、淑子さんのことが気になって仕方がなかった。私の家もつましい暮らしをしていたが、母と相談して牛乳をお裾分けすることにした。体が弱い私のために戦時中から週二回、元住吉の牧場から一升瓶で一本ずつ牛乳を買っていて、姉の子供たちもこの牛乳で栄養を補うことができた。十分な量とは言えなかったが、お届けしたところ淑子さんはとても喜んでくださった。

だが、しばらくして淑子さんのお父上は亡くなられた。お父上には一度もお目にかかったことはなかったが、ご近所の方々と一緒にご葬儀に参列させていただいた。

翌日、私がお務めに出ている間に、淑子さんがご挨拶にみえられた。母はそのとき、慶応大学に通っている従兄さんも一緒だったと言った。それから数日後、今度は淑子さんがひとりで私を訪ねていらして、

「八重子さん、戦争から戻ってきて、慶応に行っている従兄がいるんだけど、付き合っていただけないかしら」

と言った。すぐに母が言っていた人だと思ったが、会うつもりはなかった。

「せっかくだけど、自分の体に自信がないから、結婚はしないと決めているの」

私は淑子さんに言った。彼女も私が病気をしたのはご存じだった。徳光さんのことは女学校が違っていたので話していなかったが、そこまで話す必要もないと思っていた。しかし、従兄さん本人が母に会いに来られた。

「広井の叔父の葬式で、遺族席から八重子さんをお見かけして、淑子に付き合っていただけるように頼んでもらいました。病気をしたので結婚はしないと断わられましたが、お付き合いさせていただけるなら、僕はいつまでも待つつもりです」

従兄さんにいきなり切り出された母は仰天した。母には何も伝えていなかったのだ。しかし、母は私の徳光さんに対する思いの深さをだれよりも分かっていたので、その場で断わってくれた。

「病気のことは本当ですが、実は八重子には子供のころからお嫁に行くと決めた人がいました。でもその方が戦死なさって、一生お嫁には行かないと言っています。申し訳ございませ

んが、ご縁がなかったと思ってください」

母から一部始終を聞かされた私は、世の中には物好きな人もいるものだと思った。当時は戦争で若い男性が大勢亡くなっていたため、ひとりの男性にトラック一台分のお嫁さん候補がいると言われていた。私は一目惚れされるような美人ではないし、結核を患い、旧軍人の遺児でもある。おまけに女学校を中退している上に、恋人までいたのだ。そのうちに私のことなど忘れて、健康でもっと条件のいい方とご縁があるだろうと思って、そのまま放っておいた。

ところが三ヵ月ほどして、また従兄さんがやって来た。母が応対したところ、聞きもしないのに、

「卒業論文の準備のために九州の飯塚に行って、炭鉱夫さんの仕事を三ヵ月間見てきました」

と報告した。そして、

「一度、八重子さんに会わせていただけませんか」

と言った。さすがに母も図々し過ぎると思って、

「あなたはまだ学生さんでしょう。八重子は働けるような体ではありませんし、いったいどうやって生活するおつもりなんですか」

やや厳しい口調で諭した。しかし、彼はひるむ様子もなく、きっぱり言った。

「戦後の復興には鉄が何よりも必要になると思い、日本鋼管の入社試験を受けました。もし

落ちたら、輪タク屋にでもなります。どんなことをしてでも、生活していく自信はあります」

三人の娘を嫁がせた母も、彼のような人に会ったのは初めてだった。その日は気持ちだけは、娘に伝えると約束して帰ってもらった。

私は母から話を聞かされても、ただ呆れるばかりだったが、母は見直すようになっていた。そして思いがけない言葉が、母の口から飛び出したのだ。

「あんなに真面目にあなたのことを思ってくださる方は、もういないような気がするわ。母さまはあの方のところへお嫁に行った方がいいと思う。きっと徳光さんも八重子の幸せを思って、賛成してくださるはずよ」

私は自分の耳を疑った。母だけは私の気持ちを分かってくれていると信じていただけに、裏切られたような思いだった。

「母さまなんて大嫌い。そんなこと言うんなら私、死ぬわ」

家を飛び出そうとする私を見て、母は真っ青になった。

「待って、待って頂戴。母さまが悪かったわ、謝るわ。どしても八重子が死ぬと言うなら、母さまも一緒に死にます」

母は肩を震わせ、声を上げて泣いた。取り乱した母を生まれて初めて見た私は、急に申し訳ない気持ちで一杯になった。母は私ひとりの母ではない。兄や姉たちにとっても、かけがえのない大切な母だ。それなのに私は心中を口走るほど、母を追い詰めてしまったのだ。

父が亡くなって以来、母はひとりで五人の子どもを育て、私の病気、戦争と苦労に苦労を重ねてきた。それでも家族には、泣き言ひとつ言わなかった。父がいなくても寂しい思いをせず、明るく楽しい毎日を送れたのはすべて母のお蔭だった。

母にしてみれば、体の弱い私がいつまでもひとりでいるのは、心配でならなかったのだろう。私は一度だけならとその人、赤沢禎二さんと会うと約束した。徳光さんのことを忘れることなどできなかったが、母が安心するのならどんなことでもしようと思った。

心の中で告げた別れ

禎二と初めて会ったのは、自由が丘の喫茶店だった。淑子さんも交えて簡単な自己紹介をすませると、禎二は戦争で亡くなった方たちの死を無駄にしないために、どうやって国を復興していくのか、日本の将来について熱心に話しはじめた。労働問題にも興味があったようで、世の中を変えなくてはいけないとも言った。

弁論部出身だけあって立て板に水だったが、デートというより演説を聞かされているようで、なんて野暮ったい人なんだろうと思った。ただ、いかにも誠実そうで信頼できる気はした。

その日、禎二は家まで送ってくれたので上がってもらった。予想していたより遙かにいい人だったが、私の心の中には徳光さんがいた。禎二にその気持ちを正直に話すと、彼は真剣な顔で言った。

宅嶋徳光少尉。最後の逢瀬となった3月9日、本人から受領したもの。

「宅嶋さんのことは、忘れずにいて上げてください。同じ大学の一年先輩ですし、自分も戦争に行ったので、仲間だと思っています。彼は国のため、愛する人のために、未来の平和と自由を願って戦死された。自分はそんな彼の分まで日本の復興に尽くし、八重子さんを幸せにします。ただし結婚は一緒にいることで、お互いが不幸になるようなときは、いつでも別れうる可能性があることを条件にしたいと思っています」

忘れずにいて上げてください、という禎二の言葉が胸に響いた。そんなことを言ってもらえるなんて、夢にも思っていなかった。禎二も一九四三年（昭和十八年）九月、雨の神宮外苑を行進して出征して行った、学徒出陣のひとりだった。送られた先はソ連国境のハイラルで、毎日ノロという動物を乗馬で追いかける訓練をしていたそうだ。

しかし、終戦の一ヵ月前に内地の激戦地要員にされ、単独で帰国するように命じられた。独立守備隊の小隊長だったが、営倉覚悟で連隊長に文句を言ったため、危険分子だと思われたようだ。部下は無事に内地まで辿りつけるはずがないと思い、涙を流して別れを惜しんだという。

苦しい旅ではあったが、幸いにも山口県の長門の浦に上陸でき、和歌山県の御坊で終戦を迎えた。戦後は少しの間、憲兵をやらされたが、翌年には復学していた。

母が言ったように、こんな人は二度と現われないかもしれないと思った。それに離婚もあり得るという、彼の考え方にも共鳴した。結婚も就職と同じで、やってみて駄目ならやめればいいのだと思ったら、とても気が楽になった。

禎二の話と自分の気持ちを母や姉たちに伝えたところ驚いていたが、私の気が変わらないうちにと思ったのだろう。結婚に向けて着々と準備を進め、一九四七年（昭和二十二年）九月十五日に式を挙げることになった。禎二が大学を卒業するのは九月末だったが、日本鋼管に入社が決まり、十月から出社しなければならなかったので、彼もゆっくりできるうちに式を挙げたかったようだ。

とんとん拍子に事が運び、アッという間に九月になった。私は結婚式を間近に控えたある日、庭にブリキ缶を持ち出した。そして自分の日記に火をつけ、それが燃え尽きると徳光さんから頂いたお手紙を一枚、一枚読んではくべ、声を殺して泣いた。風もないのにそのうちの一枚が私の手から離れ、ひらひらと舞い上がった。

（徳光さん、さようなら）

心の中で別れを告げ、すべてが白い灰になったとき、堪え切れずに声を上げて泣いた。

「沢山お泣きなさい。そして堪えるのよ」

いつの間にか母が、私の後ろに立っていた。母は私の肩を抱いて一緒に泣いた。

第六章　禎二との結婚

新たなる人生

「なんて暑いんでしょう」

一重の紋付きを着た姉たちは、ハンカチで扇《あお》ぎながらこぼした。冷房のない時代で、おまけにキティ台風が近づいていたため、銀座・松屋デパートの地下にあった結婚式場は、かなり蒸し暑かった。

「せめてあと十日遅ければ、私たちの振り袖が着られたのに」

貸し衣装の絽の振り袖をまとった私に、姉たちが口々に言った。自分のことが話題になっているのに、よその人の話を聞いているような気がして、鬘《かつら》をつけた白塗りの顔を鏡で見ても、これから結婚式に臨むという実感が湧かなかった。

「結婚式の日に台風だなんて、人騒がせな八重子らしいわね」

鏡の中の私に向かって、母が微笑みかけた。私もちょっと微笑んで見せたが、だれよりもこの日を喜んでいたのは、母だったのかもしれない。一度は死を宣告され、愛する人を失ってからは泣いてばかりいた娘が結婚するなんて、夢にも思っていなかっただろう。私自身、禎二と出会うまでは、結婚など考えてみたこともなかった。

もっとも戦後は物不足だったので、結婚式といっても質素なものだった。そのうえ肝心の新郎新婦は、新婚旅行に出発するために披露宴を中座してしまった。

当初、禎二は十和田湖に行くつもりだったが、義兄に、

「野宿でもする気か」

と叱られたそうだ。そのころは熱海が一般的で、義兄も熱海なら知っている宿を紹介できるというので、そこへ行くことになった。ところが台風の襲来で、汽車はトンネル内で五時間も止まってしまった。

私たちの前の席には、真新しい慶応の帽子をかぶった学生さんが座っていた。ずっと本を読んでいたが、読み終えてしまったらしく、手持ち無沙汰な様子だった。禎二は同じ大学の気安さから、その学生に話しかけた。

「僕も慶応に行ってるんだけど、復員して今月、塾を卒業するんだ」

「戦時中は大変でしたでしょう。海軍さんですか」

学生も気さくに応じてくれたが、

「ご兄妹で旅行なんて、いいですね」

と屈託のない笑顔で言われ、禎二は言葉に詰まった。

「いやぁ、ちょっとね」

困ったような顔をして、その場を何とか取り繕《つくろ》おうとする禎二の様子が可笑《おか》しく、私は下を向いてクスクス笑っていた。

足留めを食っている間、喉が乾いて困ったが、自分に任せておけと言わんばかりに、禎二は窓からするりと出て探しに行き、水を汲んで来てくれた。何くれと気づかってくれる禎二の優しさが嬉しく、緊張していた私の心も和らいだ。

ようやく熱海に到着したときは、台風も去って雨は止んでいたが、宿までの坂道は川のようになっていた。禎二に手を引かれて、ぬかる水浸しの道をなんとか歩き通し、やっとの思いで宿に辿り着いた。

旅館の門前に黒塗りの立派な大型車が停まっていて、玄関には女将さん以下、仲居さんが勢揃いしていた。何事かと思って驚いていると、恰幅のいい紳士が現われた。その方をお見送りするために、待ちかまえていたのだ。紳士は私たちに目を止めると、

「歩いて来たんですか。大変だったでしょう」

ニコニコしながら話しかけられた。私たちは黙って頭を下げ、お見送りが終わるのを待った。仲居さんの案内で、部屋に通された途端、どっと疲れが出た。

取りあえずお風呂に入って、浴衣に着替えた。着物を着たことがほとんどなかったので、どうもしっくり馴染まず、細紐一本では寝巻のような気がして落ち着かなかったが、剣道三段の禎二は着慣れているのか、浴衣をびちっと着こなして胡座《あぐら》をかき、いつもより大人びて

見えた。

　すぐに夕食の時間になり、仲居さんが支度をはじめた。私たちは正座をして向かい合って座り、給仕を見守っていたが、なかなか終わらなかった。つぎつぎに料理が運ばれて来て、ついにはテーブルに載り切らないほどのご馳走が並べられた。

　一生に一度の新婚旅行とはいえ、いくらなんでも豪華すぎる。なにしろ禎二はまだ学生の身分だ。そんなお金があるはずがなかった。

「ご馳走が多過ぎて、食べ切れないと思うんですが」

　禎二がおずおずと言った。仲居さんはこちらの気持ちを察したのか、

「どうぞ、ご遠慮なく。お代金は先ほどのお客さまから頂いておりますので、よろしいだけ召し上がってくださいい。では、奥さま、お給仕をお願い致します」

　と言った。禎二は狐につままれたような顔をして、

「どなたですか。知人はいませんけど」

　仲居さんに尋ねた。私は生まれて初めて奥さまと呼ばれて、消え入りたいような気恥ずかしさを覚え、ドキマギしていたが、禎二は料理のことで頭が一杯だった。仲居さんがどうしても名前を教えてくださらないので、女将さんを呼んでくださるように頼んだ。もちろん、真相が分かるまで、食事はお預けだった。

「まぁ、まぁ、申し上げなくて失礼致しました。実は先ほど玄関でお会いになったお客さまから、お若いおふたりに祝いを、と頼まれましてね」

あたふたと駆けつけた女将さんが、説明してくださった。だが、禎二も私もその紳士には、まったく心当たりがなかった。

「あちらさんも『いいねぇ、若い人は』ってお喜びになって、気分良くなさったんですから、いいんですよ。名前は伏せるように言われましたので、お教えしたら私が叱られます」

女将さんが行ってしまうと、

「兄貴の知り合いかもしれないね」

と禎二が言った。義兄は通産省の役人だったので、私も羽振りのいい実業家と付き合いがあるのかもしれないと思った。旅先では調べようがなく、ふたりともお腹が空いていたので、ご馳走を頂くことにした。改めて数えみたら全部で九品もあった。そのときは品数の多さに目を奪われて、どれほど見事な料理か分からなかったが、今思えば当時は滅多に口にできない懐石料理だった。

お銚子も三本つけられていて、禎二はお酒を飲みながら頂いた。かなりの飲兵衛さんだったが、それを知ったのは生活を共にするようになってからのことだったので、仲居さんが様子を見に来た際、二本下げてしまった。一本で十分だと思ったのだ。禎二も遠慮していたのか、何も言わなかったが、残念に思っていたに違いない。なんて気のきかない妻だったかと、思い出すたびに恥ずかしくなる。

一泊だけの慌ただしい新婚旅行を終えて帰京すると、禎二はさっそく義兄に問い合わせたが、思い当たる人はいなかった。結局、どなたか分からず終《じま》いで、お礼の申し上げようがなかった。遅ればせながらこの場を借りて、人生の門出に花を添えてくださった足長おじさんにお礼を申し上げたい。

思いがけないご祝儀まで頂き、禎二との新たな人生が始まった。新居は杉並区和泉町にある、六帖一間の間借りだった。近所に知る人もいない初めての町だったが、雰囲気が奥沢に似ていたのですぐに馴染めた。ただ、共同の井戸端で七輪を使って、煮炊きをするのには困り果てた。実家はガスだったので、慣れない私はご飯ひとつまんぞくに炊けなかった。

母は結婚が決まったとき、半年くらいは奥沢の家で暮らすように勧めてくれた。しかし禎二は、ふたりで頑張りたいと断わった。私も夫の意見に同意した手前、母に泣きつくこともできなかった。

私のご飯の出来に呆れたのか、禎二は休日になると軍隊時代の飯盒を引っ張りだして、ご飯を炊いてくれた。今と違って男子厨房《ちゅうぼう》に入らずが当たり前だったのに、まったく気にしている風もなく、私とは比べものにならないほど上手に炊き上げた。

禎二は当時の男性には珍しく、進歩的な考え方をする人だったと思うが、数学を一緒にやろうと言われたときはさすがに驚いた。頭をシャープにするためには、数学が一番だと言うのだ。しかし女学校で代数と幾何をほんのちょっと齧《かじ》っただけの私には、手始めの微積分ですらさっぱり分からなかった。

「結婚するって大変なことなのね」

思わずため息をつくと、禎二はパタンと本を閉じて、

「止めようね」

と言った。そしてそれっきり数学の勉強をしなくなった。私がもう少し出来が良かったら、一緒に楽しみながら学べて、頭も良くなっていたのだろうが、申し訳ないことをしてしまった。

また禎二は、無類の動物好きでもあった。犬猫から蜘蛛や小さな虫まで可愛がり、いつも目を細めていた。ところがそれがもとで、とんでもないことが起きた。

ある日、禎二が目を瞑《つぶ》って手を出すように言うので、その通りにすると掌に何かを載せた。目を開けたら、毛も生えていない鼠の赤ん坊が数匹丸まっていた。私は悲鳴を上げて、それを放り投げた。何より鼠が嫌いだったのだ。

禎二は私の鼠嫌いを知らなかっただけで、悪気はまったくなかったが、私にしてみれば拷問にも等しい行為だった。何度も謝る禎二を見ながら、この人と本当に一緒にやっていけるのだろうか、と考え込んでしまった。

こうして輪タク屋の内儀さんではなく、サラリーマンの女房になったわけだが、生活は苦しかった。結婚が決まって持株会社整理委員会に退職願いを出した際、笹山委員長に、

「これからは女性も働く世の中ですよ。半年、有給休暇をあげますから、ご主人になる人とよく相談してごらんなさい」

と言われたのだが、

「技能があるなら別だけど、電話番やお茶汲みならして欲しくない」

と禎二に言われ、私も深く考えずに辞めていた。私に収入があれば、もう少しいい暮らしができたはずだが、気づいたときは後の祭だった。禎二も私と同じ思いを抱いていたらしく、三十年ほど後にこの話が出たとき、今ならどうするのかと尋ねたら、

「いやぁ、若気の至り。お前さんの母さまに大きなことを言った手前もあったしな」

と言って苦笑していた。当時はだれもが貧しく、我が家が貧乏なのも致し方なかった。私は少しでも生活費の足しになればと思って、進駐軍の家族向けに人形の洋服を編む内職をはじめた。

だが、もともとお裁縫が不得手なうえに、始終停電するのでランプの下で編んでいたため、煤《すす》で薄汚れてしまって、あまりお金にならなかった。禎二は私の体を心配して、やめるように言ってくれたが、日中にすませるようにして内職をつづけた。

水害騒ぎ

結婚した翌年には、最初の子を身籠《ご》もった。母から三度の食事をきちんと取るように、何度も言われたが、生活が苦しくて昼食を抜くことが多かった。その分、夕食はできるだけ栄養のあるものを食べるように心がけたものの、それさえ容易ではなかった。

貧乏暮らしから抜け出すのは難しかったが、禎二の通勤時間だけはどうにかしたかった。日本鋼管の川崎製鉄所勤務になったため、窓ガラスの代わりに板を張った京王線で新宿に出てから、国鉄（現在のＪＲ）に乗り換えて川崎まで行き、さらにバスに乗って通勤していた。

片道約二時間もかかり、冬は暗いうちに家を出て、星をいただきながら帰宅する毎日だった。

私は会社にもっと近い所に借家を探しはじめ、蒲田の女塚にある長屋へ引っ越すことに決めた。そこなら通勤時間は半分以下で、家も和泉町の借家より広く、引き戸の玄関を開けると一帖ほどの土間があり、六帖の板の間と六帖の畳の部屋があった。その奥に一段低く台所があった。

一九四八年（昭和二十三年）十月二十三日、待望の赤ちゃんが生まれた。私の体力がもうひとつで早産だったが、色白の坊やは孫の中で一番、と母に折り紙をつけられるほど可愛らしかった。禎二は初めての子供に寛と名づけ、傍目《はため》もはばからずに大喜びした。

しかし翌年の正月五日、寛は無熱肺炎であっけなく天に召された。母親の私が急変に気づくのが遅れたため、むざむざと死なせてしまったのだ。無知な自分が殺したのだと思うと、生きているのが辛く、自分が代わりに死ねばよかったと悔いるばかりだった。

禎二はそんな私を慰め、一緒に泣いてくれた。そして今度こそ、寛の分まで元気な子供を育てようと言った。生涯忘れることのできない悲しい出来事だったが、寛の死を通して禎二と本当の夫婦になれたような気がする。禎二の広い心と優しさに癒《いや》され、絶望の底から這い上がることができた私は、彼のよき妻になろうと改めて心に誓った。

ふたりの願いが通じたのか、それから間もなくふたたび妊娠した。今度は母の言いつけをまもり、一週間の献立を作ってしっかり食べるように心がけた。お給料も少し上がったので、お昼も取れるようになった。禎二はそれでも心配だったらしく、私の昼食があるのを確認してから出勤した。

気づかってくれるのは嬉しかったが、私は禎二に背広と靴を買って上げたかった。入社して以来、一度も新調していなかったので、ずいぶんくたびれていた。しかし禎二はいらないと言い張り、それまで通り、お給料のほとんどは食費に回された。お蔭で私の体調は申し分なく、お腹の子供も順調に育っているようだった。

ところがその年の梅雨の終わりころ、水害に見舞われた。外で男の人が、

「堤防が切れたぞぉ」

と叫んでいるのが聞こえたので、慌てて玄関を開けると、家の前の細い道を挟んで流れているドブ川から水が溢れ出し、あっという間に道と川の区別がつかなくなった。禎二が出勤した後だったので、自力で何とかするしかなかったが、水害の経験などなかった私は、どうすればいいのか見当もつかなかった。成す術もなく立ち尽くしていると、突然、野良猫が現われた。

私は急いで猫を抱き上げて玄関を閉めたが、隙間からひたひたと水が押し寄せ、土間が池のようになってしまった。水かさは増える一方で、家の中が水浸しになるのは時間の問題だった。

とにかく大切な物だけでも濡れないようにしようと思って、猫を畳の上に置き、禎二が大事にしていた本を高い場所に移しはじめた。気ばっかり急《せ》いて手間取っていると、大工さんをしているお隣の蒲生さんが飛び込んで来た。

「奥さん、ウマは」

蒲生さんは大声で怒鳴った。長屋で馬など飼えるはずがない。

「馬はいませんけど……」

私が困惑していると、

「いいよ、待ってな。今、持ってくるから」

蒲生さんは踵を返し、大きな床机のようなものと張り板を二枚かついで、娘さんと一緒に戻って来た。ふたりは畳を二枚はがしてその上に巨大な床机を置き、押入れの上段と床机の間に板を渡してから畳を載せた。わずか数分の早業だった。

「奥さん、上に乗って。早くしないと、濡れちゃうよ」

蒲生さんにせき立てられるまま、猫を抱いて上がった。禎二が焼け残ったのを喜んでいた、ベートーベンの第九のレコードが本棚に残っていたので、蒲生さんに取って欲しいと頼んだが、

「もう濡れていて駄目だ」

と言われた。新しいものを買う余裕などあるはずもなく、禎二が可哀そうになった。

「心配しなくても大丈夫だから、じっとしてな」

蒲生さんは子供を諭すように言うと、靴や下駄を押入れに放り投げ、戸という戸を全部開けてから帰って行った。

後で知ったのだが、家から百メートルほど後方を呑川という大きな川が流れていて、その

川底と長屋が建っている一帯の土地の高さが同じだったため、堤防が決壊するたびに水浸しになっていたそうだ。長く住んでいる人たちは水害に慣れっ子で、どこの家も〝ウマ〟と呼ぶ大きな床机《しょうぎ》で避難場所を設《しつら》え、一週間くらいはその上で難なく暮らしていた。

事前に知っていれば、もう少しまともな対応ができたかもしれないが、そのときは恐ろしさが先に立って、気が動転してしまった。台所からゴボッという変な音がしたので驚いて目をやると、揚げ蓋の上に置いてあった、お米の罐が引っ繰り返っていた。母から差し入れてもらった大切なお米なのに、持って上がるのをすっかり忘れていたのだ。泣きたくなったが、水に飲み込まれていく罐を黙って見ているよりほかなかった。

家の中はすっかり水びたしで、海原に浮かぶ無人島に、ひとり取り残されたような気持ちだった。猫も心細かったらしく、ミィミィと泣きながら擦り寄ってきた。私は猫を抱きしめて、ひたすら水が引くのを願った。

数時間後、こね箱の舟に乗った左官屋さんが、

「雨が止んだぞぉ。増水も止まった。もう、心配ないぞぉ」

とメガホンで叫んでいるのが聞こえた。しかし、水が引くまでにはかなり時間がかかりそうで、ウマから降りられなかった。

「おい、大丈夫か」

夕方近くになって、やっと帰って来た禎二が窓から声をかけた。私がコックリとうなずくと、禎二は頭の上に載せた洋服と靴が落ちないように、片手で押さえながらそのまま窓から

入って来た。

「へぇ、うまいもんだ。だれがしてくれたんだい」

禎二は即席の高床に感心していた。蒲生さんのご親切を伝えると、

「礼は後でするとして、とりあえず兄貴と奥沢のおかあさんに電話をしてくる」

と言って、洋服と下駄を風呂敷に包んでから頭の上に縛りつけ、また窓から出て行った。いつもはドブ川をグルリと回って橋を渡っていたが、水泳が得意な禎二は家の前から泳いで、まっすぐ対岸に向かった。カナヅチの私にはできない芸当で、感心しながら見送った。

禎二が出かけている間に、蒲生さんが頭に岡持ちのようなものを載せてやって来た。

「お握りとお茶を持ってきたよ」

水害を予測して用意していたのだろうが、他人の分まではなかったはずだ。私が恐縮していると、

「気にしなさんな。この辺りは毎年のように水が出るから、皆慣れてるんだよ。大丈夫だって、じきに引くから。旦那はまだ帰って来ないのかい」

蒲生さんは私を励まし、心配してくださった。禎二が帰宅しているのを知ると、安堵して引き上げて行った。

一方、禎二から連絡を受けた母は、すぐに駆けつけると言っていたそうだ。禎二は水が引いたら連絡するので、そのときにお願いしますと言っておいた。その日は蒲生さんから頂戴したお食事を感謝しながらいただき、高床の上に横になって一夜を過ごした。

翌日には水も引き、禎二は蒲生さんに礼を述べてから、いつも通り出勤して行った。私は後片づけに取りかかったが、家の中はどこもかしこも汚水でヌルヌルになっていて、何から手をつければよいのか分からなかった。

取りあえずゴミだけでも捨てようと思って掃除をはじめると、母が訪ねて来た。モンペ姿にリュックサクを背負い、まるで戦時中のような恰好だった。

「まぁ、まぁ、無事でなによりね」

母は私の顔を見てホッしていたが、家の惨状を目の当たりにすると顔を曇らせ、

「困ったわねぇ、これじゃぁ、どうしようもないわね。母さまがお掃除してみましょう」

と言い出した。自分でやると言って止めたが、お腹が冷えるのを心配して、私には一切させなかった。しかし母も水害は初めてで、思うようにはかどらなかった。ふたりで顔を見合わせて困り果てていると、姉様かぶりをした蒲生さんの奥さんが、長い柄がついたタワシを手に、ふたりの娘さんを引き連れてやって来た。

「奥さん、お母さんと一緒に家にいらっしゃいよ、お茶を入れたから。いただいたお菓子がおいしくってね。私たちは先に食べちゃったけど、奥さんたちも縁側で食べてくださいよ」

禎二から蒲生さんのことを聞いていた母は、まっ先にお礼に伺っていたが、お菓子ではすまないほどお世話になっていたうえに、またご好意に甘えるのは申し訳ないので遠慮すると、奥さんは痺れを切らしたように言った。

「さぁ行った、行った。なあにね、私たちは馴れてるからさ、ちゃちゃっと掃除しちまうよ。

奥さんたちがいたら、邪魔になるだけだからさ」

　蒲生さんの奥さんの言葉に、母と私は涙を流さんばかりだった。申し訳なく思いつつも、お願いして退散することにした。帰宅した禎二は家の中が綺麗になっているのを見て驚いていたが、すべて蒲生さんの奥さんと娘さんたちのお蔭だった。

　その恩返しになればと思って、禎二は蒲生さんの次女の桂子ちゃんに、鋼管の労組の仕事を紹介した。当時は給料の遅配が珍しくなかったが、鋼管ではそういったことがなかったので、桂子ちゃんはとても喜んでくれた。

　水害騒ぎがひと段落したある日、蒲生さんのお宅とは反対隣に住むお隣さんの母親が訪ねて来た。

「旦那さんに頼んで欲しいんですけど」

　母親は遠慮がちに、英語で書かれた娘宛の手紙を差し出した。翻訳して欲しいというのだ。そのお宅は旦那さんが戦死なさって、年頃の娘さんふたりと小学校高学年の男の子、学齢前の女の子がいた。近所の噂では、上の娘さんふたりはアメリカ兵のオンリーだった。そのせいか近所付き合いはほとんどなく孤立していたが、母親と幼い女の子は道で会うとかならず挨拶してくれたので、私も挨拶だけはしていた。禎二に事の次第を伝えると、

「娘さんたちの話が本当なら、褒《ほ》められたことではないけど、きっと切羽詰まった事情があったんだろうね。しかし、偉いことになっちまったな」

　苦笑していたが、翻訳をしてお隣に届けた。それから数日後、今度は娘さん本人が来た。

派手な外見からは想像もできない、いかにも恥ずかしげな様子で、返事を書いて欲しいと言った。禎二は快く応じたが、あまりにも率直な愛情表現に驚いていた。

洪水のつぎは恋文屋さんを頼まれ、なんとも慌ただしい一年が終わろうとしていた十二月二十八日、次男の徹平が生まれた。丸々と太った元気な子で、私たちの心配をよそにスクスク育ち、日増しに愛らしくなっていた。

蒲生さんの三女の敏子ちゃんは徹平をおんぶして、よく子守りをしてくれた。長屋の人たちは情に厚く、困ったときは何かと助けてくださったが、私は切実に自分の家を持ちたいと思うようになった。幼い徹平に、洪水の恐ろしさを味合わせたくなかった。

ちょうど住宅金融公庫が設立され、労働組合に関係していた禎二が会社に提起していた、住宅融資制度も始まることになった。禎二は住宅問題のデータをもとに、社員が安心して働くためには社宅も必要だが、自宅を建てたい社員には融資するように求めていたのだ。

私は意を決して値段があまり高くない郊外に、借地を探しはじめた。連日、徹平を背負って歩き回る私に母も同行してくれたが、なにしろ先立つお金に限りがある。手頃で洪水の心配がない高台の借地は、なかなか見つからなかった。

それでも梅雨の季節になる前には引っ越したいと思って、必死に探した結果、ようやく世田谷の等々力に見つけることができた。私道をふくめて七十坪余りの土地を義母も気に入ってくれて、四万円ちょっとの借地権利金を出してくれた。

「上げるのではありませんよ、出世払いでね」

義母に言われるまでもなく、私たちもそのつもりだった。土地を用意していたのが有利だったのか、住宅金融公庫の抽選にも当たった。しかしそれでも足りなかったので、会社の融資制度を利用することにした。

保証人は同じ鋼管に勤める兄に頼むのが、一番手っとり早かったが、身内に頼りたくなかったので、兄が出征中に毎月お給料を届けてくださった部長の折井さんか、次長さんにお願いするつもりだった。だが、禎二に反対された。親類で仲人もしてくださった日銀勤務の原さんか、義兄に頼めばよいと言うのだ。それでも私が強固に言い張ると、禎二もしぶしぶながら折れた。

私はさっそく徹平をおぶって、折井さんに会いに行った。折井さんが実家にいらしてくださっていたころ、私はまだ小学生だった。それが鋼管に勤める禎二の妻になり赤ん坊まで連れていたので、大層驚かれていたが、私が保証人になってくださるようにお願いすると、おもむろにおっしゃった。

「ところで奥さん、あなたは赤沢君をどう思っていますか」

予期せぬ質問に一瞬、答えに窮したが、

「真面目で人間がとてもよいですから、成長株だと思います」

と言った。

「ほほう、そりゃいい。保証人になりましょう」

折井さんは快諾してくださった。このときのやりとりを折井さんから聞かされた禎二は、

「奥さんにあれだけ褒められりゃ、君もたいしたもんだって言われたよ」

照れくさそうに笑っていた。とっさのことだったので、思わず口をついて出た言葉だったが、成長株かどうかはともかく、禎二の人間性はその通りだった。私が何か失敗しても、

「失敗は成功のもと」

と言ってけして怒らなかった。ただ、要領を得ない私の話し方には、イライラさせられたようで、

「言っちゃ悪いが、用件は何だ」

としばしば言われた。仕事で疲れているのに、愚にもつかない話をくどくど聞かされて、さすがの禎二もうんざりしたのだろう。

サラリーマン家庭

一九五〇年（昭和二十五年）春、念願のマイホームが完成した。建坪十五坪の小さな家だったが、冬場は家の奥まで太陽が差し込み、これで徹平も元気に育つだろうと思って嬉しくなった。

それから二年後の五月三十日、三男の周平が生まれた。小柄だったが、はち切れそうなぐらいピチピチしていて、卵に目鼻の顔だちは一刀彫りの男雛のように整っていた。お兄ちゃんになった徹平は少々やんちゃではあったが、弟をとても可愛がり、一緒に遊べる年頃になると、どこへ行くにも周平を連れて行き、周平も徹平の真似ばかりしていた。

とはいえ、やはり男の子同士なので、ときには激しい喧嘩もした。周平はおとなしそうに見えたが、なかなか気が強く、負けても口を尖らせるだけで絶対に泣かなかった。むしろ勝った徹平の方が、泣いていたぐらいだ。また周平はパパに似て動物好きで、幼いころは熊のぬいぐるみを片時も離さず、大きくなってからは猫、十姉妹、カナリア、犬など、いつも生き物を飼っていた。

寛を死なせてしまった私は、徹平を宝物のように思って、大事に大事に育てたが、結果的に甘い親になってしまった。禎二も同様の反省があったらしく、周平がおいたをしたときは厳しく叱った。だが、周平も負けていなかった。

「パパにごめんなちゃい、と言いなさい」

禎二が周平を見据えて命じると、周平は父親をじっと睨んだまま、体を張って抵抗した。しばらくふたりは睨み合っていたが、次第に周平の下唇が突き出てきた。泣きたいのを堪《こら》えているときの周平の癖だった。黙って成り行きを見守っていた私も、つい可哀そうになってしまい、助け船を出そうとした瞬間、

「パパ、ごめんなちゃい」

やっと周平が口を開いた。ところがホッとしたのも束の間、言い終わるや否やガブリと禎二の二の腕に噛みついた。

「痛たたっ」

思わぬ反撃に、禎二はびっくり仰天。してやったりの周平だったが、ワァーンと大声で泣

き出した。禎二はあわてて周平を抱き上げ、

「いい子だ、いい子だ」

と言いながら必死になだめた。もっとも普段の禎二は帰宅が遅く、子供たちが起きている間に帰ってくることはまずなかった。でも子煩悩で、玄関のドアを開けると真っ先に、

「坊主たちは?」

と言って、息子たちの寝顔を見に行き、玩具を買ってきたからと言って、ぐっすり眠っている子供たちを起こすこともあった。

サラリーマン家庭はどこもそうだったと思うが、夫は仕事が忙しく、たまの休日もゆっくり寝たがるので、私は子供たちを連れて実家や姉たちの家によく遊びに行った。

母親の手ひとつで育ったせいか、父親不在でもさほど不満はなかったが、あまりにも頻繁だったため、姉たちに夫婦仲を疑われた。なにしろいつでも別れ得るのを前提に結婚していたので、本気で心配していたようだ。

私は子供たちをちゃんと育て上げ、仕事で疲れている禎二が安らげる家庭を築くのが、自分の務めだと思っていた。中でも一番気を遣《つか》ったのは食事だ。寛のことがあったため、食費だけはケチらなかった。

「わが家は貧民並みのエンゲル係数だな」

禎二はそう言って笑っていた。その代わり衣料費は、徹底的に切り詰めた。禎二には品質のよい背広と靴を数点買って、こまめに替えてもらうようにした。安物を買うより、そうし

た方が長持ちするので、結果的に節約できるのだ。

子供たちの服は、古くなった禎二のワイシャツやズボンをほどいて作り、アメリカの雑誌に載っている型を参考にして、ジャンバーやスノースーツまでほとんど自分で縫った。ズボンをボタン止めにした兄弟お揃いの洋服は、近所の人にどこで買ったのか、と尋ねられるほど上手にできた。

むろん、自分の服も例外ではない。普段着はギャバジンなどの丈夫な生地で縫ってある無地のタイトスカートで、グレーと茶、紺だけをはいた。これらの色ならどんな上着とも合わせやすく、子供たちのズボンに作り直すこともできたからだ。戦時中、母が苦労して編んでくれた、毛糸のワンピースやセーターも大切に着た。改まった席に出る機会は滅多になかったので、よそ行きは手持ちの和服で十分間に合った。

しかし、遊び盛りの男の子がふたりもいると、洗濯が大変だった。やっと終わったと思ったら、また汚してくるので、洗濯物がいっこうに減らないのだ。洗濯機はまだ高嶺の花だったが、見かねた禎二が無理をして買ってくれ

等々力の自宅で。多忙な夫は不在がちだったが、幸せなサラリーマン家庭だった。

くれた。丸形でガッタン、ガッタンと音をたてながら回る洗濯機は、大いに活躍して私を助けてくれた。

当時はどこの子も一日中外で遊び回り、泥んこになるのが当たり前だった。ことに我が家の坊やたちは人一倍元気で、徹平は家から家を渡り歩き、上は小学校一年生から下は二歳の周平まで引き連れて、細い道を行進したり、野球の真似事などをしていた。

今と違って車が少なかったので、道路は恰好の遊び場になっていたが、ときには自宅の庭で私も加わって、三角ベースをすることもあった。夕方になると子供を迎えに来た母親たちが集まり、ひとしきりお喋《しゃべ》りを楽しんでから、それぞれの家に帰った。

帰宅後も息子たちは元気一杯で、お風呂に入れようと思っても素っ裸のまま、廊下の窓にかけてある白いキャラコのカーテンを引き回して逃げた。追いかける私ももちろん裸だ。このときばかりは我ながら情けなく、ご主人の帰りが早いご近所のお宅が羨ましかった。

お風呂から出るとすぐに食事だったが、遊び疲れた子供たちは食べながらコックリ、コックリ舟を漕ぎはじめ、六時半ごろにはコロンと寝てしまった。ところが徹平は小学校に入学すると、八時まで起きていると言い出した。先生が夜更《ふ》かしを戒めて、

「八時には休むこと」

とおっしゃったのを、その時間まで起きているものだと思い込んだのだ。だが、やはり食事が終わるや否や眠ってしまった。テレビもファミコンもない時代だったので、子供は外で大いに暴れ回り、家に帰ったらお風呂に入って、食べて寝るのが日課だった。

私は母にお稽古事や勉強を強いられたことがなかったので、子供たちにもしなかった。ただ、人間形成によい影響を与えるだろうと思って、ちょうどご近所で中学校の音楽教師の方が、教室を開かれていたので、徹平には七歳からマリンバを、四歳の周平はピアノを習わせた。

周平も七歳くらいから習わせるつもりだったが、根っから音楽が好きだったようなので、早めに習わせることにしたのだ。私に扇子を出すようにせがむので渡したところ、

「立ちいでて、雲の嶺……」

と歌いながら舞いはじめるような子だった。だれが教えたわけでもなく、小さなお子さんがいらっしゃらない、お隣の引地さんに可愛がっていただいていた周平は、そこのお兄さんの趣味だった謡と仕舞を、見よう見まねで覚えてしまった。ピアノにしたのは将来、他の楽器をやりたくなったときにも、基礎楽器のピアノなら役立つし、もし好きになればそのままつづけても、追求のし甲斐がある楽器だと思ったからだった。

当初は絶対音感を身につけるため、画用紙とクレヨン、それにおはじきを持って連日通った。教室では画用紙にクレヨンで大きな五線を書き、先生が叩いたキーの音を聞いて、その音階の位置におはじきを置いていくレッスンが行なわれた。

家でも私が和音を押して覚えさせた。周平はピアノがある洋間の椅子の間を走り回っていたが、クイズでもするように問いかけて、興味を持たせるようにした。最初の二ヵ月は和音を三つ覚えるのがやっとだった周平も、そのうちに一、二度聞いただけで、すぐに覚えるよ

うになった。

周平はバイエルをあれよあれよという間に終えて、ソナチネの練習を始めたが、私は次第に不安になった。オクターヴも押さえられない幼子が、ただ早く進めばよいというものではない。先生が中指と薬指で押さえるトリルの指定があるのに、親指と人指し指で押さえてよい、とおっしゃっているのを聞いたとき、教室をやめさせる決心をした。先生の指導方法は、間違っていると思ったからだ。

私はギターで音の美しさを追求しつづけている溝渕兄に相談した。周平はピアノを好きになっていたし、親の欲目かもしれないが、音楽の才能があるような気がしていた。溝渕兄は芝中の同級生で、芸大ピアノ科の教授になられた永井進先生を紹介してくれた。

周平は幼稚園に通うようになっていたが、一日休ませて永井先生のお宅に連れて行った。大きなグランドピアノが二台並ぶお部屋に通され、周平はちょこんとピアノの前に座った。緊張しているようだったが、先生に言われた通りソナチネの一番を弾《ひ》いた。なかなか上手に弾けたので、ホッと胸をなでおろしていると、

「坊や、ピアノが好きなんだね」

永井先生は優しく周平に言ってくださり、そして私に真剣な顔でおっしゃった。

「周平君は一万人にひとりのすばらしい素質を持っていると思います。私の弟子に松浦君という人がいますが、彼の子供時代を思い出しました。しかし悪い癖がついています。直すまでに相当、苦労するでしょう。それが辛くてピアノを嫌いになってしまうかもしれません。

でも直さない限り、たとえ指が動いても、絶対音感があっても、本当に美しいピアノを弾けるようにはなりません」

私が直してくださるようお願いしたところ、松崎俊三先生をご紹介してくださった。永井先生は松崎先生のお嬢さんで、ピアニストになられた冷子さんを教えられていたが、その前は父親である松崎先生が指導されていた。

ピアニストになるかどうかはともかく、もし周平に永井先生がおっしゃるような才能があるのなら、できるだけ伸ばしてやりたかった。しかし悪い癖は、簡単には直らなかった。

「先生の家で練習はしないんだよ。練習は家でするもの。今日はもう弾かなくていい」

松崎先生に厳しく叱られることもたびたびあった。毎週一回、先生のお宅まで一時間かけて行き、他の人のレッスンが終わるのを待って、やっと自分の番が回って来た途端に言われ、気の強い周平もさすがにベソをかきそうになった。

甘やかしがちな両親にはできない、厳しい教育

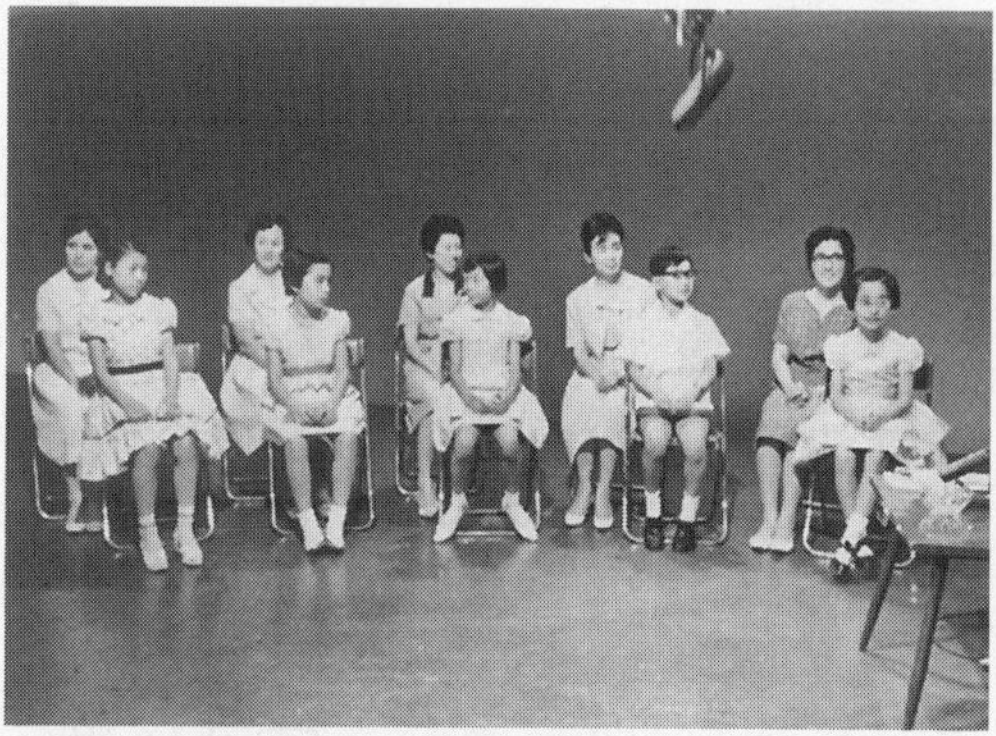

小学３年生の時、ＮＨＫ教育テレビ番組「ピアノのおけいこ」に出演した周平と著者(右２組目)。週３回、約３ヵ月間通った。

をしてくださる松崎先生に感謝していたが、叱責されるのを目の当たりにすると私まで悲しくなった。帰宅する途中、周平の大好きなシュークリームとバナナを買って、

「また頑張ろうね」

と慰めずにはいられなかった。周平は家に戻ると、ピアノの上に人形や動物のぬいぐるみを一列に並べて練習を始めた。先生のご注意を思い出しながら一所懸命スケールを弾き、その途中に玩具のピストルで、バーンという大声を出しながら、ぬいぐるみを撃つ真似をした。叱られたのがよほど悔やしかったようで、涙を流しながら何度も何度も繰り返し練習した。

翌日、周平は幼稚園に行く前に、一時間レッスンしたいと言い出した。帰宅すると夕暮れまで外で遊び回っていたので、ほとんどピアノの練習ができなかった。子供なりに遊ぶ時間を確保したうえで、レッスンに励もうと思ったのだろう。

小学校に入学後もピアノをつづけた周平は、三年生のときにテレビ番組に出演した。NHKの教育テレビで『ピアノのおけいこ』という番組が作られることになり、第一回を永井先生が担当されていた関係で、お声がかかったのだ。本人が出たいと言うので、女の子四人とともに出演することになった。

私は学校まで周平を迎えに行き、その足で虎ノ門にあったNHKのスタジオまで週三回、約三ヵ月間通った。ちょうど、隣のスタジオでは子供たちに人気だった人形劇『チロリン村とくるみの木』をやっていて、周平たちはお人形を見せていただき、大喜びをしていた。

子供にかまけて夫をなおざりにしていたつもりはないのだが、禎二が肝臓を痛めて入院を

余儀なくされた。休肝日を設けずに、連日飲んでいたのがいけなかったらしい。しじみのお味噌汁が肝臓によいと聞いて私は、母に留守番を頼んで毎日、ジャーに入れて病院まで届けた。幸い軽症だったので、すぐに退院でき、禎二も私の前ではお酒や煙草を控えているようだったが、一歩外に出たら分からない。

「お酒を召し上がるときは、かならず何か召し上がれ」

私は毎朝、家を出る禎二に言った。禎二は口うるさくなった女房に、

「ハイ、ハイ奥さま、分かりました。かならず食います」

と返事をしていたが、実行しているとは思えなかったので、昼食だけでもきちんとした食事を取ってもらおうと思ってお弁当を作った。しかし、お客さまとの会食が多く、お弁当箱を持って帰るのも忘れる有り様だった。私はお弁当を諦めて朝食を充実させたが、これも失敗に終わった。朝からそんなに食べられなかったのだ。

家事と子育てと

家事と子育てに追われ、てんてこ舞いの毎日だったが、ときどき訪ねてくる母は、

「八重子も主婦らしくなって、安心しました」

と言って目を細めた。私は自分の家のことで手一杯で、親孝行らしいことは何もできなかったので、太り過ぎて歩くのにも難儀していた母のために、車の免許を取ることにした。自分でも驚くほど簡単に取れたが、その直後に母が脳軟化症で倒れた。同居していた兄嫁

が看病に当たってくれたが、私も毎日見舞いに行った。ほとんど何も口にしなくなった母が、私が持参したものだけは、かならずひと口かふた口食べるので、兄嫁は驚いていた。

母は寝たきりになっても私たちのことを気遣い、五月十五日の母の日に姉たちと一緒に顔を出すと、

「今日は母の日よ、子供たちのところにお帰り」

と言った。比較的、容体が落ち着いていたので、姉たちは帰ったが、

「母の日だから、母さまのところにいる」

と言い張って私だけ残り、兄とふたりで母のそばにいた。母は眠っているようだったが、窓の外が白みかけた夜明け前、しきりに話しはじめた。しかし言葉にならず、何を言いたいのか分からなかった。

兄は私の手を取って自分の手と合わせると、母にそっと握らせた。心なしか、母が微笑んだように見えた。そしてそのまま母は、眠るように亡くなった。享年、七十二歳だった。

私は母の体に抱きついて号泣した。心配のかけ通しで親孝行できぬまま、母を失ってしまったのだ。結局、車に乗せることも一度もなかった。

父のお墓は広島にあったが、墓参りが大変なので七回忌に分骨して、多摩墓地に改めてお墓を建てた。母の遺骨も徳光さんのご位牌と一緒に、そこに埋葬した。

母は徳光さんを不憫に思い、徳光さんのご位牌を作って、徳光さんのお母上のご位牌とともに仏壇に祀っていた。体の弱い私が誰とも結婚しないまま、若くして死ぬようなことがあ

出張帰りの夫を、シンガポール空港に出迎えた著者。シンガポールは想像していたより遙かに美しく、暮らしやすい国だった。

ったら、ご位牌を入れて埋葬するつもりだったという。だが、私は禎二と出会って結婚した。
「徳光さんは、母さまがお連れするわね」
病気で倒れる少し前、母は私に言った。
最後の最後まで、母は徳光さんのことを気にかけていたのだ。そんな母を失った悲しみは深く、しばらくは何も手につかなかったが、天国では父が待っていてくれたはずだ。戦争のない平和な世界で、仲睦まじく暮らしているに違いないと思った。母のように私も家族に尽くすことが一番の供養になる、と自分に言い聞かせて涙を堪えた。

しかし、張り切り過ぎたのだろうか。徹平が小学校高学年になったころから疲れやすくなって、体調を崩す日が多くなった。禎二は私の体を心配して、お手伝いさんを頼んでくれた。手のかかる男の子がふたりもいる家にやってきた、お手伝いさんの千鶴子さんはとても気性がよく、子供たちは〝ちいちゃん〟と呼んでなついた。

禎二は体が弱い私をいたわりこそすれ、とやかく言うようなことはけしてなかった。ある人から義母が私の体のことでこぼしている、と聞かれされたこともあったが、面と向かって言われたことはない。私はそれだけで有り難かった。

ちいちゃんのお蔭で私も元気になると、禎二は引っ越しを提案した。等々力の家は地盤が軟弱で家が傾いてしまったため、一度工事をしていたが、また傾く恐れがあった。それに子供たちが大きくなって、手狭にもなっていた。

思い立ったが吉日とばかり、禎二は多摩川の近くに土地を購入した。今でこそ住宅街になっているが、その頃は蛙が鳴き、狸も出るような田舎だったが、禎二はそれが気に入っていたようだ。

ところが、家を建てる算段をしているときに、禎二のシンガポール赴任が決まった。家を建てるのは私に任せ、禎二は一年間の予定で旅立って行った。しかし、その翌年の一九六五年（昭和四十年）にシンガポールが独立したため、帰国は延期となった。

いつ帰れるのか分からない禎二は、私に来て欲しいと言ってきた。ジョイントベンチャーを手掛けていたが、慣れない外国でのひとり暮らしのうえ、戦時中に日本が占領していた国での仕事は、気苦労も多かった。

私はすぐにでも飛んで行って上げたかったが、子供たちはそれぞれ慶応の高校と麻布中学に通っていたので、連れて行くわけにはいかなかった。困り果てて信子姉に相談したところ、子供たちを預かってくれるという。信子姉はその年のお正月に溝渕兄を亡くして、ひとり息子の春気君と暮らしていた。

年頃の子供たちを残して行くのは気掛かりではあったが、禎二に罪滅ぼしをしたい気持ちが強かった。その数年前、禎二はデュッセルドルフ駐在の内示を受けていた。

「学生時代に猛勉強したドイツ語が、やっと役立つな」

禎二は嬉しさを隠し切れない様子で、『菩提樹』をドイツ語で口ずさんだりした。しかし、その矢先に私が椎間板ヘルニアを患い、手術することになった。禎二は楽しみにしていたドイツ行きを断わり、付き添ってくれた。私が詫びると、

「気にしなさんな。別にドイツに行かんでもいいだろう」

と言って笑っていたが、どんなにかガッカリしたはずだ。私は今度こそ禎二のために、できるだけのことをしたかった。

初めての外国暮らしに不安を抱きながらの渡航だったが、シンガポールは想像していたより遥かに美しく、暮らしやすい国だった。

当初はマンションに住んでいたが、禎二が動物を飼える庭を欲しがったので郊外に一軒家を借りた。しかし、あまりにも辺鄙《へんぴ》なところで不便だったため、街の中心地に近いトレヴォース・クレシェントの借家に引っ越した。

トレヴォース・クレシェントはフランス語で三日月を意味すると聞いたが、ダニアンという広い通りをひと筋入ったところに位置し、名前の通り三日月のようにカーブした道が伸びていた。私たちが住んでいた家は、その道に面して広い庭があり、隅にはアマと呼ばれる中国人のお手伝いさんたちの家があった。

禎二は見知らぬ土地で快適に暮らすめには、いろんな人と付き合った方がよい、とアドバイスしてくれた。私はできるだけ街に出て、家にも禎二の仕事関係の方たちをお招きした。そのころは単身赴任がほとんどだったので、日本料理を作って差し上げると喜ばれた。

夏休みに息子たちが来たときには、庭でパーティーを開いたりもした。息子とアマの子供たちは、庭にランタンを吊るすのを喜んで手伝い、会社の若い人達にも手伝っていただいて模擬店をふたつ作った。私は前もって、

『気のおけないパーティーです。お子さんたちもどうぞ。ただし、犬と鶏は家にいますので、ご遠慮ください』

と書いた招待状を出しておいた。まさか犬や鶏を連れてくる人はいないだろうが、禎二が裏庭で犬と鶏、それにリスも飼っていたので、ジョークとして書き添えた。

パーティーには大勢の方が見えられた。日本ではお呼ばれしたとき、お客さまは何もしないのが普通だが、こういったパーティーではお客さまも、積極的に手伝ってくださった。その方が和気あいあいとした雰囲気になり、楽しかったからだ。

またパーティーを通して、お友だちもできた。お嬢さんのゆりちゃんと一緒に、単身赴任中の商社マンのご主人に会いに来ていた、中村マリさんもそのひとりだ。抜群にセンスがいいマリさんは、豊かな感性を備えた方で、話していてとても楽しかった。

帰国してからも、マリさんとは親しくお付き合いさせていただき、素晴らしい仏画を描いていらっしゃるのを知った。頻繁にお会いすることはできなかったが、八ヶ岳に連れて行っ

てくださったり、エリザベス号に一緒に泊まったり、大阪で落ち合って山田五十鈴主演の『たぬき』を見に行ったりした。芦屋でコンクリートの土手に座って、足の裏のマッサージを習ったのも懐かしく思い出す。

一方、私たちがシンガポールに行っている間も、周平はピアノをつづけていた。松崎先生からは芸大の付属高校への進学を勧められたが、高校までは普通の教育を受けさせたいという禎二の意向に従って、高校も麻布に行くことになった。

徹平はエスカレーター式で大学まで行けたので、何の心配もなかったが、高校三年生になると、都立高校に転校したいと言い出した。多感な思春期に両親がいなくなり、精神的に不安定になっていたのかもしれない。何度も慶応に残るように説得したが、首を縦に振らなかった。結局、本人の希望通り高校を変わり、大学は立教に行った。

二年ほどで私たちも帰国して、また一家揃って暮らせるようになったが、徹平は大学卒業と同時に家を出た。将来を案じて就職の手助けをしたい、という禎二と義兄の申し出も、

「僕の人生だから」

と断わり、自分の好きな演劇の道に進んだ。一流と言われる大学を出て、大企業に就職するだけが人生ではない。しかし、親は我が子には少しでも苦労をしなくてすむ、安泰と思われる道を歩んで欲しいと思ってしまうものだ。そんな親心が分かってもらえず残念だったが、とにかく生きて生活する知恵を身につけてくれることを願いながら徹平を見送った。

周平はピアノニストの道には進まず、大学はみずからＩＣＵを選んで女房もそこで見つけ

た。卒業後はブリヂストンに入社。社会人になってからもピアノコンサートを開いたり、『カシオペア』という男性コーラスのリーダーを務めるなど、存分に音楽を楽しんでいた。

はからずも、ふたりの息子はまったく違う道を歩むことになったが、周平が徹平の生き方を批判するようなことは一度もなかった。禎二と私はそれが、本当に嬉しかった。親にとってどちらも、かけがえのない大切な息子。そのふたりの仲がいいのは、何よりもの喜びだった。

第七章　インドネシアでの生活

ジャラン・ロンボックにて

昭和四十九年（一九七四年）二月十三日、雨季のジャカルタに着いた。禎二が今度はインドネシアで、合弁会社設立に携わることになり、私も同行したのである。シンガポールから飛行機でわずか一時間ほどの隣国なので、似たような国かと思っていたら大違いだった。失礼ながら当時のジャカルタは、戦前の日本より貧しく、不潔に見えた。

赴任した当初は平屋の滞在型ホテルで暮らし、一ヵ月ほどして小さな借家に移ったが、合弁会社のパートナーの中国系インドネシア人から、メンテン地区にある自分の土地に家を建てて、住んで欲しいという申し出を受けた。

街の中心部に位置するメンテン地区は豪奢な家が建ち並び、近くには大統領官邸、車で二、三分のところには、当時インドネシアで最も高かった、二十九階建てのヌサンタラビルディング、インドネシア・ホテルなどもあった。また各通りには名前がついていて、提供された土地の名前はジャラン・ロンボック（とんがらし通り）と呼ばれていた。

　私はいずれ日本に帰るのだから、家など必要ないと思ったが、禎二は、

「何年か住むことになるだろうから、それもよかろう。後任者も家があった方が、何かと便利だろうしね」

　と言って家を建てることにした。地代は無料で、建設費用は会社負担だったので、私も特に反対はしなかった。パートナーからは細長くて、陽が当たらない暗い家を建てるように、アドバイスされた。暑いこの国では、それが上等な家の条件だった。

　建て方も日本とは違っていて、地震がないのか、基礎工事は土を固めだけで、直接地面に石を並べて床を作り、屋根には長方形に切ったチョコレート色のアイアンツリー（鉄木）を、鱗状に重ねていった。三ヵ月足らずで二階建ての家が建ち、間取りは４ＬＤＫだったが、リビングが五十畳もある広い家で、外見も立派だった。

　ところが引っ越して数日後、リビングの隅から轟音が聞こえてきた。大急ぎ行ってみると、凄まじい勢いで雨漏りがしていた。南国特有の激しいスコールだったとはいえ、新築の家がこれでは手抜き工事としか思えなかった。しかし、パートナーに報告したところ、意外な答えが返ってきた。

「新しい家は、雨が漏るものです。家具さえ濡らさないように気をつけれていれば、すぐに漏らなくなりますよ」

　当たり前だと言わんばかりなのだ。私は言いくるめられたような気がして釈然としなかっ

たが、不思議なことに半年もすると、本当に漏らなくなった。修繕もしていないのに、なぜそうなったのか、今もって謎である。

新しい家では、ポンバントゥと呼ばれる使用人を五人雇った。ソピール（運転手）、コキ（料理人）、ボーイが各一名ずつにチュチ（洗濯や雑用をする女の子）が二人、大金持ちになったような暮らしぶりだった。

そんな贅沢ができたのは、日本にくらべて人件費が格段に安かったこともあるが、週二回くらいの割合で、禎二の仕事関係の方たちを家にお招きして、パーティーを開かなければならなかったので、広いリビングと人手が必要だったのだ。

インドネシア人はとにかくパーティーが好きで、仕事を円滑に進めるためにも欠かせなかった。しかも夫婦同伴でお招きするのが普通だったため、多いときは四十人以上を数えた。

それでも庭の草むしりくらいは、自分でやろうとしたが、始めた途端、ポンバントゥ（手伝いという意味）が飛んで来て止めさせられた。使用人がやるべきことを奥さまがしたら、ポンバントゥが馬鹿にされるというのだ。館の女主人よろしく、優雅に暮らしている奥さまに仕えていることが、使用人の誇りでもあった。

またポンバントゥには序列があって、ソピールが一番偉く、そのつぎがコキ、ボーイとチュチは一番低く見られていた。それぞれの分担もきちんと決まっていて、他の仕事は一切しなかったので、大勢雇わざるを得なかったのだ。驚いたことに彼らの子供たちまで、序列の違いを意識しているらしく、同じ年頃であっても、親の職種が違う子とは一緒に遊ばなかった。

パーティーにはインドネシア人のほかに、駐在の日本人や欧米人など、さまざまな人たちが出席した。また一口にインドネシア人といっても多民族国家なので、大半を占めるマレー系をはじめ、中国系、インド系などに分かれていて、宗教も一番多いのはイスラム教徒だったが、バリ島はヒンズー教徒がほとんどといった具合に、一筋縄ではいかなかった。

そのためパーティーに出す料理には気を遣った。イスラム教徒は豚肉を、ヒンズー教徒は牛肉を食べなかったからだ。その点どちらの教徒でもない中国系は、食べられないものがないくらいで、欧米人も大抵の料理は食べてくださった。

我が家のコキも心得たもので、パーティーがあるときは、

「ニヨニヤ、ハリイニ、マカンマチャマチヤ（奥さま、今日の食事はいろいろですか）」

と聞いてきた。

「ヤー、スリキット、マカン、ジャポン、ジュガ（ええ、日本料理も少しね）」

私はインドネシア語で返事をした。簡単なインドネシア語なら、すぐに話せるようになった。多民族国家の共通語として、マレー語を基本に人工的に作られた『バハサ、マラユー（インドネシア語）』は、語彙が少なくて言葉を繰り返す表現が多く、英語やフランス語のように難しい発音がなかったので、覚えるのも話すのも楽だった。

たとえば『ジャラン』は道とか通りのことだが、『ジャラン、ジャラン』は散歩という意味になる。中には『モンドール（戻る）』や『チャワン（茶碗、ボールなどの食器類）』など、

日本語そっくりの単語もあった。

しかし、比較的容易とはいえ、中年になってからの外国語習得は骨が折れる。やらずにすめばそれが一番だったが、必要に迫られていた。日常生活ではもちろん、パーティーを開く際も、使用人たちに指示を出さなくてはならないからだ。

大勢のお客さまがいらっしゃるときは、ヴュッフェスタイルにして大きなテーブルをふたつ、中くらいのものをひとつ置き、椅子は予定している出席者数より多めに用意させた。友人や知り合いを連れて来られる人が少なくなかったのだ。

飲み物と氷はコキの指示に従って、チュチたちが準備したが、ワゴンに載せて二ヵ所に配置するように言うのは私の役目だった。大抵のお客さまは運転手つきの車でいらっしるので、彼らの飲み物と食事の用意もさせた。

料理はインドネシア人が好む、飛び上がるほど辛い野菜料理やソトーアムヤ（鳥のスープ）、ナシクニン（くちなしの実で黄色く色づけしたご飯）などが得意なコキに任せていたが、お刺し身だけは材料の買い出しから調理まで、すべて自分でやった。

インドネシア人は日に何回もマンデー（沐浴）をするなど、綺麗好きだったが、トイレは紙を使わずに左手で水洗いをした。使用人たちにはトイレに行ったら、かならず石鹼で手を洗うように厳しく言っていたが、生物《なまもの》を扱わせるのはやはり不安だった。

私は氷を詰めた大きなクーラーボックスを用意して、チュチをひとりともない、みずから車を運転して市場まで行き、新鮮な魚介類を買い求めた。海に囲まれているインドネシアの市場には、生きているイカやエビ、サワラ等、活きのいい海の幸が並んでいた。

家に戻るとさっそく調理に取りかかり、生水は一切使わずに魚をさばいた。東南アジアを旅行するときは、生水を飲まないように注意されるが、我が家では毎朝、大量のお湯を沸かしてお酒の空瓶に入れ、冷蔵庫で冷やしたものを飲んでいたので、それを使うようにした。

細心の注意を払って造ったお刺し身は、そのころジャカルタに日本料理店がなかったこともあって、日本人はもちろん、中国系や欧米人にも喜ばれた。インドネシアに滞在した四年近くの間、お腹をこわされた方がひとりもいらっしゃなかったのが、私の自慢でもある。

しかしインドネシア人には、日本人の方が不潔に見えたようだ。

「私たちは一日に四、五回はマンデーをするけど、日本人は一日に一回だけで、熱いお湯の中に浸かるのも気持ち悪いね」

ポンバントゥたちがこそこそと、早口で話しているのを聞いたことがあった。また、インドネシアの女性はほぼ例外なくピアスをしていて、何もしていない私を、

「ラキ（男性）みたい」

と言い合ったりもした。耳にしたときは確かにいい気持ちはしなかったが、その程度のことなら聞き流せた。

だが使用人を褒《ほ》めると、途端に態度が悪くなるのには面食らった。ちゃんと仕事をしなくても、ニヨニヤ（奥さま）は自分がいなくなったら困るので許すだろう、と高を括《くく》るようになるのだ。

インドネシア人は誇り高いのか、謝罪も絶対にしなかった。

ソピールのストリスノーが、無断欠勤したときもそうだった。自分で運転して出勤した禎二が、夜の接待でお酒を飲めずに困った、とこぼしていたので、翌日出勤してきて来たストリスノーを厳しく叱ったところ、彼は憮然として、

「妻がコレラになったので、入院させなければならなかった」

と言った。

当時のジャカルタは衛生状態が悪く、しばしばコレラ患者が発生していた。妻の発病は気の毒だったし、一般家庭にはそれほど電話が普及していなかったので、連絡できなかったのも致し方なかったが、『すみません』の一言があって然るべきだろう。だが、最後まで謝らなかった。

お隣の日本人家庭のポンバントゥが、泣きながら駆け込んで来たこともある。彼女は私に、

「奥さまがどうしても、私の名前を呼んでくれないので家に帰る」

と訴えた。お隣とはご近所付き合いをしていたので、彼女とも顔見知りだった私は、

「イシがあなたの名前でしょう」

と諭すように言ったが、彼女は首を横に振った。

「私の名前はイスワンティです。何度、奥さまにお願いしても、イシって言うんです」

フルネームではまどろっこしいので、ニックネームのつもりでそう呼んでいたのだろう。しかし彼女にとっては屈辱だった。私がいくら説明しても納得せず、結局、辞めてしまった。

国が違えば習慣や考え方が異なるのが当たり前だが、それを互いに認め合うのは難しいようだ。私も当初はいろいろと戸惑ったが、周囲の方たちの助けが大きな支えになった。

パーティーもひとりで切り盛りしていたわけではなく、会社のスタッフの奥さまたちが、お客さまにお皿を渡したり、言葉が堪能な方はお話の相手をするなど、協力してくださった。また運転手への給仕は、ソピールとボーイが担当してくれたので、人数のわりには大変な思いをしないで済んだ。

その感謝のしるしにおはぎを作って、パーティーを手伝ってくださった奥さまたちに、食べていただいたりした。インドネシアはご飯が主食で、日本のとはちょっと違っていたが、もち米も売っていて、餡は姉が日本から送ってくれたこし餡を用いた。

和菓子店などなかったインドネシアでは、こんなおはぎでもご馳走だった。一緒に送られて来た緑茶を添えてお出ししたところ、歓声を上げて喜ばれ、あっという間になくなった。緑茶は白人にも好まれたが、インドネシア人は首をすくめて飲まなかった。

日本人の奥さまたちだけの小さなパーティーのときは、自分で混ぜ寿司をよく作った。そのうちにコキが作り方を覚えてくれて、同様のパーティーを開くときは、

「ニヨニヤ、スシ、ビアサ（奥さま、いつものお寿司？）」

と言ってきたので、お願いするようにした。できるだけ使用人に任せて何もしないのが、奥さまの務めでもあったからだ。

異国での日常

一方、ジャカルタに来てから多忙をきわめていた禎二は、日に日に痩せていった。粘り腰のパートナーと、本社の意向を調整するのに苦労していたようで、会社の人と家でお酒を飲みながら、交わす会話からもそれが伺われた。

私はせめて家では、くつろげるようにしたいと思った。禎二の会社では現地の人に技術指導するために、三〜四ヵ月交代で常時三十五人の日本人エンジニアが働いていた。禎二は彼らを『三十五人衆』と呼んで可愛がり、我が家にもときどきお招きしていたので、皆さんが大好きな麻雀を心置きなく楽しめるように、一階の奥の部屋をＶＩＰルームと名づけて、麻雀卓を二台設置した。

お持てなしは飲み物と信玄弁当をお出しするくらいだったが、氷やお酒が不足していないかときどき覗《のぞ》きに行くと、とても賑やかだった。麻雀はまったく分からないのに、『つもった』『大三元』『国士無双』『リーチ』などの麻雀用語を今でも覚えている。また麻雀をなさらない方は、リビングで囲碁やクラシックレコードを楽しんでいただいた。

麻雀だけのお客さまのときは、私がお相手をする必要はなかったので、二階のアトリエで絵を描きながら終わるのを待った。ふたり暮らしだったので、そんな部屋を持つ贅沢も許されたのだ。それに本を読みたくても、日本の本は高くて種類も少なく、あまり読みたいものがなかった。

結核を患って以来、ひとりで過ごすのが苦ではなくなっていたが、異国にいるとやはり日本人との付き合いが心の支えになる。

ご家族で赴任された会社の方は、小さいお子さんがいらっしゃるご家庭が多かったので、日本人学校に近いクバヨラン地区に住まれる方がほとんどだったが、離れたところに住んでいる私とも仲良くしてくださった。お蔭で寂しい思いをすることもなかった。

しかし、禎二はそんな私を見て、日本人同士の付き合いも大事だが、せっかく外国に住んでいるのだから、現地の人とも交流した方がいいと言った。私もその通りだと思って、さっそく地元の頼母子講に入れていただき、地元の運動会のお手伝いなどにも積極的に加わった。

運動会はジャラン・ロンボックを通行止めにして行なわれ、子供も大人も参加して、綱引きや仮装行列などが繰り広げられた。それぞれの出身地の伝統衣装をまとった、仮装行列の一団はとても綺麗で、思わず見とれてしまうほどだった。

どちらかといえば競技会というより、お祭りのような運動会だったが、勝者は表彰されて景品を授与された。我が家は通りの真ん中に位置し、垣根に植えたブンガ・スパトゥ（ハイビスカス）も、まだ大きくなっていなかったので、家の前に桟敷をしつらえて式典会場をつくり、私が景品を渡す役を仰せつかった。

インドネシア人の結婚式と妊娠を祝う儀式に、招待されたこともあった。かつての売買婚の名残りなのか、花嫁衣装にはお金が縫いつけてあって、迎えに来た花婿も戸口でお金をばら蒔《ま》いた。ちょっと嫌な感じがしたが、これもお国柄の違いで、インドネシア流の祝福の仕方なのだろう。

気の良い友人。後列左にタティ。前列左２人目が著者。右隣はフランス人のマダム・ゲイジ。後列右にゲイジ氏とお嬢さん。

妊娠を祝う儀式では、妊婦が香り高い花びらが無数に浮かぶ、水を張った浴槽に入っていた。招待客は風呂場から広間までズラリと並ばされ、ひとりずつ妊婦の頭から水をかけていったが、いくら熱い国とはいえ、流産してしまうのではないか、とハラハラさせられた。

そうやってお付き合いをしていくうちに、同じインドネシア人でも出身地によって、言葉をはじめ家の建て方や風習などが、まったく違うことを知った。山奥には石器時代さながらの生活をしている人たちもいたらしいが、近頃はほとんどいなくなったようだ。

ジャカルタは大都会へと変貌しつつあったものの、道路や下水などはまだ整備されておらず、豪雨で下水の蓋がはずれ、暗くて倉庫のようなサリーナというデパートの前で、バスを待っていたおばあさんが、吸い込まれて亡くなる惨事も起きた。

このときは私も車で外出していて、目抜き通りにも水が溢れ出したため立ち往生してしまった。するとどこからともなく男の子が五、六人現われて、頼みもしないのに車を押してくれた。百メ

ートルも行ったら水がなくなったので、大いに助かった。窓を開けて礼を言うと、

「ニヨニヤ、ミンタ（奥さま、お金）」

男の子たちがいっせいに手を出した。押し屋さんだったのだ。日本なら学校に通っている年頃の子たちだったが、生活のためにやっていたのだろう。当時のジャカルタには日々の暮らしすらままならない、貧しい人たちも数多くいた。私は小銭を渡して、その場を去った。

人種を問わずいろいろな方とお付き合いした中で、特に親しかったのがタティ・小口とパム・マラスだ。

パーティーで知り合ったタティは、日本人のご主人がいるインドネシア人で、日本語も堪能だった。

一方、パムはタティの友人で、インドネシア人と結婚したアメリカ人だったが、日本にいるときに英会話を学び、ジャカルタでもアメリカ大使館員の奥さまミセス・テレルに、英会話を習っていたので、簡単な会話ならできた。

ある日、タティとお喋りをしているとき、押し売りの話をした。いくら断わっても毎日のように来るので、困り果てていたのだ。タティは各通りにはかならずエルテーという隣組長さんがいるので、そこへ連れて行くと脅かせばいいと言った。

さっそく試してみたところ、効果はてきめんだった。その一言でスゴスゴと帰ってしまい、二度と現われなかった。真意のほどは定かではないが、エルテーは大統領にまでつながっているとも聞いた。

パムはタティと私をしばしば、アメリカンクラブに連れて行ってくれた。アメリカンクラブは外国で暮らすアメリカ人のために、さまざまな機能を備えた施設で、ここのレストランの食券を持っているパムに、安くておいしい食事をご馳走になった。

クラブ内には広い庭とプールもあって、大人たちは庭の木蔭でブリッジやお喋りを楽しみ、小さな子供たちは浅いプールで、シュノケーリングなどをして遊んでいた。言葉が違っても小さい子の騒ぎ声は日本人と変わりなく、同じ人間なのだと妙に感心させられた。

ただ、アメリカ人は日本人より、はるかに気さくだった。敷地内ですれ違うと、日本人の私にもかならず「ハーイ」と挨拶して、ニッコリ微笑みかけてくれた。それがアメリカ流の礼儀だったが、私はとても嬉しくなった。

パムと知り合ってから、英会話の先生も彼女にお願いするようになった。インドネシア語は日常会話なら不自由しなかったので、習う必要はないと思っていた。

だが、それで安心していたら、恥をかくことになることを思い知らされた。タティと一緒に日本人の家にお邪魔したとき、

「シラカン（どうぞ）、マサック」

玄関先で奥さまが、にこやかに言われた。『マソック（入る）』といわなければいけないのに、『ム・マサック（料理する）』と混同してしまったらしい。心優しいタティは、

「テレマカシ、アパカバール（有り難う、ご機嫌いかが）」

と言って、気がつかないふりをした。私も間違いを指摘するのは気がひけて、何も言わな

かったが、自分も同じような失敗をしているのではないか、と内心ヒヤリとした。

考えてみれば何年か住むのに、その国の言葉をちゃんと覚えないのは失礼な話だ。私はインドネシア語も習うことにして、先生を探しはじめた。タティに教えてもらってもよかったのだが、社交的な彼女は先生というタイプではなかった。

しかし日本語とインドネシア語の両方ができる方は、なかなか見つからなかった。仕方がないので英語でなら教えられるという、官吏の奥さまであるニヨニヤ・ハルダントウを紹介していただき、週一回、我が家に来てくださることになった。

彼女に習うようになってから、インドネシア語にも日本語の敬語のような表現があるのを知った。

丁重ないい方をするときは形容詞がつき、動詞も変化して長くなるのだ。また階層によっても、言葉遣いが微妙に異なった。

覚えるのが大変だったが、思わぬ効用もあった。使用人たちの態度が、明らかに違ってきたのだ。ポンバントゥが差し出した買い物リストの中に、スペルが違っている単語があるのを指摘できるくらいになったとき、思いがけない申し出を受けた。

イスラム教徒である彼女たちは、イスラム暦のお正月にあたるレバランに備えて、お金を貯めていたが、それを預かって欲しいというのだ。利子などつけられないので、銀行に持って行くように勧めたが、ボーイまで預けたいと言い出した。

ついに根負けして預かることになり、私は人数分の封筒を用意した。それに各人がサイン

して、字が書けない子には丸を描かせ、私の部屋の引出しに保管した。禎二にこの一件を話すと、

「いい子ばかりだね。可愛いもんだ」

パム（左端）宅へ英会話のレッスンに訪れた著者（左２人目）――パムにはクラブでの食事から英会話まで、種々お世話になった。

と言って、わずかではあったが給料を上げた。もちろん、皆大喜びだったが、私が自室に鍵をかけないで出かけようとすると、

「ニョニヤ、クンチ、クンチ（奥さま、鍵、鍵）」

使用人たちから口うるさく注意されるようになった。またボーイやソピールは、

「トワン（旦那さま）よりニョニヤの方が、インドネシア語が上手」

とお世辞を言うようになった。

禎二も別な方にインドネシア語を習っていたが、大事な仕事の話をするときには通訳がついたし、インドネシアのビジネスマンは大抵、英語や旧宗主国のオランダ語ができたので、インドネシア語はさほど必要ではなかった。それゆえあまり勉強熱心ではなく、使用人たちにもいい加減なインド

ネシア語で話していたのだろう。

一方、私は家の中ではインドネシア人に囲まれ、一歩外に出たら、ちょっとしたことでも、日本語は通じなかった。インドネシア語に浸り切って生活していたので、禎二よりは上達したのだと思う。

しかし、苦労して覚えたインドネシア語も、二十年間使っていないので、ほとんど忘れてしまった。年とった今は日本語でも、人の名前や地名がとっさに出てこなくて、閉口しているほどだ。

インドネシアでは語学のレッスン、いろいろな方とのお付き合い、そしてパーティーと、忙しいながらも楽しい毎日を送っていたが、また張り切り過ぎてしまったようだ。五十四キロあった体重が四十二キロまで減り、目が回って起きられなくなった。

「八重子は死ぬところを助けていただいのよ。けっして命を粗末にしてはいけない」

病院のベッドに横たわりながら、母の言葉を思い出した。幸い二週間ほどで退院できたが、禎二は、

「二週間の休暇を上げるから、日本に帰ってお姉さんたちとゆっくり遊んでおいで」

と言ってくれた。仕事で苦労しているのに、いつも私を労《いたわ》ってくれる本当に優しい夫だった。私は心遣いに甘えて、さっそく姉たちに連絡した。姉たちは両親の墓参りに行ってから、伊勢湾の賢島においしいものを食べに行こうと言った。

瀕死の重傷者

帰国したのは十月中旬で、厚めのタイシルクのスーツを着て帰ったが、暑い国で暮らしていたせいか、それでも肌寒く感じられた。空港まで迎えに来てくれた信子姉は、震えている私に自分の上着を着せて、日本橋の三越に連れていき、英国製の一重のコートを見立ててくれた。少し赤みがかったオールドローズで、色、デザインとも申し分なかった。

末岡兄が心臓を悪くして入院したため、賢島には安子姉を除く三姉妹で向かった。姉たちは新幹線に乗り込むと、私の好物のおかきやみかん等をテーブル一杯に並べた。だが勝手なもので、インドネシアにいるときは食べたくて仕方がなかったのに、いつでも食べられると思うと、あまり欲しくなかった。

私はもっぱら積もる話に花を咲かせ、窓の外を飛び去る景色を眺めていた。次第に日本へ帰って来た実感が湧いてきて嬉しくなったが、禎二が一緒ならもっとよかったのにと思った。あっという間に名古屋駅に着き、乗り換えの電車が出るまでに時間があったので、名古屋城へ行った。三人ともまだエレベーターがなかったころ、天守閣まで登っていたので、そのときに見た光景を思い出しながら、外からお城を眺めて楽しんだ。

束の間の名古屋見物を終えて駅に戻り、近鉄に乗るために階段を下りた。三段目にかかったときだったと思う。靴の裏がペタッとひっつくのを感じた。あれっと思ったが、時すでに遅く、上半身が大きくのめった。

階段の真ん中を歩いていたので、摑《つか》まるところもない。私はとっさにボストンバッグで頭を押さえて身体を丸めたが、姉たちの悲鳴を聞きながら、真っ逆さまに墜落してしまった。肩にかけていたカメラが落ちて、カランカランと乾いた音をたてた。

階段の下にうずくまる私のまわりに人垣ができ、駅員さんも駆けつけた。姉たちは二十段もの階段を転げ落ちる私を目の当たりにして、気が動転したらしく、しばらくしてからやって来た。

「大丈夫?」

信子姉が私の顔をのぞき込んだ。私はコックリとうなずいたが、痛さと情けなさがない混ぜになって、泣き出したい気持ちだった。姉たちは駅員さんが持ってきてくれた籠一杯のおしぼりで、血が吹き出している私の顔をそっと撫で、真新しいコートに飛び散った血をトントンと叩いて、拭き取ってくれた。

その日は履《は》き慣れたハイヒールではなく、歩いても疲れないように踵《かかと》の低い、しっかりとした靴を履いていた。だが、かえってそれが仇になった。雨が降って階段が濡れていたため、足をとられてしまったのだ。しかし最大の原因は、思っていた以上に足腰が弱くなっていたからだった。

間もなくサイレンの音とともに救急車が到着して、白衣を着た救急隊員が駆け降りて来た。私は担架で運ばれ、姉たちも一緒に救急車に乗り込んで病院へ向かった。

道が悪かったのか、車がオンボロだったのか、救急車はガッタンゴットンと激しく揺れ、これでは瀕死の重傷者は、死んでしまうのではないかと思った。隊員の方は急いでくださっているに違いないのに、そんなことを考えるなんて罰当たりな人間だ、と反省しているうちに病院に着いた。

　診察の結果、身につけていた金属の大きなネックレスが、首に突き刺さっていたものの、運よく太い血管を逸《そ》れていたため、大事にはいたらなかった。

　眉の上もしたたか打っていたので、お医者さまは視神経を切っているのではないかと心配されたが、これも大丈夫だった。レントゲン検査で骨にも異常がないことが分かり、大きな傷はおでこを三ヵ所切ったくらいですんだ。

　ひどい痛みもなかったが、お医者さまは緊張しているうえに興奮状態にあるため、あまり感じないだけで、時間が経つにつれて顔が腫れ、夜には微熱が出るかもしれないとおっしゃった。旅行はお酒を飲まない条件で許可されたので、ホッとしていると、

「東京に帰ったら、かならず大きな病院で全身を検査してもらってください」

　と釘を刺され、痛み止めの散薬をくださった。

「東京に帰りましょうか」

　姉たちは心配して聞いてきたが、少々頭が重かっただけで疼《うず》くわけでもない。

「賢島に行きたい」

　と私は言い張った。義子姉はデパートに立ち寄って、大判のスカーフと顔半分が隠れる大きなサングラスを買い求め、絆創膏だらけの顔を覆ってくれた。

　名古屋駅に戻って、助けてくださった駅員さんにお礼を述べると、

「大したことがなくて、よかったですね。お気をつけて行って来てください」

にこやかな笑みを浮かべて、見送ってくださった。その夜は熱も出ず、和食のご馳走をお腹一杯いただいて、ぐっすり眠った。

翌日はミキモトの真珠養殖場を見学した後、ふたたび近鉄と新幹線を乗りついで帰京。さっそく、日大板橋病院で精密検査を受けた。病院では頭と顔を中心に、十八枚もの断層レントゲン写真を撮られたが、異常は見つからなかった。

「顔が腫れ上がって赤紫色になりますが、しだいに青黄色くなって直りますよ。身体の細胞は約三週間で新しくなるので、そのころ、もう一度、拝見しましょう」

お医者さまの言葉通り、その日のうちにみるみる形相が変わって、お岩さんのようになってしまった。本当に直るのだろうか、と不安がる私に、

「とにかくおいしいものをたくさん食べて、元気になるのが一番よ」

調理師の資格を持っている信子姉はそう言って、心尽くしの料理を作ってくれた。自宅は他人に貸していたので、東京にいる間は信子姉の家でお世話になっていたが、看病までさせることになって申しわけなかった。

足腰を強くするために

顔の腫れは一週間もすると、だいぶ引いた。しかし、禎二と約束した二週間のうちには、治りそうもなかった。心配をかけたくなかったので、禎二には怪我の件を内緒にしていたが、

帰国予定日の四日前に思い切って電話をした。

禎二は空港までの迎えを頼む電話だと思って、帰りの便を聞いてきたが、怪我をして帰りが遅れる旨を伝えると、

「何だって、交通事故か。すぐに迎えに行く」

今にも飛び出しそうな勢いで言った。

「あと十日もすれば、完全に腫《は》れが引くから大丈夫よ。こんな顔で会いたくないから、家で待っていてください」

私はそうお願いして電話を切った。それから一週間たっても顔は黄色っぽく、傷痕も残っていたが、何とか人さまに見せられる顔になったので、ジャカルタに戻った。

ポンバントゥたちは禎二から、怪我をしたことを聞いていたらしく、

「ニヨニヤ、スダバイク？（奥さま、大丈夫ですか）」

と心配そうな顔をした。信子姉の手料理のお蔭で、体はすっかり元気になっていたが、禎二は運動不足が原因で、足腰が弱くなったのだから、ゴルフをハーフ程度、ふたりでやろうと言った。

以前、禎二に誘われて水泳をやったことがあった。

田中首相がインドネシアを訪問した直後、小規模な反日暴動が相次いだため、日本人はなるべく外出しないようにとのお達しがあったが、家の中にばかりいるのは、身体によくないと言って、私をプールに連れて行ったのだ。

河童のように泳げる禎二と違って、私は水が怖《こわ》かった。それでもなんとかプールに入ったが、

「水の中では、宙返りも楽なんだよ」

禎二はそう言うなり、ヒョイと私の身体を回転させた。驚いた私はしたたか水を飲んで、激しく咳き込んだ。あまりの苦しさに、息が止まってしまうのではないかと思ったほどだ。

「水泳はお断わりします」

禎二に宣言したが、しきりに謝るので気をとりなおして、また習いはじめた。しかし、何度やっても、ブクブクと沈んでしまった。

「何で浮かんかなぁ」

禎二は首を傾げながら、自分でやって見せた。プールに通いはじめて三回目くらいに、ようやく仰向けでプカッと浮くようになったが、結局、泳げるようにはならなかった。

ゴルフも一度誘われたのだが、私は気乗りがせず、

「暑いのに木蔭のないところを選んで歩いて、何が面白いのか分からないわ」

と断わった。プールの一件で禎二も懲《こ》りていたのか、そのときはそれ以上勧めなかった。

しかし今度ばかりは、私も禎二におとなしく従うしかないと腹をくくった。

禎二はさっそく私のために、ゴルフ道具一式とウェアや帽子、靴、手袋などを買い揃え、自分と同じ会員番号A—一一四が記載された、ジャカルタ・ゴルフクラブのメンバーズカードをくれた。格式のあるジャカルタ・ゴルフクラブは、オランダ植民地時代の一八七二年に

創設され、終生メンバー制だった。もちろん入会金が必要だったが、日本のように高くなく、その代わり売買はできなかった。

仕事が忙しい禎二は出勤前の早朝に、私をゴルフ場に連れて行った。クラブには大勢のキャディがいて、指名して貰うために大声で怒鳴っていたが、禎二が頼むキャディは決まっているらしく、さっとひとりの男性が駆け寄って来た。

「ハリイニ、ブラジャール、ウントクニヨニヤ（今日は奥さんのための勉強だ）」

禎二が私も一緒にやる旨を伝えると、彼は友人らしきキャディを連れて来た。ちゃんと勉強しているキャディでないと、広いコースの細かいアンジュレーションまで教えてもらえないので、禎二は信頼できる彼に、私のキャディも頼んだのだ。

まず立ち方とグリップの握り方を教わり、身体の中心を軸にして頭を動かさずに、スウィングをする練習をした。つづいて実際にボールを打ってみたが、かすりもしなかった。投げられたボールならいざ知らず、動かないボールに当てられないとは、正直言ってショックだった。

それでも毎日練習しているうちに、なんとか飛ぶようになった。だが行く先はボール任せで、私が思ったところには行ってくれなかった。その点、禎二のボールは聞き分けがよく、狙った位置に飛んで、失敗かと思ってもコロコロ転がり、打ちやすい場所で止まった。

「俺は身体のわりには飛ぶんだよ。剣道をやっていたからな」

禎二はちょっと得意気に言った。すでに二十年近くもゴルフをやっていたので、グリーン

回りもなかなか上手だった。私もだんだん面白くなってきたが、

「八重子はビギナーの下手くそだから、せめて他の人のリズムを狂わせないように、さっさと歩くこと」

禎二に何度も注意された。

フラットなコースだったので、歩くのはさほど辛くなかったが、ゴルフは下手な人ほど運動量が多くなるスポーツだ。真ん中に広々とした立派なフェアーウェイがあるのに、私の打ったボールはあらぬ方向に飛んで、ラフや木々の生い茂る場所に入って行く。そのたびに走り回り、上手な人が一打ですむところを五打、六打と打ちまくり、その間、辛抱づよく待っている禎二のリズムを狂わせないために、またひたすら走った。

ゴルフを始めて半年後、禎二の勧めで知り合いのテキスタイル会社社長夫人の有松さんと、ゴルフのスコーラ（学校）に入って、三ヵ月コースのレッスンを受けた。駆け足からやらされて少々きつかったが、シャープに力強くクラブを振れるようになり、ショートホールならワンオンも夢ではなくなった。

「今日はミス・ショットしちゃった」

すっかりいい気になった私が、禎二に言うと、

「それはいつも上手な人が、失敗したときに使う言葉」

ピシャリと言われた。優しい人だったが、調子に乗ると手厳しかった。でも、禎二がゴルフに誘ってくれたお蔭で、体力が戻って筋力もついてきた。

勘違いからはじまった演劇体験

タティとパムとのお付き合いも、相変わらずつづいていて、彼女たちが入っているＷＩＣ（ウィメンズ・インターナショナル・クラブ）に、私も仲間入りすることになった。ＷＩＣはすでにメンバーになっている人ふたりが、保証人になってくれれば、国籍に関係なく女性ならだれでも入会できる、親睦団体のようなものだった。

もっとも最初はまたオーバーワークになって、ひっくり返っても困るし、他の人はどう見ているか分からないが、私はひとりで絵を描いたり、読書をしているのが好きな内弁慶だと思っていたので、お断わりするつもりだった。ところが禎二に話したら、

「何でもやってみることだ。ただし、お前さんは真面目すぎて、頑張りすぎるから失敗する。頭の中の辞書に、臨機応変という言葉を入れておきなさい」

と言われたので、思い切って入会してみることにしたのだ。タティとパムは、さっそくＷＩＣの総会に連れて行ってくれた。

会場になっている広い部屋には、各国の国旗を置いた丸いテーブルがズラリと並び、担当者がふたりずつ座って、近寄ってくる人に話しかけ、質問にテキパキ応対していた。背の高い北欧系、サリーを着たインド人など、肌や目、髪の色はさまざまだったが、日本人は見当たらず、中国人や韓国人もいないようで、ちょっと心細くなった。

別室では特技を持つ人がリーダーになって、ボランティアで指導するサークルの案内が行

なわれていた。ＷＩＣがもっとも力を入れている活動のひとつで、バリダンス、アンクロン（竹で作ったインドネシアの楽器で、多種多様な種類がある。独奏したり、小さいアンクロンを大勢で合奏したりして楽しむ）、エアロビクス、ヨガ、英語やフランス語をはじめとする語学講座などがあった。ここでは胸にネームプレートを付けたリーダーたちが対応していて、堂々と椅子に腰掛けて足を組んでいる姿が印象的だった。

私は油絵を習いたかったが、ご主人の転勤でリーダーが帰国してしまったため、休止中だと言われた。身体をくねらせて踊るバリダンスやヨガは、とてもできそうもなく、どうしようかと迷っていたところ、ハリウッド映画で見たような気がする、金髪の美しいリーダーが目に留まった。私の視線を感じたのか、彼女も私の方を見て手招きをした。嬉しくなって彼女のそばに行くと、胸の札には〝シアター〟マリー・カーピッシュ〟と書いてあった。

英語が堪能ではなかったので、懇切丁寧な彼女の説明も十分理解できなかったが、どうやら映画や演劇の鑑賞会をやっているようだった。映画は好きだったし、何といってもリーダーが素敵だったので、入れていただくことにした。マリーは握手をして、

「入口にメモがあるから、持っていってね」

と言った。メモには会が開かれている部屋の住所と電話番号、略図が印刷してあった。

翌週、そのメモを頼りに訪ねると、開始十分前に到着したにもかかわらず私が一番最後で、十五人ほどのメンバーが顔を揃えていた。時間通りに美しいマリーが笑顔で現われて、最初に分厚い印刷物を配った。

映画を見る前に台本の勉強をするのかしら？　試写室は隣にあるのかな？　などと勝手な想像を巡らせていたら、ひとりずつ自己紹介することになり、マリーから始めた。

「私の名前はマリー・カーピッシュと言います。私はアメリカ人ですが、夫はドイツ人です。息子がひとりいて、エンバシースクールに通っています。住まいはクバヨランにあります」

同様の調子でつぎつぎに自己紹介していき、私もつたない英語でなんとか無事に終えると、マリーは情感たっぷりに印刷物を読みはじめた。私は全部マリーが読むものとばっかり思っていたが、彼女は人指し指を立ててキューを出し、最前列の端の人に続きを読ませた。ある程度読み進むと、またマリーのキューが出て、隣の人がその続きを読んだ。

ほとんどの人がネイティブスピーカーらしく、物凄い早口だった。文章を追うのが精一杯で、翻訳する余裕などなく、ましてや同じように読むなんて、とてもできなかった。

「アイムソーリー。アイ、カント、リード、ディス（ごめんなさい、私は読めません）」

自分の番が来たとき、素直に謝った。私は大きな勘違いをしていたのだ。映画鑑賞会ではなく、英語で芝居をするサークルだった。そうと分かれば、お呼びではない。終了と同時にマリーのところへ行き、退会を申し出た。

「ごめんなさい、私は間違って入ってしまいましたので辞めます」

ところがマリーは、

「イッツ、オーケー。ノープロブレム（大丈夫よ、気にしないで）」

と言うなり、私を抱きしめた。

「オー、イエス。ノープロブレム（そうよ、気にすることないわ）」

メンバーたちも口々に言ってうなずいた。

「このつぎもいらっしゃい、きっとよ」

マリーは私に念を押した。断わりたくても、私にはそれだけの英語力がなく、意気消沈して家に戻った。帰宅した禎二に顚末《てんまつ》を話すと、ニヤニヤしながら聞いて、

「失敗は成功のもと。まぁ、もう一回行ってごらん。それで上手に断われたら、それはそれでよし。俺の言葉で教えてもダーメ」

と言った。まさに四面楚歌だった。元気印の私もさすがに憂鬱になったが、意を決して翌週も出席した。もちろん、何とかして断わるつもりだった。ところが、あれこれ考えながら部屋に入ると、

「カモン、ヤエコ（おいで、八重子）」

メンバーたちが私を呼び、気難しそうなドイツ人が、私の頰にキスをしてきた。予想もしなかった歓迎ぶりに、辞めたいとは言い出せなくなって、とりあえず席に着くと、二枚綴りのプリントが回ってきた。その一枚には『八重子のために』と書いてあった。

驚いて読んでみると、英語の下手な日本人という人物設定になっていて、ゆっくり読むように注釈がついていた。私のために台本を書き換えてくれたのだ。

熱いものが胸にこみ上げてきた。マリーとメンバーたちの思いやりに応えるためにも、やるしかないと思った。自分の番が回ってきて、たどたどしい英語で読み上げると、いっせい

に拍手が起きた。

「ワンダフル、ビューティフル（素晴らしいわ、最高よ）」

マリーもオーバーな表現で褒めてくれた。後にちょっとしたことでも、マリーは『ワンダフル、ビューティフル』を連発するのが口癖だと知ったが、そのときは嬉しさで胸が一杯になった。帰宅する車の中でも、自然と笑みがこぼれて鼻唄まで出てきた。私はとても単純な人間なのだ。

しかし、その報いはすぐに訪れた。近くにあるホールで、練習していた劇を上演することになったのである。メンバーたちが盛り上がっている中で、出演だけは勘弁してもらおうと思っていた。

だが、私の役は英語の下手な日本人だった。まさに私自身で、お芝居をする必要などなかった。舞台に立った経験はないものの、科白《せりふ》の量も少なく、自分にもやれそうな気になってきた。第一、断わったら、私のために役を作ってくれたマリーに申しわけなかった。

ところが、それまで私をけしかけていた禎二が焦った。

「お前さん、やる気かい」

いかにも不安げで、出て欲しくなさそうだった。

「出演する日本人は私だけだし、舞台を見に来る日本人もいないと思うわ。大丈夫よ」

今度は私の方がやる気満々で、禎二もそれ以上は何も言わなかった。舞台には一番上等の絽の訪問着を着て出ようかと思ったが、汚したくなかったので浴衣にして、朱に近い赤地に黒糸で刺繍《ししゅう》をした、博多のとっこ柄の半巾帯をしめ、素足に下駄を履くことにした。

　当日はメンバー全員、大熱演だった。私も下手なりに精一杯演じた。わざわざ見に来てくれたタティとパムには、英語が上達したと褒められたが、役柄を考えると、ちょっと複雑な気持ちだった。浴衣姿も評判がよく、仲間たちからなぜ日本人は着物を着ないのかと尋ねられた。

「今は時代が変わって仕事をする女性が多くなったので、脱ぎ着が楽で洗濯も簡単にできる洋服の方が好まれるようになったの。それに洋服はレディーメイドで、サイズも豊富だからとっても便利だし、車や電車に乗ったり、旅行するときも動きやすいわ。この三十年くらいで日本女性のスタイルがよくなったのは、食料事情が改善されたのが最大の理由だと思うけど、着物を着ていた時代のようにお行儀よく畳の上に正座しなくなったことも影響しているみたいね」

　乏しい英語のボキャヴラリーを駆使して私見を述べたら、彼女たちは感心したようにうなずいた。カタカタと鳴る下駄も気に入られたようなので、メンバーのひとりに差し上げた。

　勘違いからはじまった演劇体験も、これで一件落着のはずだった。しかし、まだ続きがあった。それから数日後、私の誕生日にメンバーのハズバンドたちを招待して、マリーの家で再演することが決まったのだ。禎二は、

「まいったな」

　と言いながらも顔を出してくれた。バースデーケーキも用意されていて、ローソクを吹き

消す私の写真を撮ってくださった。今もその写真も見るたびに、禎二の困惑した顔が思い出されて、笑いがこみ上げてくる。

マリーの会では、何度か映画を見る機会にも恵まれた。メンバーにアメリカ大使館付の武官夫人がいらして、彼女のお宅でハリウッド映画が上映された。その中にはマリーが出演している作品もあった。マリーはやはり女優だったのだ。

会には自分を磨くために、マリーの優雅な立ち居振舞いと美しい英語を学ぼうと思って、入ったメンバーも少なくなかった。私はとてもそんな余裕はなく、与えられた課題をこなすだけで精一杯だったが、いろんな方と知り合うことができて勉強になった。

英語にも日本語のように、訛《なま》りや方言があるのを知ったのも、会に入ったお蔭だった。たとえば同じアメリカ人でも、イギリス系の人はガソリンをペトロールと言った。アメリカは国土が広く人種がさまざまなので、言葉も日本語以上に多様なのかもしれない。

マリーとは帰国してからも一年ほど文通したが、何しろ英語なので思うように気持ちを伝えられず、一枚の手紙を書くのにも四苦八苦した。その上、彼女の入院や転勤がつづき、私も引っ越したりしたため、だんだん疎遠になってしまった。

紺碧の海、美しい島

ジャカルタでは嬉しいお客さまも大勢いらしてくださり、女学校のクラスメートだった中田冨久さんが、訪ねて来られたのも忘れられない楽しい思い出だ。

中田さんとは一緒に、古都ジョクジャカルタやプロプトリへ遊びに行った。プロプトリは島という意味だが、ある特定の避暑地を指し、白人の友人たちはその素晴らしさを絶賛していた。パンフレットの風景写真も、本当に美しかったので、私たちも行ってみることにしたのだ。

当日は家まで迎えに来てくれた旅行会社の小型バスに乗って、ハリム空港へ向かった。飛行場には機体全体に魚が描かれた、小型自動車ぐらいの飛行機が三機並んでいて、そのうちの一機に案内された。ポンと跨《また》ぐともう機内で、定員四人の玩具《おもちゃ》のような飛行機だった。

我が家のボーイのウイヨットに似た、若いインドネシア人のパイロットがエンジンをかけると、ブルン、ブルンという音とともに飛行機は滑走してフワッと浮いた。

幼いころ、お空を飛んだらどんな気持ちだろう、なぜ家に空飛ぶ魔法の絨毯がないのだろうか、と思ったことがあったが、高度四百メートルで水平飛行に入った飛行機は、空を飛んでいるのが実感できて、まさに魔法の絨毯のようだった。

中田さんも楽しげに窓から外を眺めていた。眼下にはマリンブルーの海が広がり、キラキラ光る波間に船が四、五隻浮かんでいるのが見えた。そして岩だけの小さな無人島の彼方には、夏雲がポッカリ浮かんだ空と海の境目が、スッーと一本の線を引いたように、どこまでも伸びていた。

すっかりリゾート気分に浸りきっていた私は、パイロットに、

「いつ、免許を取ったの」

何気なく聞いた。

「三ヵ月前です」

彼は得意気に言った。急に不安になったが、飛んでしまってからではどうしようもない。中田さんはインドネシア語が分からなかったので、相変わらず景色に見入っていたが、ちょっと無責任だったかな、と彼女の横顔を見ながら反省した。

幸い飛行機は、約二十五分間のスリリングなフライトを無事に終えて、島に到着した。滑走路しかない小さな島で、そこからは船で行くことになっていた。

「テレマカシ、トワン（どうもありがとう）」

新米パイロットに敬意を表して飛行機を見送った。迎えの船はまだ到着していなかったので、日蔭を探したが、島には木らしい木が一本もなく、少し離れたところに田舎のバス停のような小屋があるだけだった。

ギラギラと照りつける太陽に、焼き尽くされそうだったので、その小屋で待つことにした。中には小さなカウンターがあって、ガリガリと氷をかくかき氷屋さんを連想させたが、だれもいなくて水もなかった。

船を見逃さないように、小屋に入ったり出たりしながら待った。しかし一時間たっても現われなかった。インドネシア人は日本人ほど、時間に几帳面ではない。『モンキン（多分）』『キラキラ（だいたい）』が、彼らの口癖だった。しかし、それにしても遅すぎた。むろん、電話は私は島流しになったような気持ちになり、次第に不安が膨らんでいった。

ない。一泊の予定だったので、禎二が異変に気づいてくれるのは、早くてもつぎの日の晩だ。私だけならまだしも、中田さんまで巻き添えにしてしまうことを思うと、呑気な私もさすがに頭を抱えた。

「大丈夫、来るわよ」

中田さんは私を励ますように言った。私もそう信じたかったが、波音がするばかりで、広い海原をいくら見渡しても、船の影すら見えなかった。

待つこと三時間、やっと迎えの船が来た。漁船を改装したようなその船に乗り込み、ほっと一息ついた私は、

「プロプトリまでどのくらいですか」

船頭さんに尋ねた。

「スブンタール（すぐだよ）」

聞くんじゃなかったと思った。インドネシア人は時間を尋ねると、判で押したようにそう答えるのが常だった。ただし、このときは言葉通りに十分足らずで到着した。

プロプトリは碧色《いろど》の海とテーブル珊瑚に彩られた美しい島だった。浜辺近くには大きな椰子の木が何本も植わっていて、海に向かって頭をかしげるように曲がっている木もあった。そこまで登って海に飛び込んだら、さぞ楽しいだろうと思ったが、泳げない私にはできそうもなかった。

建物はバンガローが五軒と食堂が一棟あった。船頭さんが管理人と料理人を兼ねていたの

で、バンガローの鍵を受け取り、すぐに食事をしたいと伝えた。三時間も待たされてお昼も食べられず、お腹がペコペコだった。

食事の用意ができるまで、ベッドに横になって休んだ。バカンスを楽しみに来たのに、辿り着くだけでくたびれ果ててしまった。間もなく食事の用意ができたので食堂へ行くと、テーブルには魚の料理が並んでいた。目の前の海で採れたのか、やたらに大きい魚だった。

女学校のクラスメート中田さん(右)と著者——彼女と訪れたジョクジャカルタやプロプトリへの旅は忘れられない思い出だ。

食事を終えてバンガローに戻ると、すでに夕暮れが迫っていた。私たちはおいしい空気を吸うために、バルコニーに出て椅子の上に寝そべった。お腹も満たされ、やっとくつろいだ気分になれた。

しかし、静寂はすぐに破られた。蝿の集団が押し寄せてきたのだ。払っても払っても、まるで湧いてくるようにつぎつぎに飛んできた。バルコニーに生ゴミなどなく、なぜ蝿がこんなに群がるのか、わけが分からなかった。

「五月蝿と書いて、確か〝うるさい〟って読むのよね。ほんとにその通りね」

中田さんが言った。女学校で世話係（級長）だった中田さんは、やはり頭がいい。まさに五月だったのだ。それにしてもジャカルタならともかく、こんな離れ小島にまで蝿がいるとは驚いた。

島がリゾート化された直後に来た友人たちは、蝿の話はしていなかった。お客さんの増加にともないゴミの量が増え、管理の悪さも手伝って、蝿が大量発生したのかもしれない。

翌日は昼過ぎまでのんびり過ごしてから、島を後にした。帰りは予定通りに船が出て、飛行機も待機していた。他の島に行っていた観光客と一緒だったので、十五人乗りの大きめの飛行機が用意されていて、機内ではお茶のサービスまであった。行きの飛行機より安心感はあったが、空を飛んでいるという実感は乏しかった。

三人の姉たちもジャカルタを訪ねてくれたが、このときも思いがけないハプニングが起きた。来訪の知らせを受けてから、一日千秋の思いで待っていた私は到着の日、ハリム空港まで迎えに行った。ところが搭乗予定の飛行機に、姉たちは乗っていなかった。

航空会社の案内係に確認すると、乗客は全員降りたと言われたので、直前にだれか急病にでもなって、キャンセルしたのかと思い、一番上の姉の家に電話をした。私の声を聞いた盛田兄は開口一番、

「今度はお世話さま、着いたの？」

と言った。事情を話したら、

「ちゃんとシンガポール・エアラインに乗ったよ。空港まで見送りに行って、この目で見た

んだから、絶対に間違いないよ」

と断言した。搭乗しているのなら、なおさら大変だ。禎二に急いで連絡をして、航空会社の本社に問い合わせてもらった。その結果、三人はシンガポールまでは乗っていたものの、そこからの飛行機には乗っていないことが判明した。

空港にある航空会社のカウンターに行き、もう一度調べてもらったところ、係員は翌日到着便の名簿に、三人の名前があると言った。念のため見せてもらうと、ローマ字で表記すると一番長くなる、溝渕の名前は二行にまたがっていたが、確かに書いてあった。

航空会社の一方的なミスで、姉たちはトランジットの際ホテルに案内され、そのまま置き忘れられてしまったらしい。翌日には間違いなく到着したが、三人ともこの一件に懲《こ》りて、それ以降はツアーの海外旅行にしか行かなくなった。

姉たちとはジョクジャカルタをはじめ、バリ島やボゴールなど有名な観光地を訪ねた。私は一緒にいるだけで嬉しくて、家にいるときも賑やかにお喋りをしていた。禎二は幾つになっても変わらない、姉妹の仲のよさに驚いたらしく、

「姉妹って有り難いね、姉さんたちを大事にしろよ」

と言った。

姉たちが持って来てくれた、おかきや和菓子は何よりのお土産で、禎二も久しぶりに日本のおつまみをいただいて喜んでいたが、姉たちは見向きもせず、ミン（そば）や海老、蟹などの中華料理を食べたがった。普段食べられないものが、それぞれにとって一番のご馳走だ

った。

インドネシアでは本当に、いろいろなことにチャレンジした。インド洋に面したジャワのチラチャップに赴任された日本鋼管の池田博、和子夫妻と地引き網をしたこともあった。ご夫妻からは可愛い野性のリスもいただいた。

しかし演劇をすれば徹平を、クラシック音楽を聞けば周平のことを思い出した。ふたりとも家を出て、自分の道を歩みはじめていたが、どうしているのだろうかと思わぬ日はなかった。息子たちのことを忘れるために、わざと忙しくしていたような気もする。

結局ジャカルタでの生活は、三年八ヵ月に及んだ。禎二は定年退職になる年を迎えていたが、帰国する前に一ヵ月ほど休暇が取れそうだったので、私は秘かに当時パリに住んでいた中村マリさんを訪ね、ヨーロッパを回る計画を立てていた。

ところが禎二の後任の人事が、なかなか決まらなかった。そうこうしているうちに株主総会が迫り、それに出席するために、一週間しか休暇をいただけなかった。

「ヨーロッパには、いつでも行けるさ」

禎二は笑っていたが、このときが一緒にヨーロッパに行く、最初で最後のチャンスだった。私たちはシンガポールと台湾でゴルフを楽しみ、故宮博物院を見学して帰国した。

第八章　夫との短い老後

失敗は成功のもと

帰国後、株主総会を終えると、禎二はすぐに姫路へ赴任した。役員になって本社に残る道もあったが、神戸でお手伝いさんと暮らしている、年老いた母親の近くに住むため、姫路にある子会社に再就職したのだ。

「親孝行の真似ごとさ」

禎二は澄ましていたが、何ごとも私に相談してから決める禎二が、このときだけは事後承諾だった。でも、腹は立たなかった。禎二が母親のことをどれほど思っているか、分かっていたからだ。

義母が周平と一緒にジャカルタに遊びに来たときのことだった。

「どうぞ」

ポンバントゥが日本語で義母に話かけ、肩を揉《も》みはじめると、

「ジャカルタは日本語が通じて、ええなぁ」

と言ってご機嫌だった。ポンバントゥたちはほんのちょっと、日本語を知っているだけだったが、禎二は満足している母親を見て、本当に嬉しそうな顔をしていた。

生前、私の母は、

「親孝行なんてしなくていいの。八重子が幸せになるのが、母さまには一番の孝行なのよ」

といつも言っていたが、何ひとつ親孝行できなかったことを悔いていた。禎二には自分と同じ思いをさせたくなかったし、私も母にできなかった分まで、親孝行をできたらと願っていた。

禎二も義母も昔の話をあまりしなかったので、詳しいことは分からないが、親戚やばあさんだった人から聞いた話によると、義母の薫は岡山県倉敷市玉島の裕福な呉服屋の長女に生まれ、蝶よ花よと大切に育てられて、小柄ながら大変美しく利発だったという。父親は早くに亡くなったらしく、家には妹がひとりいるだけだったので、岡山県立女学校を卒業すると、養子を迎えて家業を継いだそうだ。

義母が亡くなる半年ほど前、訪ねて行った私に見せたいものがあると言って、茶箪笥の一番下の引き出しをゴソゴソしはじめ、すっかり茶色に変色して墨の色も薄くなった、和紙を取り出したことがあった。

「八重さん、見ておみい、ご馳走やろう」

そこには義母の結婚式で振る舞われた、数々の料理が書き連ねられていた。義母はつい昨日のことのように、式の様子を話してくれたが、その後の義母の運命を思うと、嬉しそうな義母の顔が涙でぼやけてしまった。

　結婚した義母は、長男の璋一と次男の禎二を授かった。息子たちは腕白ながら勉強ができて、当時の幸せそうな親子四人の写真が今も残っている。しかしそれから間もない昭和四年（一九二九年）、浜口内閣のときに起きた経済恐慌で掛け売りが焦げつき、店が倒産した。

　暮らしぶりが一変したのはいうまでもなく、そのうえ義母の母親と夫が何かと対立するようになった。夫婦仲は悪くなかったようだが、板挟みになった義母は、最後まで親の面倒をみるのが、跡取りである自分の務めだと思い、ふたりの子供を引き取って離婚。一家を養うため、髪の手入れをしてもらっていた、大阪にある『美粧倶楽部』の内弟子に入った。

「昔は女ができる仕事がなくてね。子供の教育も考えて、美容師になったの。夢中だったんよ」

　義母はこともなげに言ったが、お嬢さま育ちの義母がよく厳しい修行に耐えたと思う。また快く受け入れてくださった、美容院の山本先生もご立派だった。

　人一倍頑張った義母は、昭和六年、母親と息子たちを呼び寄せた。長男は小学校六年生、次男は四年生になっていた。そして昭和九年に独立し、天王寺に茶臼山美粧院を開いた。

　仕事は順調そのもので、大阪の天満宮に結婚式場ができると、そこの美容院も手掛けるようになった。宮司夫人が女学校時代の級友だったこともあって、義母に依頼が来たようだ。さらに豊国神社の結婚式場や別の結婚式場の美容院も引き受けた。

多忙な毎日だったと想像されるが、子供たちも立派に育て上げた。秀才だった長男は東大から通産省に入り、退官してからは富士通の副社長、ジェトロの委員長を務めた。義母は優秀な長男が自慢だったらしく、富士通時代に義兄と一緒に撮った写真が、社内報に掲載されたのをことのほか喜んで、私にも嬉しそうに見せてくださった。

禎二はやんちゃな次男坊で、成績も兄ほどよくなかったが、小学校六年生のとき、大阪の小学生を代表して、皇太子さまのお誕生日をお祝いするために、東京まで行ったそうだ。ところが汽車の中で、他県の代表の子と喧嘩になり、大立ち回りを演じた。

「俺は短気で、まだ顔が笑っているうちから手が出てな」

笑いながら禎二は言っていたが、心優しい彼がさしたる理由もなく、喧嘩をするはずがない。長い結婚生活の間、私や子供たちに手を上げたことは一度もなかったし、私が失敗をしても、

「成功のもと」

と笑い飛ばした。たまに出る小言も岡山訛りで、

「言うちゃすまんが、整理が下手だな」

「言うちゃすまんが、結論はなんだ」

と実に控えめで、叱られている気があまりしなかった。曲がったことが大嫌いな人だったので、何か腹に据えかねたことでもあったのだろう。

とまれ、禎二も人並みに就職して家庭を持った。私が嫁では義母は不満だったかもしれな

いが、姫路に行ってからは、贅沢をさせて上げられないまでも、できる限りのことをしたいと思った。

義母は美容院を弟子たちに任せて、仕事を辞めたせいか、近寄りがたい雰囲気が薄れ、穏やかで可愛らしくさえなっていた。私が食の細い義母のために、季節を盛り込んだ手料理を持参すると、

「八重さんは料理が上手ね」

と大変甘い点をくださった。禎二も酔うたびに、

「お前さんの味付けは天下一品じゃ。亭主の好きな赤烏帽子《あかえぼし》かな」

といった調子で褒《ほ》めてくれていたが、何だか申し訳ないような気がした。結婚した当初は、ご飯ひとつまんぞくに炊けなかった私も、主婦業をやっているうちに、ひと通りはできるようになった。しかし、母の足元にも及ばない、という思いが強かった。

母には家族においしいものを食べさせたい、という誠意のようなものがあった。結核を患って食欲がない私のために、工夫を凝らした料理を作り、食料事情の悪い戦中戦後も、家族においしいものを食べさせるための努力を惜しまなかった。

戦後を除けば、私は母のように食料を手に入れる苦労をしたことがない。恵まれた食料事情の中で、家族に食事を作ることができた。ただ、少しでも母に近づきたくて、

「料理は手でなく、心でね」

と言う母の口癖を胸に刻み、手を抜かずに作るようにはしていた。その心掛けがおいしさ

につながっていたとしたら、亡き母のお蔭にほかならなかった。

胸の奥底に秘めた思い

姫路ではジャカルタにいたときのように、華やかなお付き合いはなかったので、私はのんびりお勝手仕事を楽しんでいたが、禎二は相変わらず仕事が忙しく、心に安らぎを与えてくれる相棒として、ブルーとオレンジにグリーンが混じった、鮮やかなボタンインコ二羽と五匹の金魚を飼っていた。

小鳥はブルー一色がピーちゃん、オレンジとグリーンのツートンカラーがチーちゃんと名づけ、二階建ての鳥籠から出して、食堂を自由に飛ばせていたが、禎二が帰ってくると彼の後ばかりついて回った。犬や猫、リスを飼っていたときも、そんな風だった。禎二は本当に生き物が好きで、動物にもそれが分かったようだ。

私も可愛がってはいたが、接し方が下手だったのか、喋れるはずのボタンインコが、全く言葉を覚えなかった。仕方がないので一方的に話しかけ、囀《さえず》りを都合のいいように解釈して遊んでいた。

住まいは会社が立派な借家を用意してくれていたが、禎二はふたりで住むには贅沢すぎると言って、数ヵ月後に才という町のマンションに引っ越した。新しい町は四回引っ越さないと分からない、というのが禎二の持論でもあった。

しかし私の東京弁がいけなかったのか、地元の方たちとなかなか打ち解けられなかった。

自分なりに溶け込む努力をしたつもりだったが、地域のお祭りがあっても、日程を教えてくださる方がいらっしゃらなかったので、手伝いもしないで素知らぬ顔をしている結果になった。

仲間はずれにされているような気がして意気消沈していると、今度は町内の方から突然、割烹着を持ってお葬式の手伝いに行くように言われた。住んでいたマンションの部屋番号が、当番に当たっているというのだ。一度もお会いしたことがなく、名前すら存じ上げない方のお葬式だったが、慌てて割烹着を買いに走った。禎二も参列するように言われたので、帰宅すると駆けつけた。

初めての経験ゆえ、何をどうしてよいのか分からなかったが、同じマンションに住む東京からいらした、斉藤さんの奥さまが助けてくださったので、何とか無事に務めを果たすことができ、これを機に地元の方とのお付き合いも、始まるのではないかと密かに期待していた。しかしそれっ切りで、どなたも声をかけてくださらなかった。

一年たっても近所でよく行くのは、飲兵衛の禎二のためにお酒を買い求める酒屋さんだけ。たまにヤマトヤシキというデパートへ出掛けて、ドイツのハンブルグに赴任している周平の子供たちの服や玩具を買うのが唯一の気晴らしで、週二回、義母のところへ行く以外はほとんど家にいた。

ときおり、我が家でお手伝いさんをしていたチーちゃんから、

『息子が中学生になって、私も奥さまのようにＰＴＡの役員になりました』

という嬉しい手紙が届いたり、ジャカルタで知り合った会社の方の奥さまたちが、遊びに来てくださることもあったが、気を遣《つか》っていらっしゃるようなので、甘えるのも申し訳なかった。

禎二は友人が出来ない私を可哀そうに思ったらしく、ゴルフに誘ってくれた。ところが一緒にプレーされる方たちが、

「奥さんもされるんですか」

と驚かれるので、尻込みしてしまった。ジャカルタではゴルフに限らず、遊ぶときは夫婦同伴が普通だったが、日本では夫婦それぞれが車を持っていて、ゴルフも別々に行くのが当たり前になっていたようだ。

ゴルフは諦めて、シンガポールから帰国した後、東京で絵を習っていたお向かいの武田百合子先生に、三宮在住の滑川先生をご紹介していただいて、デッサンを習うことにした。家に引き籠《こ》もっていると、気が滅入る一方だと思ったからだ。

だが、話し相手がいない寂しさは癒《いや》されず、逆に増すばかりだった。日本に住んでいるのに、シンガポールやインドネシアにいたときより孤独だった。

「東京に帰りたい」

私は禎二に言った。禎二の母親を思う気持ちは、痛いほど分かっているつもりだったが、ひとりぼっちの毎日に、どうにも耐えられなかった。

「そうか、東京に帰りたいのか」

禎二はそう言った切り黙ってしまった。そして数日後、私に車のキーを渡した。

「家にばっかりいないで、ドライブにでも行くといいよ」

私を慰めるために、車を買ってくれたのだ。本音を言えば、すぐにでも東京に帰りたかったが、禎二の優しさを前にして、それを口にすることはできなかった。私はひとりでドライブをしながら、何とか気持ちを建て直すように努めた。

そんな矢先、義母のお手伝いさんから電話が入った。義母の様子がおかしいというのだ。人前で歌うような人ではないのに、歌を歌って手を叩いたりしていた。

念のため大学病院で検査をしたところ、脳軟化症と診断された。さっそく入院して治療していただいたが、次第に半身が麻痺して行き、車椅子の生活を余儀なくされるようになった。

禎二と私は義母の病気平癒を願って、那智の滝がある一番札所の熊野那智大社を振り出しに、西国巡礼をはじめた。休日しか行けなかったので、すべて回り終えるのに三年近くかかってしまったが、その行き帰りに義母の家に寄ったり、あちらこちらに旅行もした。

関西は歴史の宝庫だ。地名ひとつとっても、歴史が偲《しの》ばれて興味深かったが、胸が痛む場所もあった。生野銅山で昔の衣装を纏《まと》って、働いている人形が陳列してあるのを見たときは、ついこないだのことのように思えて、とても懐かしむ気にはなれなかった。

瀬戸内海を走り、山口市の聖ザビエル教会を訪ねた後、下関から萩まで行って、民宿に泊まったこともある。萩の海では小さな魚の群れが、突然一糸乱れずに方向転換するのを生まれて初めて見た。私たちは日本海に面した萩の町を気に入って、その後も何度か訪れた。

長門の浦に行った日のことも忘れられない。長門の浦は禎二がハイラルから、奇蹟的に辿り着いた海岸だ。禎二はじっと沖を見つめて佇《たたず》んでいた。私には一度も見せたことがない、悲しげで辛そうな横顔だった。

「俺の人生は、あそこで一度切れた」

つぶやくようにそう言ったきり、ひと言も話さなかった。禎二は連隊長に食ってかかった理由を、最後まで言わなかった。私もまたあえて尋ねなかった。

あの戦争を体験した人間は、それぞれ悲しい思いを胸の奥底に秘めて生きて来た。私たちもけして癒されることのない、戦争の悲しさを背負っていたのだ。

さまざまな思いを抱きながらの旅だったが、心安らぐひと時でもあった。私は義母に料理だけでなく、器も楽しんでもらうために、お弁当箱を買い集めるのを楽しみにしていた。

そうしているうちに、才での生活も二年が過ぎ、禎二は福崎の工業団地にある別の子会社の社長になった。

「才からじゃ通うのに遠いから、お城のそばに引っ越さないか」

相変わらず友人ができない私に、禎二が言った。才の二の舞いになるだけという気もしたが、気分転換するのもいいのではないかと思って、提案を受け入れることにした。

義母の死

新しい住まいは、五軒邸という町にあるマンションに決まった。かつてお城を囲んで五軒の大名屋敷があったことから、この町名がついたとのことで、姫路城は目と鼻の先だった。

環境はよかったが、古いマンションだったせいか、住んでみると黴《かび》の匂いが酷《ひど》く、一年後にすぐ近くの新築マンションに移った。部屋は六階にあって、リビングからは姫路城の天守閣が、手に取るように見えた。

引っ越しをすますと、禎二が出勤前にジョギングをしようと言い出した。家にばかりいる私が、また体力を落とすのではないかと心配したようだ。体調は悪くなかったが、用心するに越したことはない。喋っても息切れしない程度のゆっくりとした速度で、お城の前にある大手前公園まで、仲良く走るのが日課になった。

禎二は朝風呂に入ってから元気に出勤して行ったが、会社では苦労しているようだった。鉄鋼業界は不況に喘《あえ》ぎ、本業では儲《もう》けが出なかった。しかし社長という立場上、結果を出さなくてはならない。思案した末、会社の空き地に水耕と砂耕栽培のハウスを建て、スーパーに野菜を出荷する事業に乗り出した。

当初は本社から出向して来た、ふたりの社員の給料分だけでも、賄《まかな》えればよいと思っていたそうだ。ところが予想以上に上手《うま》く行って、会社は黒字になった。またそのころは義兄が富士通にいたので、いち早くコンピュータを導入して、事務の効率化にも努めた。

そんなある日、ジョギングコースの途中に建っている本町教会に寄ってみた。早朝にジョギングの恰好では失礼かと思って、早々に退散するつもりだったが、

「何ですか」

白人の大柄な神父さまに、上手な日本語で声をかけられた。勝手に入ったことを詫びたところ、嫌な顔ひとつなさらず、

「私はベルギーから来た、バンガンスベルケ神父といいます。いつでもいらしてください」

とおっしゃった。キリスト教についての知識はあまりなかったが、罪人をも愛するという教えに心惹《ひ》かれるものを感じていた私は、一度訪ねてみようと思った。実はそのころ、禎二には言えない悩みを抱えていた。義母を訪ねるのが辛くなっていたのだ。

義母のお世話はお手伝いさんがしてくれるので、私は様子を見に行くだけでよかった。介護でご苦労なさっている方が多い中で恵まれている、と感謝すべきだったが、顔を出しても毎度似たり寄ったりの話しかなく、だんだん気詰まりを感じるようになっていた。

自由気ままに育ち過ぎ、また夫も優しかったので、自分では気づかないうちに、わがままになっていたのだろう。しかしいくら反省しても、心は重かった。私はすがるような気持ちで、その翌週から教会に行くようになり、キリスト教の勉強を始めた。

もともと出来がよい方ではないので、どこまで理解できたかは疑問だが、教えを知るにつれて少しずつ心が軽くなった。どんな人間も主は見捨てたりせず、見まもっていてくださるという教えに、救われる思いだった。そして何より嬉しかったのは、義母の家に喜んで行けるようになったことだ。

私は禎二に洗礼を受けたいと告げた。禎二は私の意志を尊重して、賛成してくれた。もしかしたら、私が義母のことで悩んでいたのを知っていたのかもしれない。

教会に通いはじめて半年後、大勢の信者が見まもる中で洗礼式が行なわれ、禎二も出席してくれた。洗礼を受ける人には、代母と呼ばれる宗教上の母親がかならずいたが、知的で温かな人柄の浅野淑子さんが私の代母になってくださり、五十八歳にしてクリスチャンになった。

インドネシアから帰国すると、年老いた義母の近くということで夫は姫路に職を得た。写真は花の季節、自宅近くの姫路城で。

　義母は私がクリスチャンになったことについて、何も言わなかったが、教会に誘ったら、

「へぇ、もうよろしい。キリストの神さんに、よろしゅう言うといて」

と言われてしまった。義母は香枦園の近くにあったえびすさまの『笹持ってこい』に、よく行っていたようだ。信仰は自由なので、私もそれ以上は勧めなかった。

　クリスチャンになってから、教会で執り行なわれる結婚式のお手伝いをするようになり、聖歌隊にも入った。それがきっかけで、いつも美しい賛美歌を聞かせてくださる平松敏子先生が、ご自宅で開かれているコーラスの会に誘ってくださった。平松先生は姫路の有名人で、芸大を卒業して県立

の女学校で教えられ、退職後は歌が好きな方たちにコーラスの指導をなさっていた。

私はピアノを少し習っただけで、結核になってからは大きな声で歌った経験もなく、もっぱら聴《き》く方専門だった。自信はまったくなかったが、大勢の方と一緒に歌うのは楽しそうだったので、お言葉に甘えてお邪魔した。

ところが、いきなりテストをすると言われた。形式的なものだったらしいが、抜き打ち試験をされた生徒のように緊張してしまった。それでも平松先生が弾かれるスタインウェイのピアノの伴奏に合わせて、精一杯声を張り上げて歌ったら、合格点をくださった。

私は補欠で入れていただいたと思っていたので、皆さんの足を引っ張らないように一所懸命練習に励んだ。練習はハードだったが、小柄ながら華があり、失礼を承知で申し上げれば、どことなく可愛らしい平松先生に、お会いするのが楽しみだった。

教会での活動を通して、私より十歳も若い中嶋洋子さんともお友だちになれた。外見も性格も可愛い方で、お揃いの真っ赤なレオタードを着て一緒に体操を習い、お昼は彼女の手料理をご馳走になった。

また五軒邸では同じマンションに住んでいらした、優秀なお医者さまの小西靖彦さん、弥生さんご夫妻が親しくお付き合いしてくださった。おふたりは美男美女の理想的カップルで、赤ちゃんの靖弘くんは天使のように可愛く、私たち老夫婦に喜びを与えてくれた。

キリスト教と新たな友人の出現で、水を得た魚のように元気になった私は、家に勧誘に来たＩＴＣという、話し方を勉強する会にも入った。

お喋りのくせに、要領よく話ができないのが悩みの種だった。あれもこれも一度に話そうとするから、話があっちこっちに飛んでしまい、聞く人はくたびれ果て、肝心の言いたいことも十分伝わらなかった。

会に入ればこんな私でも、少しは上手く話せるようになるのではないかと思ったし、勧誘にいらした大谷清子さんの陽気で、ユーモア溢れるお人柄にも惹かれた。後に会の方から伺ったところ、大谷さんは神戸大学教授の未亡人で、家裁の調停のお仕事をなさっていたことが評価されて、勲章を授与されていた。

ITCのレッスンは〝ペットについて、ひとり三分間〟という具合に、話すテーマと持ち時間を決めて行なわれた。しかし、ほとんどが主婦だったので、話す訓練を受けたことがない人が多く、

「あのぅ……」といったまま言葉に詰まる人、肝心なテーマには触れず、話し下手の言い訳だけで終わる人、途中で突然テーマが変わる人、話が上手くて笑わせるが、時間をオーバーしてしまう人など、まさに十人十色の話術が繰り広げられた。

難しく考えずに皆で楽しもう、という発想ではじまった勉強会なので、失敗しても和気あいあいとした雰囲気だった。私は以前より要領よく話せるようになったかな、という程度でやめてしまったが、持ち時間が五分、十分、二十分と次第に長くなり、テーマも難しいものに挑戦するなど、貴重な体験をさせていただいた。

大谷さんは生涯学習の英語教室にも通われていて、姫路城を訪れる外国人に観光案内をす

るボランティアをなさっていた。私も英語を習っていたことを話すと、教室に誘ってくださったので、また英語を習いはじめた。

英語教室では津田久美子さんと上野信子さんが、お友だちになってくださった。笑顔を絶やさない頑張り屋さんの津田さんは、姫路駅近くにある写真館の奥さまで、外国人のお客さんに応対するために英語を習っていらした。また写真の専門家だけに、カメラを構えるときは両足を踏ん張ると、綺麗に撮れるなど、的確なアドバイスをしてくださった。

若奥さまの上野さんは諒ちゃんという可愛らしい赤ちゃんがいて、私も会うのが楽しみだった。帰京してからも家族の写真入りの葉書を毎年送ってくださるので、諒ちゃんが小学生になって、愛らしい妹も出来た様子を懐かしく拝見している。

いろんな方と知り合えたことで、姫路でも充実した日々を送れるようになり、東京に帰らなくてよかった、と心から思えるようになった。

しかし義母は日に日に弱って行き、自宅での生活が難しくなったため、近所の海辺に面した病院に入院することになった。できる限りお見舞いに行くようにしていたが、付添いさんに、

「寂しい、寂しい」

としきりに訴えていたそうだ。そして入院して三ヵ月後、朝食をとっている最中に、突然意識を失って倒れた。

病院から知らせを受けた私は、すぐに禎二に電話をして、連絡が取れない義兄に電報を打

ってから駆けつけた。義母は意識不明で間もなく昏睡状態に陥り、義兄の到着を待つことなく、禎二に看取られて亡くなった。享年八十四歳だった。

「寂しかったろうな」

禎二は涙を流しながら言った。一家の大黒柱として働きつづけた義母は、本当に立派だったと思う。しかし、胸の内はどうだったのだろうか。結婚式の献立を嬉しそうに見せていた義母の姿を思い出すたびに、言葉にならない気持ちがこみ上げてくる。

義母の死後、家には衣装の山が残された。着物をこよなく愛していた義母は、病床にあっても高島屋の老番頭の株元さんを呼んで、新しい着物を仕立てていた。

「なにしろ呉服屋の娘だからな」

禎二は笑っていたが、義姉と私は途方に暮れた。義姉は大柄、私は中肉中背で、小柄だった義母の着物は着られなかった。しかし処分するには忍びず、株元さんにお手伝いいただいて、お形見分けすることにした。

どれも品物がよく、手入れが行き届いていたので、送り先は八十軒にも上った。私もお納戸の地色に、おすべらかしの女御のかるたが散っている、名人の上野さん作の綴の帯をいただいた。全通しではないため、前にあるはずの柄が横に来てしまい、実際に締めることはできなかったが、義母だと思って大切に保管している。

病床からの気づかい

義母が亡くなった翌年の昭和六十一年（一九八六年）、禎二は相談役に退き、月一回会社に行くだけになったので、東京に戻ることにした。しかし、あれほど帰りたいと思っていた私が、八年間も暮らしているうちに、すっかり姫路が好きになっていた。

今もカメラを持って禎二とよく遊びに行っていた姫路城が、テレビの時代劇などに出てくると、姫路での日々を思い出す。姫路に行かなかったら、義母の最期に間に合わなかったかもしれない。キリスト教に出会うことも、多くの素敵な方々と知り合うこともなかっただろう。私の人生に新たな一頁を与えてくれた姫路は、第二の故郷だと思っている。

帰京後もお嬢さんのかおりさんが結婚されて、東京に住んでおれられる中嶋さんとは、上京されるたびにお目にかかり、私までお嬢さんご夫妻の親孝行にご相伴させていただいた。また教会で活躍されている、明るく朗らかな久芳節子さんを明石まで訪ねたりもした。

他の方たちにもお会いしたいと思いながらも、なかなか実現できないのが残念だ。近いうちにぜひ皆さんのお顔を拝見しに行きたいと願っている。

一方、久しぶりに我が家に戻った禎二とは、これからふたりで老後を楽しもうと語り合った。ところが激務の疲れが出たのか、三ヵ月ほどしたころから咳が止まらなくなり、病院に行ったところ、膿胸《のうきょう》と診断された。

すぐに入院したが、結核を併発してしまい、検査につぐ検査と大手術で、二十キロも痩せてしまった。そのうえ、手術が成功したにもかかわらず、転院先でふたたび病状が悪化した。お医者さまはもう一度手術をしても、治る可能性は五分五分だが、すべきだと主張なさった。私は迷った末に同意した。万にひとつでも望みがあるのなら、手術に賭けてみようと思ったのだ。

入院をしている間、徹平がよく見舞いに来てくれた。徹平は私たちがジャカルタから帰国した直後、父親に自分の勝手を詫びた。大学卒業後は小さな劇団の演出家をしていたが、それだけでは食べていけず、さまざまなアルバイトをしているようだった。

禎二は姫路にいたころ、旅公演の途中に徹平が立ち寄ると、演劇仲間たちにご馳走して、生野にある会社の寮に泊めたりした。そして生活の足しになればと思い、徹平に喫茶店を持たせた。

徹平は東中野駅前にあったその店に、『パペット』と名づけた。操り人形という意味だ。幼いころの徹平は手のかからない素直な子だったが、本人にしてみれば、親の言うなりになっていただけで、そんな自分を皮肉って名前を付けたのかもしれない。

お店は結構繁盛していて、劇団の男の子たちのアルバイト先にもなっていたが、長居する客が多かったので、あまり儲からなかったらしい。病床の禎二はそんな徹平に、

「親孝行する気があるなら、せめて結婚してくれ」

と言った。数日後、徹平は劇団で女優をしている、巳園という女の子を連れて見舞いに来た。気立てのよさそうな子で、禎二も私も安堵した。

それから半年後、ふたりは東京に戻って来てから、私が通いはじめた世田谷の松原教会で、クリスチャン神父さまに結婚式を挙げていただいた。残念ながら禎二は出席できなかったが、

多くの友人たちに祝福された本当によい式だった。

教会の二階でささやかな披露宴を催した後、ふたりは神戸へ新婚旅行に発ったが、父親のことが心配だったらしく、徹平は旅先から何度も電話を入れてくれた。そして帰京すると、徹平夫婦の申し出で同居をはじめた。

禎二の容体ははかばかしくなかったが、しきりに家へ帰りたがった。私も十二種類もの薬を投与する治療方法に、疑問を感じていたので、思い切って主治医に尋ねた。

「本当に必要な薬は、何種類なんでしょうか」

「我慢強ければ、三種類でいいんですけどね。不定愁訴が多いから、薬が増えるんですよ」

主治医の言葉に驚いた。患者は医者しか頼る人がいないから、いろいろ訴えるのだ。そうなる理由をきちんと説明してくだされば、病人は薬を飲まずに頑張るはずだ。医者との間にその程度の信頼関係もないのか、と思ったら情けなかった。

それに薬害も心配だった。私が椎間板ヘルニアで入院したとき、薬の使い過ぎで顔が紫色に腫れ上がり、呼吸困難に陥ったことがあった。薬が病気を増やすこともあるのだ。

私は禎二を退院させる決心をした。もう二度と入院させていただけなくても、たとえ寿命が半年縮んでも、禎二の望み通りにするつもりだった。

退院に先駆けて、まず家の改築に取りかかった。ずっとベッドを愛用していた禎二が、

「畳の上に布団を敷いて寝るのも、いいだろうな」

と言っていたので、突貫工事で二階の洋間の寝室を和室に変えた。そして得意の麻雀を息

子夫婦に教えるために、隣の六畳には電気の掘炬燵をしつらえ、朝風呂が好きな禎二が、寝たまま入れるように、浴槽も大きな桧のものにして、風呂場には手すりをつけた。

暑い夏の日、禎二が約八ヵ月ぶりに帰ってきた。自力で呼吸ができなかったので、二階の洗面所に酸素ボンベを置いて、そこから十メートルの管を引き、口元の酸素吸入器にセットした。歩くのはもちろん、座っていることすらできず、布団に横たわっているしかなかったが、禎二は嬉しそうだった。

しかし、すっかり体力が落ちていたため、段差がない布団では立ち上がれなかったため、慌ててセミダブルのベッドを買い求めた。またタオルケットでは重くて、ベッドからずり落ちるたびに、痛くて泣かんばかりだったので、薄くて軽い綿のキルティングを掛けるようにした。

掘炬燵はニコニコしながら眺めているだけで、麻雀はとてもできそうになかったが、お風呂は胸をビニールで三重にカバーして、私の手を借りながら入ることができた。

「来客のときは、玄関からまず風呂場に通すといいよ」

禎二は上機嫌で冗談を言った。いつも機嫌よくしていたが、テレビを見るくらいしか楽しみがなく、起きている間中点《つ》けていた。

禎二が退院してから三ヵ月ほどしたころ、寛子・リーさんから帰国したとの連絡があった。明るく気さくな寛子さんは、インドネシアにいたときに知り合った、中国系インドネシア人実業家の奥さまで、一緒にゴルフをしたり、小学生だった息子のエドワードくんと、二歳くらいだった娘のパトリシアちゃんを連れて、遊びに来てくださったりしていた。日本に戻ってからはすっかりご無沙汰していたが、禎二の病気を伝えると、寛子さんはとても驚かれて、

「名古屋在住の漢方の先生を同行して、すぐに伺います」

とおっしゃった。その言葉通り翌日には、若くてスマートな原徹治郎先生と一緒にいらした。原先生は病院でいただいた薬を調べるために持って帰られ、つぎの日には漢方薬を送ってくださった。

それからは四日ごとに先生に病状を伝え、そのつど漢方薬が届けられた。先生のアドバイスに従って、三十種類の野菜を入れたスープも毎日作って食べさせた。味は変えたものの、代わりばえしない食事で、禎二が可哀そうだったが、本人は不満ひとつ言わなかった。

寝ているだけの禎二の話し相手をできるだけしていたものの、毎日が目のまわるような忙しさだった。薬や食事の支度に加えて、禎二がトイレに行くのを手伝い、お風呂にも入れなければならない。寝るときも夜中に禎二がトイレに行きたくなったら、手をちょっと動かせばすぐ分かるように、ベッドの横に布団を敷いて、禎二と自分の手を紐で縛った。

それでも辛いと思ったことは、一度もなかった。病気や怪我で何度も心配と迷惑をかけたのに、禎二は忙しい仕事をこなしながら、私を労《いたわ》って一所懸命励ましてくれた。それを思えば、私の苦労など大したことはなかった。禎二のためなら、どんなことでもしたかった。

しかし、忙しさにかまけ過ぎたようだ。バタバタとしている私を禎二が呼び止めて、

「今年のファッションは、鬼婆スタイルなのかい」

と笑いながら言った。ボサボサの白髪頭に、化粧気はなし。着るものも動きやすさ優先で、見た目はどうでもよくなっていた。だが、これでは妻失格である。それからはオシャレとまではいかなかったが、小綺麗にするように気をつけた。

ところが、夏が終わり秋も深まって来て、朝夕冷え込むようになると、今度は手が荒れてガサガサになってしまった。食が細くなっていた禎二が、ちゃんと食事をしたときは、おでこを撫でてお利口さんをしていたのだが、そんな手では触れられないので、インドネシア式に頬と頬をくっつけた。禎二はすぐさま私の手に目をやって、

「酷いことになっちまったな」

と悲しそうに言った。そして少しでも私の負担を軽くするために、食器洗い機のカタログを取り寄せて買ってくれた。効果はてきめんで、私の手はすっかり元通りになった。

「食器洗い機は大成功だったな」

禎二は私の手を見るたびに、満足げに言った。病床にあっても私を気づかってくれる、本当に優しい夫だった。

あなたの言葉に励まされて

その年の暮れは、周平夫婦が二年ぶりに休暇をいただいて、ハンブルグから帰国した。お正月は徹平夫婦に周平一家も加わり、禎二を囲んで賑やかに迎えた。大家族で暮らすのを夢見ていた禎二は、一階の食堂まで降りて来て、いかにも嬉しそうにお年玉を全員に配った。

胸の傷がいつまでも痛々しかったが、血色はよく白髪も私の方が多いくらいだった。とはいえ、やはり長く起きていることはできず、お正月も終日テレビを見て過ごした。

だが、どのチャンネルも新年早々から四六時中、昭和天皇のご病状を伝えていた。どんな気持ちで禎二が、それを見ているのかと思うと、いたたまれない気持ちになった。

世の中、健康な人たちばかりではないのだ。いったいあそこまで、しつこく報道する必要があったのだろうか。病人に対する配慮が欠けているように思え、私は怒りすら覚えた。

そして正月七日、昭和天皇が薨去《こうきょ》され、翌八日から元号が平成に変わった。私はその日、盛田夫婦の金婚式に招かれていた。禎二をひとりにするのは心配だったが、姉たちは、

「半日だけなんだから、たまにはお嫁さんに任せていらっしゃい」

と言った。禎二も行ってくるように勧めてくれたので、顔だけ出すことにしたのだ。何を着て行こうかと迷っていると、禎二が、

「膝のところに鴛鴦《おしどり》の刺繍がある、金茶地の訪問着と白地の帯がいいよ」

と言った。訪問着は仕立てたままで、しつけも取っていなかったので、それをほどきはじめたものの、どうしてもいく気になれなかった。

「やっぱり徹平に行ってもらうわ」

私がそう言うと、禎二はホッとしたような顔をして、

「それは嬉しいね」

と言った。そして私の顔をじっと見つめて、

「陛下も薨去《こうきょ》されて、楽になられた。俺も十分苦しんだよ。我々の時代は終わったんだね。できたら今日、死にたいよ」

静かな口調で言った。顔は微笑んでいたが、目は笑っていなかった。

「春になったらハンブルグへ遊びに行くって、周平と約束したじゃない。元気を出して」

私は必死に禎二を励ました。いつになく弱気な禎二が、心配でならなかった。そばを離れがたくていつまでも二階にいると、徹平が食事をするように呼びに来た。禎二も、

「食べておいで」

と言うので食堂に行った。切ない気持ちで箸を取ってひょいと見回すと、禎二以外の家族全員が揃っていた。

「パパをひとりにして駄目じゃない」

思わず尖った声を出した。周平があわててバタバタと二階に駆け上がったが、

「あっー！」

という叫び声とともに、転がるように戻って来た。

「息をしていない」

真っ青な顔で立ち尽くす周平を押しのけて、二階へ行った。禎二は胸の上で手を組んで仰向けに横たわり、酸素吸入器がはずれかけていた。

救急車を呼び、駆けつけた隊員の方が、その場で三十分間ほど懸命に人工呼吸をしてくださったが、片肺と肋骨を切り取っていたため血圧は下がる一方で、ついに心臓が完全に止ま

ってしまった。

私はまた大事な人の最期に、間に合わなかった。なぜ、食事なんかする気になったのか、悔やまれてならなかった。二度目の手術をしなければ、あれほど辛い思いをしなくてすんだかもしれないと思うと、胸が張り裂けそうだった。

「快方に向かっていると聞いていたのに……」

駆けつけた義兄はそう言って絶句したまま、いつまでも禎二の顔を見ていた。原先生も名古屋から駆けつけてくださり、

「もう半年早く診察していたら、助けられたかもしれない」

と言って、涙を流しながら残念がられた。

「直る、頑張る」

禎二はそう言いつづけていた。よくなったらバンガンスベルケ神父さまに、洗礼していただくのが禎二の願いだった。私が洗礼を受けてから、禎二もいつか洗礼を受けたいと言うようになっていたが、仕事が忙しくて洗礼のための勉強をする余裕がなく、やっと時間ができたと思ったら、発病してしまったのだ。

それでも希望は捨てていなかった。松原教会のクリスチャン神父さまが見舞ってくださるとおっしゃったときも、自分で歩いてお伺いすると言ってお断わりした。

その松原教会の主任司祭でいらっしゃるC・スメット神父さまに禎二の死をご報告すると、

「洗礼を受けていなくても、彼は立派なクリスチャンだった」

と言われ、ヨゼフという洗礼名をくださった。

「俺はまだ洗礼はしていないが、葬式はカトリックがいい。その辺のおじさんが死んだ、という感じでひっそりとね。ただ、あの美しい賛美歌だけは頼むぜ」

1991年1月8日、三回忌に際し五日市のカトリック霊園で。右3人目が著者。今も耳に残る夫の言葉に励まされて生きている。

まだ元気だったころ、禎二は冗談めかして言っていたが、自宅で行なわれた通夜にはスメット神父さま、歌の上手な山形伸子さんとブラザー、そして大勢の方たちが来てくださった。

教会で行なわれた葬儀にも、業界紙で禎二の死が報じられたため、昔の知人や先輩、後輩の方々がいらしてくださり、参列者は三百人ほどを数えた。

ひっそりとはいかなかったが、多くの方々に見送られて、天国でテレ笑いを浮かべながら、喜んでいたのではないだろうか。荘厳で美しい賛美歌にも、きっと満足してくれたと思う。

「お前さんのよいところは、偉くなれと亭主の尻を叩かぬこと」

「病気が直ったら、今度こそお前さんと一緒に遊ぶよ」

「お前さんと一緒になって、退屈しなかったよ」

禎二の声が今も耳に残っている。禎二はNHKの墨絵講座に申し込んでいた。道具一式が届き、私を銀座の鳩居堂まで行かせて、絵を描くための筆も揃えた。しかし筆を握ることは、ついに一度もなかった。

いつも仕事のことが頭にあって、本当にやりたいことを何ひとつできないまま、禎二は逝ってしまったような気がする。私はそれが無念でならないが、六十七年間の人生は誇り高く、真摯《しんし》に生きた一生だったと思う。徳光さんがおっしゃったように〝俺のようによい奴〟だった。

禎二は今も私の十字架になっている寛とともに、五日市のカトリック霊園に眠っている。姫路で知り合った斉藤さんもカトリック信者で、たまたま葬儀直後にお電話をいただき、そのときにご紹介くださった霊園だった。

最後に禎二への感謝の詩を捧げたい。

涙の渕から拾い上げて
あなたはあの時、教えてくれた
楽しく暮らし、生きることを
そうして十分生きました

やがてあなたは病気して
先に行くよと逝ってしまった

残された私はまた涙
ともに過ごした歳月を
退屈せずに暮らしたと
あなたの言葉に励まされ
私は明るく生きてゆく
元気を出してきたのです

そのあと、私はいろいろと
覚えて学んでいるのです
あなたの道具で絵を描き
俳句もやっているのです
泳ぐことや潜ることも楽しくて
元気なおばあさんをやっています

第九章　ふたたび矢本へ

鎮魂の旅へ

平成七年（一九九五年）四月、私はかつて晩翠軒の喫茶店があった場所に店をかまえる、虎ノ門書房まで行って『くちなしの花』を買い求めた。赤坂で数江さんたちと会食した際、光人社さんから出版される旨を伺ったので、その帰りに立ち寄ったのだ。家に戻ると自室に籠もって、一気に読み上げた。すでに五十年の歳月が流れているというのに、あのときの悲しみが昨日のことのように甦ってきて、それからというもの眠れぬ日がつづき、食べ物も喉を通らなくなった。

徳光さんを亡くして、悲しみのどん底に突き落とされた私は、その後、禎二に巡り合い、彼の大きな愛に癒《いや》されて、幸せな結婚生活を送ることができた。私にとって禎二はかけがえのない人だったが、そうであればあるほど、終戦の四ヵ月前に二十四歳の若さで、この世を去った徳光さんが、可哀そうでならなかった。

徳光さんは過酷な軍隊生活を送りながらも、最後まで人間としての優しさを失わず、平和で自由な世界が訪れる日を夢見ていた。だが、本土をサイパンのような激戦地にしないためには、自分の命を捧げるしかないと一途に思いつめ、ご自分の任務を立派に果たされたのだった。

私はそんな徳光さんの魂の美しさを間近で見ていた。それだけに彼の無念を思うと、辛く悲しかった。幾ら年月を重ねても、悲恋に終わった初恋の相手として、思い出の一コマに収めることはできなかった。

『くちなしの花』を読んで以来、その思いは深まるばかりだったが、同時に新たな喜びと希望も見い出していた。東洋大学助教授の石垣貴千代さんが、ご紹介していらした学生さんの感想文は、

「徳光さんのお気持ちは、よく分かりますよ」

と語りかけてくださるような気がして、とても嬉しかった。私はずっと自分に言い聞かせていたのだ。すべては昔話で、私の少女時代のことなど、どなたに話しても分かってはいただけない。母と夫だけは理解してくれていたのだから、それで十分だと。

でも、それは私の勝手な思い込みだった。お若い方たちの中にも、共感してくださる方がちゃんといてくださった。無言の声援を受けたようで本当に励まされ、そのお蔭で矢本にひとりで行く決心もついた。

徳光さんを失ってから矢本はもちろん、仙台にすら行ったことはなかった。とても懐かし

む気持ちにはなれず、近くまで行く機会があっても、訪ねることができなかったのだ。

しかし一方では戦後五十年、もし生き延びられたら、徳光さんの命日に矢本を訪れよう、と密かに思いつづけていた。結核で一度は死を宣告された自分が、長生きできるとは思っていなかったのに、そんな決意をしたのは、あの戦争で生き残った人間が、多かれ少なかれ抱いている負い目のようなものを感じていたからなのかもしれない。

だが、ひとりで行くのは恐かった。またあの悲しみが襲ってきたら、耐えられるかどうか自信が持てなかった。私はジャカルタから帰国した直後、禎二に同行してくれるようにお願いした。

夫に頼むなんて非常識だ、と思われる方がいらっしゃるかもしれないが、矢本訪問は愛しい人に会い行くのではなく、戦争で亡くなった徳光さんに対する鎮魂の旅だった。禎二は私の真意を理解し、快諾してくれた。

しかし、道連れとなるはずの禎二は天国に召され、私はまたひとりぼっちになった。さらに阪神・淡路大震災も起きて、とても旅立つ気になれず、またいつか機会を見てと思っていたが、自分の気持ちに区切りをつけるためにも、行くべきだと思うようになった。

そんな矢先に数江さんが、松島航空隊にいらした方々が書かれた『鎮魂と回想』から、徳光さんに関する部分をコピーして送ってくださった。〝十三期宅嶋中尉と謎の着陸〟と題するその一章には、予備学生十四期操松島空・犬塚長さんによる達意の文章で、徳光さんとの二回の同乗訓練の様子と、仙台の針久で徳光さんに会ったときの思い出が綴られていた。

徳光さんからときおり、飛行した際のお話を伺っていたが、犬塚さんの生き生きとした描写は、生前の彼の姿が見事に捉えられていた。私は徳光さんを理解してくださる方が、またひとり増えたと思って嬉しくなった。

同封されていた数江さんからのお手紙には、石垣先生が私に会いたがっていらっしゃるとも書かれ、電話番号が添えられていた。徳光さんのご遺稿を外国の学生さんにまでご紹介してくださった石垣先生に、私もぜひお会いしたいと思い、さっそくお電話してご自宅に伺った。

石垣先生は気さくに接してくださって、先生と呼ばないで欲しいとおっしゃった。それゆえ、これからは貴千代さんと記させていただくが、想像していた通りの聡明な方で、松島空のこともいろいろ調べていらっしゃるようだった。

私はだれにも告げずに矢本を訪れるつもりでいたが、思わず貴千代さんにお話したところ、同行したいとおっしゃって、一緒に行くことになった。また犬塚さんをご存じとのことで、ご本人にお目にかかれるように、取り計らってくださった。

犬塚さんとは皇居近くの如水会館でお会いした。初対面にも関わらず、文章を拝読していたせいか、懐かしい方に再会したような気がした。

ご挨拶もそこそこに、当時のお話を伺ったところ、犬塚さんは昭和二十年（一九四五年）六月一日に、墜落事故に遭って大火傷を負い、六年間も療養生活を送られたそうだ。優しげな眼差しで静かに語られるご本人を前にして、どんなに辛く苦しかったことかと思い、胸が痛んだ。

徳光さんとはわずかな接点しかなかったとおっしゃったが、航空機事故の恐さを身をもって経験なさっているだけに、徳光さんの気持ちがお分かりになるようだった。私は犬塚さんのお話を伺いながら、その透徹した眼で徳光さんの本質を理解してくださっていると確信した。

ただ昔のことゆえ、食い違いもあった。終戦の年の四月初め、犬塚さんが面会にいらした母上さまの宿泊先である針久を訪ねたところ、徳光さんがイライラしながら、私のことを待っていたそうだ。しかもそのときは軍服ではなく、私服だったという。

しかし私はその日に、お会いする約束はしていなかった。その際、徳光さんが母上さまに、私への手紙を託されたと言われたが、それも受け取っていなかった。

どこで行き違いが生じたのか、今となっては調べようもなく、またそれが分かったところで、どうなるものでもない。ただ、四月九日に徳光さんが亡くなったことを思うと、会えなかったのが残念でならない。いつも軍服姿だった徳光さんが私服を着ていたのは、私をどこかに連れて行ってくださるつもりだったのかもしれない。

もし天国の徳光さんとお話ができたら、ぜひお伺いしたいところだが、それは叶わぬ夢。それにたとえ会えていたとしても、あの事故を避けることはできなかっただろう。神さまがお決めになられた結末だったのだ、と思って諦めるしかない。

犬塚さんは徳光さんが亡くなられてから、私が犬塚さんの母上さまと文通していたとも言われた。ところが当の私は、いくら思い出そうとしても覚えがなかった。あの事故から終戦までの記憶が、ほとんどないことをお伝えしたものの、犬塚さんにも母上さまにも申し訳なく、いまだに何も思い出せないことにもショックを受けた。

犬塚さんはそんな私を気遣い、慰めてくださった。そのうえ、徳光さんの遺品を手渡してくださった戦友の方の写真をお見せしたところ、

「私は見覚えがありませんが、戦友の中に知っている人がいるかもしれないので、聞いてみます」

と言ってくださった。私はこのとき、小谷野さんのお名前を存じ上げなかったので、犬塚さんならご存じかもしれない、と思って持参しただけで、そこまでご面倒をおかけするつもりはなかった。しかし、犬塚さんがあまりにも快《こころよ》くおっしゃってくださるので、つい甘えてしまって、恐縮しながらも写真を託した。

貴千代さんと犬塚さんにお会いして、すっかり元気を取り戻した私は、矢本訪問の準備に取りかかった。徳光さんと楽しいひと時を過ごした針久にも行きたかったので、絵を習っている武田先生にお願いして、仙台に住んでおられる叔母さまに調べていただいた。しかし、すでに針久はなく、女将さんも八年前に亡くなっていた。

それでも諦め切れず、旅館があった場所だけでも訪ねたいと思って、市役所に問い合わせた。応対してくださった武田敏子さんは、針久跡地に赤丸を貼った現在の地図と、昭和十三年の仙台市街地図のコピー、さらに仙台と矢本のパンフレットを送ってくださった。

だが、武田さんが示された場所は、私の記憶とは違っていた。電停があったところから遠すぎるのだ。犬塚さんにも見ていただいたら、やはり違っていると言われた。

矢本の松島航空隊もパンフレットを見ると、今は自衛隊の基地になっていて、例年八月下旬の日曜日には一般公開され、ブルーインパルスの航空ショーなどを披露していた。この時期は全国から航空ファンが集まるため、宿の確保が難しそうだったので、七月末に行くことにした。

ところが、この年は気象条件を考慮して、航空ショーは七月末に変更され、既にどこの旅館も満室だった。仕方がないので八月末に変更して、昔泊まったことがある三好旅館に予約を入れた。

矢本に行ったら、『鎮魂と回想』に記述されていた、隊内にある慰霊碑にもお詣りしたかったので、航空自衛隊松島基地にも電話をした。突然、おばあさんがノコノコ訪ねて行っても、許可していただけないと思ったからだ。しかし、応対された自衛官の方はいとも明快に、

「お詣《まい》りはいつでも、どうぞいらして下さい。世話人がいて、そちらでいろいろとお世話することになっています。電話番号を申し上げますので、控えてください」

とおっしゃった。さっそく、教えていただいた小野健三郎さんにご連絡したら、

「いつでもどうぞ。日時が決まったらご一報を」

これまた明快なお返事をいただいた。あっけないほどトントン拍子に事が進み、旧軍隊の厳しい規律しか知らない私は、信じられない気持ちだった。

一方、徳光さんの遺品を手渡してくださった、戦友の方の捜索は難航していた。犬塚さんは写真をコピーして、十三期と十四期の方たちに送ってくださっていたが、

「操縦だ」「偵察だ」「いや、整備だ」とさまざまな意見が噴出して、なかなか真相が分からなかった。犬塚さんも困り果てていらっしゃるご様子だったので、「もう十分です。有り難うございました」と申し上げたが、

「口惜しいから、もう少し探します」

とおっしゃった。何しろ五十年もたっているので、何もかもすっかり変わってしまって、人の記憶も曖昧になっていた。私は半分諦めかけていたが、矢本に立つ前日に、千葉に住んでおられる小谷野勝さんであることが判明した。

犬塚さんのご尽力には、お礼の言葉もなかった。本当にお世話になりっぱなしで、矢本に行った際に案内をしてくださる、石巻在住の十四期生・北村光治さんまでご紹介してくださった。

色々とお心遣いくださる犬塚さんの優しさに感謝しつつ、私は貴千代さんとともに東京を発った。できる限り五十年前と同じ旅がしたい、という貴千代さんの希望で、福島県原ノ町までは常磐線の快速に乗り、そこからは各駅停車の電車に乗り換えて仙台まで行った。

しかし、五十年前のような旅情は味わえなかった。乗客の姿も車窓から見る風景も違っていて、時の流れを実感させられ、二泊三日の旅がどうなるのか、不安ばかりが先に立った。

ところが、旅先では思いもかけない出来事の連続で、心に残る素晴らしい旅となった。徳

光さんが亡くなって以来、日記は二度とつけないと誓っていたが、犬塚さんにご報告するために、旅の間だけ書いていたので、それをもとに旅の様子をお伝えしたい。

素晴らしい旅の記録

八月二十一日

矢本に到着したときは、すでに真っ暗だった。駅に降り立ったら泣き出すのではないかと思っていたが、心底ホッとしたのには自分でも驚いた。やっと矢本に来ることができて、肩の荷が降りたような気持ちだった。

ここに来る前に仙台に寄って、針久があった場所に行って来た。朧気《おぼろげ》な記憶を頼りにウロウロと捜しまわった挙句、ようやく見つかったが、大きなビルが建っていて、一角に小さなお稲荷さんがあるだけだった。周囲を見回しても昔の面影はどこにもなく、予想されていたこととはいえガッカリした。

その点、矢本は地方都市の仙台と違って、五十年前とあまり変わっていないようだ。事故が起きた日とそれ以前に一度来たきりなので、記憶が定かではなく、三好旅館も改築されていたため、それほど懐かしいという気はしなかった。

旅館に着くと、小野さんと北村さんから連絡が入っていたので、おふたりに電話をした。明朝、小野さんが車で迎えに来てくださるとのこと。北村さんとは九時に、松島基地で待ち合わせることになった。

ところが電話をして間もなく、小野さんの奥さまからお電話をいただいて、明日の打ち合わせをするために、小野さんが旅館に向かったと言われた。思っていたより訪問が早く、私たちが旅の汗を流している間にお見えになられて、お待たせしてしまった。

小野さんは座布団にも座られず、きちんと正座してお話なさった。下士官のベテラン操縦士だった方で、実に折り目正しかった。それにお若く見えて、七十代かと思っていたら、八十歳を越えられていると聞いてびっくりした。

三十分ほどお話をして帰られ、お土産に矢本の桃をくださった。とてもおいしい桃だった。

八月二十二日

変わらぬ矢本と思っていたが、夜通し車の走る音がして、寝つけずに困った。東京の自宅の方がよっぽど静かで、田舎と都会が逆転したかのようだった。

八時半に小野さんが、車で迎えに来てくださった。基地に行く前に防潮防風林沿いの道をしばしドライブ。朝の空気を切って、素晴らしい道路を貸切り状態で走り、とても気持ちがよかった。

予定通り九時に基地へ到着。寒くて暗いという印象しかなかったが、門をくぐると植え込みがあって、真っ青な夏空の下、清潔な基地がどこまでも広がっていた。

予想もしていなかった明るいイメージに驚きつつ、感無量の面持ちで約束の場所に向かうと、北村さんが若い男性と並んで立っておられた。北村さんは魚網会社の社長さんと伺っていたが、貫禄のあるいかにも社長さんという感じの方だった。

一緒にいらしたのは石巻駐在のサンケイ新聞の記者さんで、辺見清二さんというお名前だ。辺見さんは二十年来、松島航空隊について調べられていて、それを記事にされ、世話人もなさっている由。息子たちと同世代かと思われるが、鼻の下に髭《ひげ》を生やした、人懐《なつ》っこい笑顔に親しみを覚えた。

簡単な自己紹介を終えると、皆さんと一緒に慰霊碑にお詣りした。門を入ってすぐ右手の芝生の上に建てられた慰霊碑には、『松島航空隊、ここにありき』と刻まれてあった。

その奥には殉職者の碑もあり、亡くなった松島航空隊の方々二百二十四名の名前を書いて、中に入れてあるそうだ。徳光さんの名前もそこにあるのだと思ったら、昔のことが一度に甦って来たが、涙は出なかった。思いが叶って安堵した、というのが正直な気持ちだった。

小野さんが用意してくださった花束と、途中で買い求めたお供物を供えて、

（やっとお詣りすることができました）

と心の中で徳光さんに語りかけ、亡くなった方々のご冥福をお祈りして、ふたたび悲しい戦争や航空機事故が起きないようにお願いした。

戦争末期には松空も空襲に遭《あ》って、防戦だけの辛い毎日の中で特攻隊が出撃。残った方たちも飛行機を北海道や山形の山奥に隠すなど、大変なご苦労があったと聞く。前途有望な若者をそんな悲惨な目に、二度と遭わせてはいけないと思った。

念願のお詣りをすませたら、すぐに帰るつもりだったが、自衛隊の佐瀬三尉が迎えにいら

した。第四航空団司令、松島基地司令の佐藤守空将補に、お目にかかれるとのこと。小野さんと北村さんのご配慮だった。思いもよらない事態に、びっくりした。

面会室に通されると、背の高い小島二等空佐が出て来られた。いただいた名刺には〝第四空団司令部管理部長〟と書いてあったが、昔の中佐なのだろうか。

小島二等空佐は二階にある一室に、案内してくださった。そこで来客中の佐藤司令をお待ちしている間、部屋の壁にかかっている絵を見ていた。

大きな横長の額の中に、色とりどりの草花を描いた、葉書大の絵が六十四枚も飾られていて、まるで花園のようだった。しかも見事な写生で、新たな生命を与えられたかのように、生き生きとしていた。感心して見入っていると、

「佐藤司令が描かれた絵です」

小島二等空佐がおっしゃった。まさに文武両道。きっと素晴らしい方に違いないと思った。

小島二等空佐にうながされて、奥の別室に入ると、紛れもないご本人の佐藤司令が、にこやかな笑みを浮かべて立っておられた。佐藤司令は、

「よくいらした」

とおっしゃって、椅子を勧めてくださった。美しい女性隊員の方にお茶を出していただいたが、ヒョッコリお詣りにやって来たおばあさんには、身にあまる待遇のように思え、何だか申し訳ない気持ちになった。そのうえ佐藤司令から、

「自分も操縦するので、亡くなった方々のお気持ちはよくわかります」

と労《いたわ》りの言葉をかけていただいた。小野さんたちから私の事情を聞いていらしたのか、言葉の端端に思いやりが感じられ、とても嬉しかった。

佐藤司令は皆さんと戦時中の話などをしていらしたが、北村さんは旧軍隊を思い出されたのか、少々緊張されているようだった。小野さんはベテラン下士官ここにありという感じで、背筋をピンと伸ばされていた。辺見さんはよくいらっしゃるのか、すっかり馴染《なじ》んでいらした。

しばし楽しいひと時を過ごした後、お忙しい佐藤司令にお暇を告げた。小野さんはそのまま帰れたが、私たちは佐瀬三尉のご案内で、飛行場を見学させていただいた。

昔の戦闘機しか知らない私は、お行儀よく整然と並んでいる、ブルーインパルスの先の尖ったスマートな姿に、改めて戦後五十年たったことを実感。速いだろうとは思っていたが、マッハ（超音速）で飛べば、矢本から羽田までわずか十分と聞いてびっくりした。

「十分では葉書一枚、書けるかどうか」

「松島航空隊、ここにありき」と刻まれた慰霊碑にお詣りし、冥福を祈る石垣貴千代氏（左）と著者――思いがかなって安堵した。

ご自分もときどき偵察で、ブルーインパルスに乗られる佐瀬三尉がおっしゃった。そんな素晴らしい飛行機も、二年後には新しい機種に変わるとのこと。やはり五十年たったのだ。あのころの飛行機は性能が悪く、燃料にも事欠く有り様で、ガソリンの代わりに松根油やアルコール等を使っていたため、飛行機がやられてしまった。また、かなり無理な訓練もしたらしい。

現在は技術が進み、飛行機は改良が重ねられている。しかしその結果、人間の操縦能力の限界を超えてしまうようなことはないのだろうか。飛行士の方たちは、昔とは違った危険に晒されているのではないだろうか。そんな思いが頭を過《よぎ》り、思わず事故が起きないことを祈った。

佐瀬三尉のお言葉に甘えて、お昼は隊でいただくことになった。昼食の時間まで三十分ほどあったので、飛行場と矢本の地形が見渡せる見晴らし台まで行った。

展望台に上がると、眼前に飛行場の全景がひろがり、北上川の河口から石巻の灯台まで一望できた。犬塚さんが書かれていた通りの光景だった。

北村さんと辺見さんの説明を伺いながら、夢中になって見ていたら、約束の時間を過ぎてしまい、慌てて隊に戻ったものの、三十分も遅刻してしまった。小島二等空佐と佐瀬三尉は、門の前で帰りを待っていてくださり、本当に申し訳ないことをしてしまった。

食堂はかなり広くて、一角を衝立《ついたて》で区切ったところに、席が用意されていた。横長のテーブルの向かい側中央に北村さん、その左右に小島二等空佐と佐瀬三尉、手前中央に私、左が辺見さん、右に貴千代さんが座った。

テーブルの上にはすでに配膳がされていて、塗りの小さなお櫃《ひつ》とお茶碗、黒塗りのお盆の上の大皿には、甘酢あんかけの八方菜がたっぷり盛られ、とろみのあるワカメと卵のおすまし、酢の物、漬物、デザートのコーヒーゼリーまであった。

第四航空団司令、松島基地司令の佐藤守空将補を訪問した著者と石垣氏(右)。言葉の端々に思いやりが感じられ、嬉しかった。

どれもおいしかったが、七十歳の私には量が多くて、八方菜は半分、ご飯も軽く一杯しかいただけなかった。でも、他のものは残さずに食べた。

食事中も佐瀬三尉がたびたびお茶を注いでくださるなど、隊の方々は本当に親切にしてくださった。こんなによくしていただけたのは、皆さんのお蔭であり、いい方たちとお知り合いになれたのは、徳光さんのご遺徳の賜物《たまもの》だと思った。

楽しい会食を終えて基地を出ると、仕事場に戻られる辺見さんを見送ってから、北村さんの車で石巻のカトリック教会に向かった。偶然にも犬塚さんと貴千代さんは、私と同じカトリック信者だった。犬塚さんがそのことを北村さんに、伝えてくださったのだろう。重ね重ねの思いがけないご配慮に感激した。

教会は附属幼稚園があって、御堂の佇《たたず》まいが小石川の六儀園そばにある本郷教会に似ていた。私は主とマリアさまに、今回の旅に当たって多くの方からご親切にしていただいたこと、素晴らしい方たちに巡り合わせていただけたことを深く感謝して祈り、千円献金した。

教会のお庭を一巡りしていると、辺見さんがバイクに乗って現われた。ひと仕事終えられたようで、一緒に日和山に向かった。日和山は高度六十メートルくらいで、自宅がある桜ヶ丘よりも低い丘だったが、海風がサワサワと渡って心地よく、素晴らしい眺望だった。

山のすぐ下は石巻の湾、前方に味島など幾つかの島が浮かび、赤い灯台の細部まで見渡せて、港も二ヵ所ほどあった。そして左手には河口がふたつに別れた北上川、右手には松林が連なり、基地の滑走路まで見えた。あの滑走路で徳光さんが、雷撃の訓練をしていたのかと思ったら、何とも言えない気持ちになった。

景色を楽しんだ後、日和山を散策した。一面緑に覆われた日和山にはつつじ、あすなろ、桜の古木などが、あちらこちらに植えられ、春になっていっせいに花をつけたら、さぞ美しいだろうと思った。また斎藤茂吉の碑も建てられていて、昭和六年に訪れたと刻まれてあった。

しばらく行くと、割烹旅館のつつじ園が見えてきた。大火傷で重症を負った犬塚少尉が、日赤病院から移されて、六年間の闘病生活を送ったのがこのつつじ園だった。犬塚さんは今は亡き女将の小松梅子さんと、母上さまの懸命な看病があったからこそ、回復できたのだとおっしゃっていた。

もともとつつじ園は若い海軍士官たちが、休日になると集まってくるところで、お酒を酌み交わしながら、思い思いに畳の上でくつろいでいたそうだ。徳光さんもいらしていたのかもしれないが、私は聞いたことがなかった。

明日、そのつつじ園にお伺いすることになっている。犬塚さんが梅子さんのお孫さんで、二代目の女将さんになられた鳴海田鶴子さんをご紹介してくださり、ご主人が病気で自宅療養中であるにもかかわらず、お茶に招いてくださった。

さらに歩を進めると、芭蕉と弟子の曾良の碑があった。交通手段が発達していない江戸時代に、はるばるこんなところまで旅してきたのかと感じ入った。私も一句詠《よ》もうと思ったが、さまざまな思いが一度に押し寄せてきて句にならず、自分の気持ちに蓋をして山を下りた。

近くの鹿島神社に詣でてから、宿泊先のシーサイドホテルまで送っていただいた。ロビーでコーヒーを飲みながら、北村さんたちとしばし歓談。犬塚さんは北村さんのことを、

「実に素晴らしい、ハートナイスですよ」

とおっしゃっていたが、お話をしながら本当に誠実で温かく、東北人の良い面を持たれた紳士だと改めて思った。

一方、辺見さんはなかなかの熱血漢で情にもろく、老人の話を熱心に聞いてくださった。そのせいか失礼ながら、同世代のような気がしてきて、甘えてしまったかもしれない。そんな辺見さんが書かれた記事をぜひ一度、拝読してみたいと思う。

八月二十三日

いつもより早く目が覚めたので、そっと縁に出て椅子に腰掛けた。下を流れる川を見ていると、貴千代さんも起きてきたので、ロビー横の喫茶店で軽い朝食を取りながら、今日の予定を話し合った。

五十年来の望みだったお詣りができた私は、つつじ園を訪ねたらそのまま帰京してもよいと思っていたが、北村さんと辺見さんが松島を案内してくださるとおっしゃるので、もう一泊することになっていた。松島を訪れるのはもちろん初めてだ。

戦時中は仙台や矢本に来ても、辿り着くだけで精一杯だった。それにのんびり観光旅行をできるようなご時世ではなかったし、徳光さんにお会いできるだけで嬉しくて、どこかに行きたいとも思わなかったが、これで日本三景を全部見たことになる。

十時過ぎ、北村さんと辺見さんが見えられて出発。車が走り出してすぐ、「あれが北村さんの会社ですよ」

と辺見さんが教えてくださった。白い大きな工場で、壁に〝きたむら〟と大きく書いてあった。清潔そうな工場の前方には、何か積み上げてあったが、あっという間に通り過ぎてしまい、それが何だったのか分からなかった。

「どっちの道にしますか」

広い交差点に出ると、北村さんが辺見さんに尋ねられた。

航空自衛隊松島基地、ブルーインパルスの前で。スマートな機体に戦後50年を実感。左から北村氏、佐瀬三尉、著者、辺見氏。石垣貴千代氏撮影。

「川の側を行きましょう」

と辺見さん。川はその昔、石巻から仙台まで荷を運んだ運河なのだろうか。戦時中は海岸線を見ることも禁止されていたので、どうしても地形が飲み込めず、矢本の位置関係も昨日初めて実感できたぐらいだった。

車中では北村さんが辺見さんに、軍隊時代のお話を低い声で訥々と話してらした。聞くともなしに聞いていると、

「いつもはこんなに喋らんのに。軍隊にいたのはわずか一年半くらいなんですがね」

と北村さんがおっしゃった。十四期予備学生出身の士官として矜持《きょうじ》を保ちながら、日々を過ごされて来たのだろう。しかし、お仲間だった犬塚さんのことに話が及ぶと、ふっと声を詰まらせて、

「私たちには負い目があるんですよ」

と漏らされた。軍隊にいらした北村さんは、自分だけ生き残ってしまって、死んだ者たちに申し訳ない、というお気持ちがより強かったのだと思う。禎二も同じ思いを抱いていたのかもしれない。戦争は生き残った者にも、深い心

の傷を残すのだ。辺見さんはお若いのに、私たちの世代の気持ちがお分かりになるのか、目をしばしばさせていらした。

「辺見君は松島空にいた我々より、いろんなことをご存じなんですよ」

北村さんはそうおっしゃった。辺見さんは謙遜していらしたが、きちんと勉強していらっしゃるに違いないと思った。

松島は満潮のときの眺めが一番よい、という犬塚さんのご助言通り、満潮時に松島八景のひとつ雄島に着いた。さすが松島というだけあって、見渡す限り松、松、松……。爽やかな海風が吹いていて、とても気持ちがよかった。

雄島に渡る赤い欄干の橋は、見た目は昔と同じだが、今はコンクリートで作られているという。おふたりの説明を聞きながら、殿方たちに遅れないように、雄島の山路を必死に歩いていたら、急に北村さんが振り返られて、

「ほら、宅嶋中尉がいますよ」とおっしゃった。

「えっ、どこに」

私は思わず声をあげて後ろを見た。むろん、いるはずがない。でも、天国から、

「八重子、よく来たね」

と徳光さんがおっしゃてくださったような気がした。北村さんは写真を撮《と》ってくださったり、以前に隊の方たちと松島にいらしたときの思い出話をされた。

その後、瑞巌寺を拝観。団体客のガイドさんの説明を横で聞いて、ＮＨＫのテレビで放映

された蘭の花が咲く松の木を見てから出てきた。

あっという間に時間が過ぎ、つつじ園に向かった。その途中で辺見さんが、

「飛行機が見えますよ」

と教えてくださった。車の窓越しに空を見上げると、銀色の五機編隊が白い飛行機雲を長く引っ張りながら右へ左へ、左から上へ、さらに下へと、真っ青なキャンパスに刷毛《はけ》で一気に絵を描くように、力強く飛び回っていた。思いがけずスピード感あふれる訓練の様子を拝見できて、嬉しくなってしまった。

ところがどうしたことか、突然、咳が出て止まらなくなった。車の中はクーラーがきいていたが、寒すぎるわけでもなく、原因が思い当たらなかった。

「窓を少し開けて。水分が取れるように、持って歩かんと」

北村さんがおっしゃった。どことなく緊張していて、急に嬉しくなったかと思えば、逆に悲しくなったり、感情の揺れがとても大きかった。

車を止めて、貴千代さんがウーロン茶を買ってきてくださった。それを有り難く頂戴して、咳もようやく治まったころ、つつじ園に着いた。

昔ながらの広い門と前栽を目にして、当時のままの姿で今日までよく残された、とその見識に感心。犬塚さんがご推薦してくださった理由がよく分かった。

大柄で艶やかな笑顔が印象的な田鶴子さんが出迎えてくださり、玄関横の和室に通された。床の間には掛け軸が二本掛かっていて、大きな座卓が置いてあった。私が床の間に一番近い

上座に、ご亭主役の北村さんは末席に座られた。冬はお炬燵になるのか、座卓は掘り炬燵のようになっていた。

ご病人がいらっしゃるのに、お言葉に甘えてお邪魔したことを詫び、病状をお伺いすると、

「意識は戻りましたが、糖尿病もあって」

田鶴子さんは言葉少なにおっしゃった。糖尿病は他の病気が重なると、治療が厄介だと聞く。ご本人のみならず田鶴子さんも、ご苦労をなさっているのではないかと胸が痛んだ。

長居はご迷惑だと思って、お茶をいただいたら、すぐに帰るつもりだったが、心のこもったお食事をいただいて恐縮した。とてもおいしく、田鶴子さんが話してくださった、戦時中のお話も愉快だった。

いつも門限ぎりぎりまで粘る若い士官たちが、あたふたと帰って行ったので、不思議に思った田鶴子さんのお母上が部屋を覗《のぞ》いてみると、幼い田鶴子さんが真っ赤な顔をして、畳の上に引っ繰り返っていたというのだ。士官たちが飲んでいるところに、田鶴子さんがチョコチョコと入って行ったら、だれかが少しお酒が残っているお銚子をくれたので、ゴクゴクと飲んでしまったそうだ。おいたをした士官たちは女将に叱られるのを恐れて、早々に退散したらしい。

「そのときのお酒のお蔭でしょうか、こんなに育ちまして」

田鶴子さんはそう言って笑ってらした。食事が終わると、ご主人が静養されている別棟の玄関を見せてくださった。犬塚氏もここで療養されていたという。つつじ園のご当主の一日

も早いご全快を主とマリア様にお祈りして、その場を後にした。

八月二十四日

今日は貴千代さんと、北村さんにご紹介していただいた淡野商店で笹蒲鉾を買って、宅配便で送ってから、東京に戻る予定だった。ところが十時ごろ、北村さんからお電話をいただき、

「急に仙台まで行く用事ができたので、ご一緒にいかがですか」

と言われた。わざわざご用を作られたのではないかと思ったが、当たり前のようにおっしゃるので、ふたりともお言葉に甘えることにした。

また、この時期は魚があまりよくないので、淡野商店は閉店して改装中とのこと。そして、

「『帽振れ』は読んでいただけましたか」

とおっしゃった。昨晩、ふたたびホテルにいらして、十四期のお仲間のひとり、向坊壽さんが書かれた本を二冊、フロントに預けて行かれたそうだ。さらに今朝の朝日新聞に『くちなしの花』の記事が、載っていることも教えてくださった。

フロントに行って本を受け取ると、貴千代さんはさっそくロビーにあった朝日新聞をひろげて、記事を探しはじめた。しかしどこにも見当たらなかったので、北村さんに電話して確認するとおっしゃった。もう一度私が代わって見たところ、〝窓〟という欄にあった。

筆者の〝智〟という方は、『くちなしの花』をとても高く評価してくださっていて、本当

に嬉しかった。徳光さんを理解してくださる方がひとり増えるごとに、私の喜びも増した。

約束の時間に現われた北村さんは、

「記事は見つかりましたか。わざと載っている場所を伝えなかったんですよ」

と愉快そうにおっしゃった。社長さんなのに、悪戯《いたずら》っ子みたいなところがあって面白い。そんな温かなお人柄の北村さんとお会いすることができて、本当に私は幸せだった。

車に揺られながら、今回の旅のことを思った。五十年来の夢が、こんなに素晴らしいかたちで実現するとは、夢にも思っていなかった。

予備学生のお仲間をはじめ、皆さんのご好意があったからこそだ。ひとりでこっそり来ていたら、半月いてもこんなに充実した日々を送れなかっただろう。思いがけないご親切のお蔭で、心の宝になる旅にしていただいた。

そんなことを考えながら窓の外を見ていたら、車がスーッと路肩に入った。おやっと思っていると、北村さんが私の方を振り返って言われた。

「飲み物は何にしますか。お茶、冷たい牛乳、それともヤクルト?」

昨日咳をしていたので、気遣ってくださったのだ。ここまでしてくださるのかと思ったら、目頭が熱くなって、矢本に来て以来、初めて涙がこみ上げて来た。

徳光さんはいつも、私の体を心配してくださった。禎二もそうだった。無意識のうちに、ふたりのことを思い出していたのかもしれない。私は咳をするふりをして、必死に涙を誤魔化した。

冷たい牛乳をいただいてからふたたび出発。途中、仙台松島有料道路の利府中料金所事務所に立ち寄って、所長の中島勝義さんにお茶をご馳走になった。中島さんは元松島基地整理部長とのこと。初対面なのに外に出て、見送ってくださった。

仙台駅で降ろしていただき、片手を上げて笑顔で別れを告げられた北村氏の車を見送った後、貴千代さんとも別れて、仙台駅に荷物を預けてから市役所に行った。地図やパンフレットを送ってくださった武田さんに、お礼を申し上げたかった。

若くて溌剌《はつらつ》とした武田さんは、突然訪ねて来た私を見て、

「まぁ、いらしたんですね。ようこそ」

と言って歓迎してくださった。私も武田さんにお会いできて嬉しかったが、お仕事中だったので、ご挨拶をすませると失礼して、個人タクシーで駅に向かった。

「奥さんはどちらから？」

かなり年配の運転手さんが聞いてきたので、

「東京です」と答えたら、

「私も昔、横須賀の海軍にいて、そのときに東京に行ったことがあります」と意外な返事。

「亡くなった海軍の方のお詣りに来たんですよ」

思わず告げると、運転手さんは、

「嬉しいね。お気をつけてお帰りくださいよ」

温かい言葉をかけてくださった。駅までのほんの短い時間だったが、幸せなひと時を過ご

せた。最後の最後まで、いい思い出ばかりの旅になった。

『星の彼方へ』

少々興奮気味に書いた日記なので、読みづらい箇所もあったかと思われるが、生涯忘れることができない、素晴らしい三日間だった。

そしてまだ旅の興奮がさめやらぬ九月中旬、佐藤空将補から大きな角封筒が届いた。中には直筆の月下美人の色紙が入っていて、平成七年八月二十二日ご来訪記念とあり、白楽天の漢詩が添えられ、お心のこもったお手紙まで頂戴した。

思いがけない贈り物に感激しつつ、お手紙を拝読すると、

『宅嶋徳光故先輩の御加護の元、憲法問題等でかならずしも国民の支持を受けているとはいえない我々ですが、昔も今も青年は皆純真です。いろいろと教えてこなかった大人の責任を感じます』

と書いてあり、貴千代さんと私には昔の日本女性のよき面がある、とお褒めの言葉もくださった。少々面はゆかったが、そんなふうに言っていただけて嬉しかった。

佐藤司令の色紙は自分の部屋に飾り、どこまでも青い空の中を飛んでいた、訓練中の飛行機を思い出しながら、事故のないことを祈っている。

またこのときの旅で感じたことを詩にして、生まれて初めてメロディーもつけてみた。人さまに披露できるようなものではないが、お許しいただきたい。

徳光さんに捧げる歌

八重子

『星の彼方へ』
夜空に流れた星ひとつ
征立つ前に
そっと渡した私の心を
一緒に連れて
そして貴方の心も
私に残してくれた

きらきら星のように
魂磨いて美しく
生きてほしいと願って
空に消えた人
貴方は星になって
私を待っている

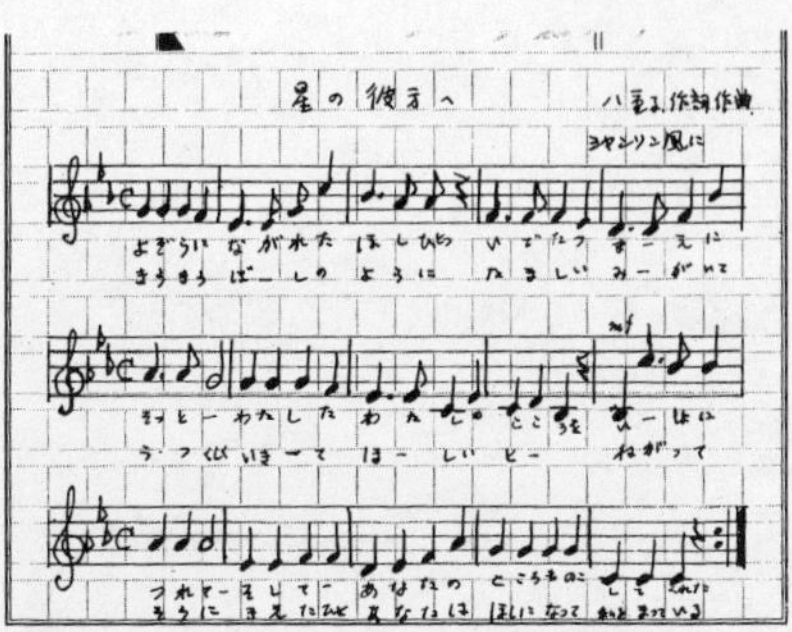

第十章　遊び人のおばあちゃん

大いそがしの日々

現在、私は東京都多摩市で徹平一家と同居している。家を新築したさいに茶室をしつらえ、年をとったら落ち着いた生活をするつもりだったが、現実は正反対だ。

徹平と巳園の間に生まれた、六歳と三歳になる孫の一喜と恒が、所狭しと家の中を走り回っていて、禎二と買ったお気に入りのソファーは、ふたりのトランポリンになり、リビングは滑り台と玩具に占領された。

でも、怒る気にはならない。毎日、孫たちの元気な姿を見られるだけで幸せだ。私も負けずに元気を出そうと励みになる。一緒におやつをいただきながら、お喋りをするのも楽しみだ。

敷地内にはもう一軒あって、こちらにはハンブルグから帰国した周平一家が、スイス生まれの雄のコッカスパニエル犬ヴェルナと住んでいる。周平と園子夫婦は十九歳の長男・大輔、十七歳の長女・麻由子、十二歳の次女・菜々子と、三人の子供に恵まれた。

嫁と姑は永遠のライバルとも言われるが、娘のいない私は女の子に恵まれたようで嬉しい。得しちゃったと思うのだ。偶然とはいえ、名前に〝園〟という字があるふたりと家族になれたのも、何か運命的なものを感じる。

どちらの嫁もサッパリした性格で、

「ふたり合わせれば、満点のお嫁さんね」

と私が憎まれ口をきけば、ふたりは口を揃えて、

「お母さまのよいところは、何でも召し上がること」

と言い返す。他にもいいところがあるでしょう、と言いたいところだが黙っている。毎日の食事は巳園に作ってもらい、土曜日の夜は園子の手料理をご馳走になっているので、偉そうなことは言えないのだ。それにふたりとも言葉にこそしないが、何くれと気を遣ってくれる。

もちろん、最初は戸惑いもあった。子育てひとつとっても、私の時代とはまったく違う。共働きの徹平夫婦は子供を保育園に預け、ポケットベル持参で仕事に出掛ける。三十七度五分以上の熱が出ると、ポケットベルが鳴り、子供を引き取りに行かなければならないそうだ。

私がもっと若かったら、喜んで孫の面倒を見たのだが、腰が悪いこともあって、たまに遊び相手になるのがやっとだ。また、おばあちゃんがあれこれと、子育てに口出しするのも感心しないので、子育てには一切タッチしないと決めていたが、親も子も大変だと思った。

夜更けに熱いお茶が飲みたくなって台所に行くと、徹平が父親っ子の恒を負い紐でおんぶして、寝かしつけていたこともあった。

さすがに驚いたが、男女同権の世の中になったとはいえ、子育てはどうしても女性に負担がかかる。夫が積極的に子育てを手伝うのは、むしろ歓迎すべきだろう。

考えてみれば禎二も、かなり進歩的だった。一緒に勉強しようと言ったり、ご飯を炊いてくれたりした。もっともそれは新婚時代だけで、その後は冷蔵庫からビールを出すだけで、料理を作ったことなど一度もない。だからといって不満に思ったことはなかったが、働く女性が増えた今は、夫婦で協力し合って家事や育児を行なうのが、理想なのかもしれない。

息子夫婦と同居しているとはいえ、つかず離れずの距離を保ちながら、みんな自由に暮らしている。家族全員が顔を揃えるのはクリスマスやお正月、そして禎二のお墓参りに行くときぐらいだ。

五日市の墓地に行くと〝赤沢ファミリーコーラス〟で賛美歌を歌う。特に練習はしていないが、周平のリードによるア

「アトリエのぶどう」と題して、第58回の二科展に出品した著者作品。墨絵も学んでいる。

カペラは、なかなかのものだと自負している。

普段は私も好き勝手していて、唯一の仕事は会社勤めの周平を毎朝、外国人に日本語を教えている園子を週二回、車で最寄り駅に送ることだけだ。長距離の運転はさすがに自信がないが、駅までは一キロ足らずなので苦にならない。ただし、自分が出かけるときは、健康のために駅まで歩いている。

禎二の一周忌直前から、水泳も習いはじめた。運動不足を気にしていたら、教会でお友だちになった堀さんが、老人を対象に水泳を教えている〝高水研〟をご紹介してくださったのだ。

水が恐かったので最初は尻込みしていたが、自分と同世代の方たちが大勢いらっしゃるのを見て、できそうな気がしてきた。

水泳なら腰にも負担がかからないと言われたこともあって、思い切ってやってみると、驚いたことにカナヅチだった私がクロール、平泳ぎ、背泳、横泳ぎ、バタフライまでできるようになった。

禎二が生きていたら、さぞびっくりしたことだろう。私も禎二に見せられなくて残念だ。ただ、禎二には申し訳ないが、ここまで上達したのは先生がよかったからだとも思っている。

水泳のお蔭で体調は申し分なく、風邪もあまりひかなくなった。しかし、徹平はそんな私を見て、

「体だけ元気でもねぇ」

と言って呆れていた。カチンと来たが、当たっていたので、ほととぎすの稲畑汀子先生の高弟である小林草吾先生がご指導してくださる稲城市の草木爪会に入って、俳句の勉強を始めた。現在は稲畑廣太郎先生が指導くださっているが、駄句しかできないのが悩みだ。

絵はずっと武田百合子先生に習っていたが、先生がお忙しいので、今は公民館で佐伯良四郎先生に人物画のデッサンを教えていただき、月一回二十数人のお仲間と一緒に、モデルさんを囲んで描いている。

墨絵も公民館で月二回、吉柳先生に学んでいるが、こちらもなかなか上達しなくて、我ながら情けない。

これらの習いごとに加えて、シュノーケリングをしに海まで行ったり、遊び人のおばあちゃんは結構いそがしい。五年前には、久しぶりにシンガポールも訪ねた。寛子・リーさんの息子のエドワード君の結婚式に招待されたのだ。

当初は晴れがましい席から縁遠くなり、着て行く服もなかったので、お断わりするつもりだった。寛子さんの家はロンドン、ジャカルタ、香港の三ヵ所にあるため、取りあえず一番近い香港に電話したところ、運良く寛子さんがいた。欠席の旨を伝えると、

「赤沢さん、来てちょうだい。服は着物でいいわよ、私の母も着物にするから。エドワードや娘のパトリシアにも会って」

若々しい声で寛子さんが言った。ジャカルタに住んでいたころ、ママと一緒によく遊びに来ていたエドワード君は、その後ケンブリッジ大学を卒業して、シンガポールで会社を経営

しているそうだ。

あの可愛い坊やが、そんなに立派になったのかと思ったら、急に顔が見たくなって、結局行くことにした。着物はレモン色の無地の一重の紋付きに、ブルーの絽綴の夏帯を合わせれば、何とかなりそうだったので、それを持っていった。

大切な人との別れ

結婚式はカトリック教会のセント・アンドリュース・カテドラルで行なわれた。貴公子然としたエドワードと、いかにも聡明そうな花嫁のアリソンは、本当にお似合いのカップルだった。式にはお揃いのバティックのベストを纏《まと》った、タキシード姿の学友たちをはじめ、世界中から友人、知人が大勢駆けつけて、ふたりの前途を祝った。

式に引きつづき、シンガポールでもっとも格式のあるラッフルズホテルで披露宴が催された。エドワードの喜びのスピーチなどを織り交ぜながら、豪華なだけでなく個性的でリラックスした雰囲気に包まれた、とてもよい披露宴だった。

父上のリーさんはいかにも嬉しそうで、寛子さんも式のときに身につけていた、ピンクの絹のスーツと鍔広のブルーの帽子を、ベージュのシックなレースのドレスに着替えて、楽しそうに招待客をもてなしていた。

パトリシアちゃんとも再会を果たしたが、当時二歳だった彼女は私を覚えていないらしく、

「アンティ、アカサワ（赤沢のおばちゃんよ）」

と言っても、きょとんとしていた。母上譲りの美しい女性に成長したパトリシアは、ロンドンで大学生活を送っているという。時の流れの早さに、今さらながら驚かされた。

「赤沢さん、パトリシアの結婚式のときにも来てよね」

寛子さんは陽気に言った。グローバルな生活をしているご一家なので、彼女のときはどこの国に行くことになるのだろうか、と考えてしまった。もっとも、それまで私が生きていればの話だが。

この年齢になると、悲しい知らせも少なくない。中でも姫路で親切にしてくださった大谷さんの死は、本当にショックだった。

禎二が亡くなった翌年、大谷さんが上京なさったので、パレスホテルで皇居のお堀を見ながら一緒に食事をした。その際、ドイツ人の大学教授ユンゲスブルートさんと結婚されて、カッセルに住んでいらっしゃる、お嬢さんの恵子さんに会いに行かれる話をされた。ちょうど私もハンブルグに赴任している周平から、長期滞在するつもりで来るように、と航空券が送られて来ていたので、カッセルまで遊びに行く約束をした。

ところが、ハンブルグに到着した直後、私は体調を崩して風邪をこじらせてしまった。六月初旬のドイツは肌寒く、なかなか治らなかった。大谷さんが電話で、恵子さん直伝のドイツ流風邪撃退法を教えてくださったので、その通りに熱いお茶を飲んで、頭から大きなタオルを巻きつけて寝たが、それでもよくならなかった。

周平は暖かいところに行くのが一番だと言って、予約していた南仏ヴィッテルのメッドクラブ（地中海クラブ）に出かけることにした。暖かな気候が体に合ったのか、ヴィッテルに滞在しているうちにすっかり元気になった。

十日後に意気揚々とハンブルグへ戻った私は、さっそく大谷さんをお訪ねするつもりだった。しかし恵子さんから、思いもよらない電話をいただいた。大谷さんが急逝されたというのだ。

あまりの衝撃に、頭の中が真っ白になった。何とか気を取り直して事情を伺ったところ、大谷さんは恵子さん一家と湖水に出かけられていたそうだ。現地に着いたときはいつもと変わりなく、お孫さんたちが泳ぐのを嬉しそうに見ていらしたが、急に気分が悪くなって、そのまま恵子さんの腕に抱かれて亡くなられたという。

私は園子に連れられてカッセルまで行き、墓地内にある教会に向かった。ドイツの習慣なのか、すでにお棺は閉じられていて、お顔を拝見することはできなかった。

日本からは大谷さんのふたりのお嬢さんも駆けつけられたが、息子さんはどうしても仕事の都合がつかず、間に合わなかった。

葬儀はユンゲスブルートさんの朗読で始まった。詩のようなものだったと思うが、ドイツ語だったので〝おばあちゃん〟という日本語しか分からなかった。そしてふたりのお孫さんが、チェロとバイオリンでバッハの曲を奏でた。わずか八人の出席者しかいないお葬式だったが、心のこもった忘れがたい葬儀だった。

大谷さんにお別れをした私は、恵子さんのお宅に伺った。

「母は自分のベッドの隣に赤沢さんのベッドを並べて、待っていたんですよ」

恵子さんの言葉に、涙が止まらなかった。申し訳ない気持ちで一杯だった。私はまた大切な人を待たせた挙句、会えぬまま失ってしまったのだ。

恵子さんはカッセルにはいばら姫のお城など、観光名所があるので、ゆっくりしていくように言ってくださったが、とてもそんな気持ちにはなれず、そのまま失礼した。

帰国してからもクリスマスケーキを贈ってくださるなど、恵子さんは気を遣ってくださった。そのお気持ちは本当に嬉しかったが、後悔の念は消えなかった。私が風邪さえひかなかったら、大谷さんにお会いできていたはずだし、恵子さんご一家とも楽しいひと時を過ごすことができただろう。そう思うと、今でも胸が痛んで辛くなる。

遠い国になったアメリカ

三年前にはアメリカから、エスター・レイスが亡くなったとの知らせを受けた。エスターはシンガポールで禎二の秘書をしていた、ナンシーのボーイフレンドのお母上で、シンガポールから戻った直後に日本へ旅行にいらしたので、東京を案内して差し上げた。

シンガポールに行くことが決まってから、習いはじめた英会話を帰国後もつづけていたが、流暢に話せるはずもなく、最初は気が進まなかった。

しかしナンシーから手紙が届いたのは、エスターが来日する前日で、断わろうにも時間がなく、観光よりも日本人と友だちになるのが、エスターの希望と書いてあったので、引き受けるしかないという気持ちにもなった。

当日、宿泊先のパレスホテルを訪ね、ロビーで待っていると、欧米人にしては小柄な金髪美女のエスターが現われた。彼女は私の家に遊びに行きたいと言ったが、散らかり放題でとてもお客さまをお招きできるような状態ではなかった。

たどたどしい英語で我が家の事情を説明したところ、エスターも納得してくれたので、その日は上野と浅草を見物をしてから松竹歌劇を見に行った。日本のショーを楽しんでもらえるかどうか心配だったが、面白がってくれたようだ。

翌日も会う約束をしたが、午前中は大手町の英語教室に行かなければならなかった。エスターにそれを伝えたところ、

「私も一緒に行きたいです。私はアメリカ人、英語の勉強に役立ちます。ヤコの友だちにも会いたい」

と言った。〝ヤエコ〟と発音できないエスターは、私のことを〝ヤコ〟と呼んだ。私はそんな人懐っこいエスターが、すぐに好きになったが、事前に了承を得ないで、いきなり連れて行っていいものかと迷った。お仲間とも友だちといえるほど、親しい間柄でもなかった。

しかし、エスターはまったく心配していないようで、ニコニコと笑っていた。その顔を見ていたら、駄目とは言えなくなってしまった。指導してくださっている鳥山桂子先生は、アメリカに住んだ経験もおありになるので、分かっていただけるかもしれないと思って、エスターを同道することにした。

やはり私の杞憂だった。鳥山先生をはじめ全員の方がエスターを歓迎してくださり、エスターも皆さんを魅了してしまった。ロシア系の父とスペイン系の母を持つ彼女は、ロンドンの小学校に通い、中学校から大学まではパリで過ごし、結婚してからはアメリカに住んでいた。しかも、七ヵ国語を話せるコスモポリタンで、国や人種に関係なくだれにでも積極的に話しかけて、仲良くなってしまう才能のようなものがあった。

教室が終わってから皆さんと一緒に、神田のおそば屋さんでお昼をいただき、エスターを連れて帰宅した。綺麗好きの信子姉に、家の掃除をお願いしておいたのだ。

お蔭で家の中はびっくりするほど片づいていて、茶室にはチンチンと松風の音が響き、お茶の用意までしてあった。エスターの話し相手になってもらおうと思って、徹平と周平に呼んでもらったガールフレンドたちも顔を揃え、準備は万全だった。

私は和服でおもてなしをするつもりだったので、急いで着替えに取りかかったが、ふとエスターも着たいのではないかと思った。小柄なエスターなら、私の着物でも着られそうだったので、尋ねてみたところ、案の定イエスだった。

さっそくふた揃い見せたところ、エスターは膝の当たりに、グリーンの扇面が刺繍してある白地の訪問着と、金箔で模様を描いた青竹色の帯を選んだ。ところが腰巻きを〝ジャパニーズ・パンティ〟といったのがいけなかった。エスターは、

「オーケイ！」

と言うなり、あっという間に素っ裸になってしまった。同性とはいえ、目の置き場に困った私は、大急ぎでエスターに着付けをした。

着物をまとったエスターは、惚れ惚れする美しさだった。小麦色に焼けた肌に白地の着物が映え、青竹色の帯は金髪にピッタリ合った。その後、ジャカルタで何人もの外国人に着物を着せたが、エスターほど似合う人は、ひとりもいなかった。

三日目は奮発して、八芳園で和食をご馳走した。エスターは一流の板前さんが腕によりをかけた味と盛りつけ、そして器の美しさに感激していた。食後は手入れの行き届いたお庭を散歩して、盆栽などを見て回った。樹齢三百年の盆栽にも、エスターはいたく感動したようで、

「ビューティフル、ワンダフル」

と驚きの声を上げた。突然の来訪だったので、思いつきのお持てなししかできなかったが、エスターが喜ぶ顔を見て、私も嬉しくなった。翌日、エスターは自分が住んでいるロサンゼルスに遊びに来るように、と言い残して東京を離れた。

それから十数年後、エスターから乱れがちな字で綴られた手紙が、姫路に住んでいた私のもとに届いた。ご主人が亡くなって、ひどく気落ちしているようで、

『ヤコはいつ会いに来てくれるの、娘のキャンディと待っている』

と書いてあった。禎二に手紙を見せたところ、いつも世話になっている信子姉と一緒に、遊びに行ってくるように勧めてくれた。

夫をほったらしにして申し訳なかったが、信子姉とふたりでエスターを訪ねた。エスターは心臓が悪いと言っていたが、思っていたより元気そうだった。

私たちはプール付きのエスターの家に九日間滞在して、近くの湖までハイキングに行ったり、ヨットハーバーにあるレストランで、海の幸をお腹一杯いただくなど、楽しい時間を過ごした。

アメリカには従兄弟の信真さんも住んでいたので、コロラド州デンバーまで訪ねて行った。八十歳近い彼は老人ホームに入っていたが、すこぶる元気で、週末に車で五分ほどのところに住んでいる、息子のテッド一家と会うのを楽しみにしていた。

着物姿のエスター（左）と著者。白地の訪問着に青竹色の帯が実によく似合った。

ホームには来訪者が泊まれるゲストルームがあったので、テッドの家にも遊びに行った。私たちはそこに二泊して、テッドの家にも遊びに行った。小学五年生くらいだったテッドの息子のカーツは、ほとんど日本語を話せなかったが、私たちを洗面所までエスコートし、クッキーを焼いてくれるなど、精一杯サービスしてくれた。

今ではカーツも立派に成人して、数年前には結婚もした。ナイスガイのカーツなら、きっとよき夫になっているに違いない。

このときはキャンディの勧めで、ロサンゼルスからサンフランシスコまでバス旅行もした。両都市を結ぶ航空運賃とほぼ同額で、二泊三日の旅が満喫できるお得なコースで、スペインやデンマークなどからの移民が、母国の佇まいを模倣して建てた町や、古い映画のセットのような三階建てのホテル、エルビス・プレスリーや新聞王ハーストの豪邸、ペブルビーチのゴルフコースなどを見学。ぶどう酒の製造工場で試飲もした。

ツアー客はほとんどがアメリカ人で、日本人は私たちだけだったが、明るくてオープンな性格の彼らは、同国人のように扱ってくれたので快適な旅ができた。

エスターのお蔭で思いがけずアメリカにも行けたのに、その彼女が亡くなって、急にアメリカが遠い国になってしまった。私はキャンディに、エスターが大好きだったピンクのカーネーションを供えてくれるように手紙を書き、彼女の冥福を祈った。

長くは生きられないと宣告された私が、七十歳過ぎた今も生きているのに、あれほど元気だった禎二は先に逝き、兄の信正も神戸・淡路大震災があった年の十一月三十日に亡くなった。そして去年の夏、北村さんが天に召された。

一方、三人の姉たちは元気で、二年ほど前には末岡兄が所属するナショナルチームのOB会〝S・O・I〟を応援するために、双子の姉たちとフランクフルトまで行った。

対戦相手は遙かに若いドイツのプロチームで、試合には負けてしまったが、八十歳の選手が混じる〝S・O・I〟のファイトに感服した。

その時のメンバーのひとりが、浦和レッズのオーナーである三菱自動車にいらしたので、Jリーグスタート当初は、チームの応援にも駆けつけた。

写真の中で笑っている禎二は、家を留守にして遊びまわっている私を見て、きっと呆れ果てているだろう。相変わらず身なりにも無頓着で、お化粧は口紅をさすだけ。せめて髪くらいはきちんと整えようと思っているのだが、鏡に映った自分の白髪頭にギョッとして、美容院に飛んでいく始末だ。

でも、安心してください。私はあなたが夢見ていた大家族の中で暮らし、元気な遊び人のおばあちゃんをやっています。

あとがき

子供の頃は奥沢、結婚してからは等々力、そして多摩市と、結婚直後の一時期と転勤を除けば、ずっと多摩川に寄り添って生きてきた。暴れ川といわれた多摩川のように、私の人生もまた激流に押し流れそうになったこともあった。

七十年あまりの人生を振り返ってみれば、失敗が多く、悲しいこともたくさん経験した。それらを含め、恥ずかしい部分まですべて書いてしまったけれど、これが津村八重子、赤沢八重子なのだ。子供や孫たちもいつかきっと、私の本当の気持ちを分かってくれると信じている。

これからの日本を支えていく若い人たちに、禎二の口癖だった『失敗は成功のもと』という言葉を贈りたい。徳光さんが願っていた平和で自由な世の中になったのだから、自分のしたいことを精一杯して欲しい。

戦中、戦後に生きたわれわれ世代は、確かに不運だったけれども、力一杯生きた人が多かったと思う。

禎二が亡くなる日に呟いた「われわれの時代は終わったんだねえ」という声が、ふっと聞こえてくるような気がする。

いま私は、私の拙い文を一冊の本にしていただく幸せを嚙みしめている。その本造りにあたっては、光人社、友人の諸井里見さんに大変お世話になった。心から御礼を申し上げる。お若い二人に励ましていただいたこと、ご親切にしていただいたことが嬉しくてたまらない。

春四月、私の人生にも、やっと暖かい日が戻ってきたようだ。これからも元気に暮らします。

平成十年四月

八重子

参考資料
「鎮魂と回想」
松島、豊橋海軍航空隊慰霊記念誌
「有家史談」創刊号
「一族再会」江藤淳
写真提供／著者

単行本　平成十年六月　光人社刊

NF文庫

私記「くちなしの花」

二〇一七年十月 十七日 印刷
二〇一七年十月二十二日 発行

著 者 赤沢八重子
発行者 高城直一
発行所 株式会社潮書房光人社
〒102-0073 東京都千代田区九段北一-九-十一
振替／〇〇一七〇-六-五四六九三
電話／〇三-三二六五-一八六四㈹
印刷所 株式会社堀内印刷所
製本所 東 京 美 術 紙 工

定価はカバーに表示してあります
乱丁・落丁のものはお取りかえ致します。本文は中性紙を使用

ISBN978-4-7698-3034-4 C0195
http://www.kojinsha.co.jp

NF文庫

刊行のことば

第二次世界大戦の戦火が熄《や》んで五〇年——その間、小社は夥しい数の戦争の記録を渉猟し、発掘し、常に公正なる立場を貫いて書誌とし、大方の絶讃を博して今日に及ぶが、その源は、散華された世代への熱き思い入れであり、同時に、その記録を誌して平和の礎とし、後世に伝えんとするにある。

小社の出版物は、戦記、伝記、文学、エッセイ、写真集、その他、すでに一、〇〇〇点を越え、加えて戦後五〇年になんなんとするを契機として、「光人社NF（ノンフィクション）文庫」を創刊して、読者諸賢の熱烈要望におこたえする次第である。人生のバイブルとして、心弱きときの活性の糧《かて》として、散華の世代からの感動の肉声に、あなたもぜひ、耳を傾けて下さい。